다른 소년

이신조 소설

다른 소년

문학동네

차례

살구 줍기

*

　수옥은 열린 현관문 밖, 비 오는 마당에 서 있는 다민의 뒷모습을 바라보았다. 하늘색 우산을 받쳐든 열세 살 여자아이는 제 엄마가 운전하는 은색 경차가 굽은 길을 따라 멀어지는 모습을 지켜보고 있었다. 거세지는 빗줄기, 돌담에 늘어진 능소화 무리 중 하나가 바닥에 떨어지는 것이 수옥의 눈에 들어왔다. 아이도 보았을까. 어제오늘 비를 맞고 떨어진 주홍색 능소화들이 돌담 아래 죽음이 아닌 양 흩어져 있었다. 비에 젖은 흙은 검고 선명했다. 더이상 차가 보이지 않을 텐데도 다민은 움직이지 않고 서 있었다. 장마 기간 동안 꽃은 모두 질 터였다. 수옥은 현관문을 그대로 열어둔 채 거실을 향해 돌아섰다. 탁자 위에는 빈 찻잔, 방금 전 제 딸을 수옥에게 맡기고 간 조카 정혜는 수옥이 핸드 드립으로 내려준 커피를 남김없이 마셨고, 내내 입을 다물고 있던 다민은 수옥이 유자청으로 만들어준 에이드를 반쯤 남겼다. 수옥은 찻잔을 부엌 싱크대로 옮겼다.

정혜는 칠 년 전 세상을 떠난 수옥의 큰언니의 딸이었다. 올해 마흔다섯, 대학 졸업 후 종합병원의 간호사로 오래 일했고, 결혼 후 다민을 낳은 뒤에는 오래 일을 쉬었다. 몇 년 전 다시 병원을 나가게 되었다는 소식, 얼마 못 가 병원을 그만두었다는 소식 등을 들었지만, 그즈음 수옥의 신변에도 변화가 많아 제대로 안부를 주고받지 못했다.

정혜가 갑작스레 수옥에게 전화를 해온 것은 이 주 전이었다. 남편의 사업이 크게 잘못되었다고 했다. 감당 불가의 빚이 생겼으며, 집을 처분하고 서류상의 이혼을 했다고 했다. 마치 지진처럼 금이 가고 뒤틀리고 속수무책 주저앉은 생활. 과거 병원 쪽의 연줄로 정혜가 다시 어렵게 구한 일자리는 지방에 새로 문을 연 요양병원의 상주 간호사였다. 병원은 외진 산속에 위치해 있었고, 호스피스 병동을 겸한 곳이라고 했다. 정혜는 우선 상주 간호사로 일하면서 병원과 가까운 곳에 다민과 함께 살 만한 집을 구하고 다민이 전학 갈 학교를 알아볼 계획이라고 했다. 이번 여름 동안만, 다민이 6학년 2학기를 다닐 초등학교가 정해질 동안만 이모할머니인 수옥이 조카손녀인 다민을 맡아달라는 것이 정혜의 부탁이었다.

"미안해요, 이모. 이모도 힘든 거 아는데."

수옥 역시 '요양'중이라는 것을 정혜도 모르지 않았다.

"다민 아빠는?"

선뜻 수락을 하지 못한 채 시간을 끌어보려 수옥이 물었다.

"열흘 전에 수감됐어요. 횡령, 사기, 일심 이 년 육 개월 받았어요."

전화기 너머 정혜가 빠르고 분명한 목소리로 말했다. 목소리에서 뚝뚝 땀이 흐르는 듯했다. 누구의 입에서도 쉽게 다음 말이 나오지 않아 오래 침묵이 고였다.

수옥이 찻잔을 씻어두고 거실 쪽으로 나오는 사이 현관문이 닫혔다. 도어 록이 자동으로 잠기며 짧은 기계음이 울렸다. 거실 창밖으로 마당에 서 있던 다민의 모습이 보이지 않았다. 수옥은 서둘러 다시 현관문을 열었다. 우산을 접어 든 다민이 난처한 표정으로 문 앞에 서 있었다.

"문이, 저절로 닫혔어요."

"그래, 괜찮아. 이제 들어와라. 비가 많이 오네."

다민이 집안으로 들어섰다. 다시 현관문이 닫히고 도어 록이 잠겼다.

지난 이 주 사이, 수옥은 다민과 함께 지낼 것에 대비해 집안의 가구와 물건을 이리저리 옮겼다. 겸사겸사 여름맞이 대청소로 일이 커져 수옥은 혼자 적잖이 땀을 흘려야 했다. 올여름이 지나면 수옥이 C시를 떠나 이 집으로 이사를 온 지도 만 삼 년이 되는 셈이었다. 본인이 사용할 목적으로 시골집을 사들여 직접 별장으로 개조했다는 전 주인은 중년의 건축업자였다. 그러나 정작 집이 완성되자 그는 어째서인지 매매 쪽으로 마음을 바꾼 모양이었다. 좀처럼 거래가 성사되지 않은 탓에 오래 비어 있던 집에선 사람이 드나든 흔적을 거의 찾을 수 없었다. 집은 거실을 마주하고 큰방과 작은방, 작은방 뒤로 부엌, 큰방 옆으로 욕실, 보일러와 세탁기를 설치한 다용도실을 갖춘 구조였다. 또한 거실 한쪽에 별장이란 생색을 내듯 벽난로가 있었고, 시골집을 개조했다는 증거라도 되는 양 다용도실의 사다리 계단을 오르면 좁고 어둑한 다락이 있었다. 그동안 수옥은 큰방을 서재로 썼고, 작은방을 침실로 썼다. 큰방의 책들을 반쯤 거실로 내오고 작은방에서 사용하던 매트리스를 큰방으로 옮겼다. 작은방에는 다민이 사용할 탁자와 의자, 접이식 간이침대를 들여놓았다. 폭이 좁은 간이침대가 불편하지 않을까 문득 걱정이 됐지만, 어린아이니까 괜찮겠지, 하고 생각했다. 그러나 수옥은 이내 자신이 열세 살 여자아이의 체격에 대해 구체적으로 아는 바가 없다는 사실을 깨달았다. 탁자는 타탄체크 덮개로 덮고, 의자 위에는 리넨 방석을 올리고, 침대의 깔개와 이불은 베이지색 피그먼트로 색깔을 맞추었다. 수옥은 침대 위에 몸을 뉘어보았다. 몇 개의 쿠션을 제외하곤 여분의 베개가 없다는 것에 그제야 생각이 미쳤다. 지난 삼 년 동안 수옥을 제외한 누구도 이 집에서 잠을 잔 적은 없었다.

　본격적인 장마철이었다. 오늘부터 제대로, 흡사 그런 느낌으로 비가 내리고 있었다. 다민은 조금 전 제 엄마가 커피를 마셨던 자리에 앉아 있었다. 창밖을 바라보는 옆얼굴이 수옥으로 하여금 아이가 외탁을 하지 않은 게 분명하다는 생각을 하게 했다. 수옥은 다민의 이마와 눈썹과 콧방울과 입꼬리를 살폈다. 포니테일로 묶은 길고 숱이 많은 머리칼은 곱슬기 때문인지 습기를 먹어 부스스 잔머리칼이 일어나 있었다. 수옥은 집안의 결혼식이나 장례식 때 몇 번 얼굴을 보았던 정혜의 남편을 떠올렸다. 아이의 얼굴에 제 아빠의 흐릿한 얼굴을 겹쳐보았다. 문득 얼굴보다 선명하게 떠오르는 교도소의 푸른 수의, 수옥은 하릴없이 다민에게서 눈길을 거두고 창밖의 비를 바라보았다.

"저 비밀번호 가르쳐주세요."

다민이 수옥에게 말했다.

"비밀번호?"

"현관문이랑 와이파이요."

다민이 테이블 옆에 두었던 제 백팩에서 스마트폰을 꺼내들었다. 액정 화면이 유난히 큼직한 국산 브랜드의 신형 모델인 듯했다. 다민은 수옥이 불러준 숫자를 입력했다.

"된다! 우와, 신나. 이모할머니, 저 스마트폰 이번에 처음 쓰는 거예요. 엄마가 중학생 되기 전에 스마트폰은 절대 안 된다고 해서 그동안 2G폰만 썼거든요. 이모할머니 집에 와 있기로 결정하고 엄마가 사줬어요. 중고기는 한데, 사실 새거예요."

다민의 작은 눈동자에 액정 화면의 불빛이 반사되어 반짝였다.

"현관문 비밀번호도 같아요? 1207?"

액정 화면을 빠르게 두드리며 다민이 물었다.

"어, 그래. 1207."

"12월 7일, 혹시 이모할머니 생일이에요?"

"생일? 아니, 생일은 아니고……"

"서울, 우리집 현관문 번호는 0611, 제 생일이에요. 6월 11일."

6월 11일, 삼 주 전쯤, 수옥은 다민이 열세번째 생일을 어떻게 보냈을지 짐작해보았다.

"근데 이제, 새로 다른 사람들이 이사왔을 테니까, 바뀌었겠죠."

다민은 다시 스마트폰 화면에 집중했다.

어느덧 오후 네시가 가까워오고 있었다. 비의 기세는 변함이 없었다.

"저기, 엄마한테 미리 말해두긴 했었는데, 이 집엔 텔레비전이 없어. 어쩌지?"

수옥의 말에 다민은 전혀 문제될 게 없다는 듯 스마트폰을 가리켰다.

"상관없어요. 이걸로 보면 되죠."

외탁을 하지 않았다고 생각했지만, 다민이 미간을 모으며 턱을 치켜들 때의 표정은 영락없이 정혜의 얼굴을 떠오르게 했다. 수옥은 빗길에 고속도로를 달리고 있을 정혜를 생각했다. 저녁쯤에야 예의 요양병원에 도착할 터였다. 이제 정혜는 매일같이 치매 노인이나 말기 암 환자를 돌보게 될 것이었다. 끼니때가 아니었지만 커피 말고 뭔가를 든든히 먹여 보냈어야 했다는 자책이 들었다.

"배고프지 않니?"

수옥의 물음에 다민은 고개를 크게 저으며 "아뇨"라고 말한 뒤 몇 초쯤 사이를 두고 말을 이었다.

"몸도 편찮으신데, 저 때문에 부담 드려 죄송해요. 폐 끼치지 않도록 제가 잘할게요. 이모할머니 글도 쓰시고 강의도 하시고 힘드실 거라고, 엄마가 많이 도와드리라고 했어요. 저 설거지랑 청소 잘해요. 아직 여기 주변은 잘 모르지만, 심부름도 잘할 수 있구요."

이미 정혜가 전화로 비슷한 얘기를 한 참이었다. 마치 수옥을 향한 설득이나 다짐처럼 커피를 마시면서도 반복한 얘기. 그래도 최종적으로 제가 직접 말해야만 한다는 듯, 다민은 미리 속으로 연습했을 문장을 준비된 대사처럼 읊었다.

"그리고 저 스마트폰 많이 안 할 거예요. 엄마가 내준 숙제 다 해야 되거든요. 내년에 다시 서울에 있는 중학교 갈지도 모르니까……"

이제는 또다른 얼굴. 수옥은 낯선 표정을 짓는 다민에게 고개를 끄덕여주었다. 부모 중 누구를 닮았나 하는 것을 아이의 얼굴에서 확인하는 것은 새삼 우스운 일이란 생각이 들었다. 그것과 무관하게, 다민은 제 얼굴에서 '어린이'를 지워가는 중이었다. 흡사 곤충이 변태를 거듭하듯 저도 모르게 다음 수순을 밟는다는 것, 같은 채로 다른 존재가 된다는 것, 달라진 모습으로 시간을 통과한다는 것, 아니 달라져야만 시간을 통과할 수 있다는 것, 사 년 전 암 수술 후의 수옥이 그러했듯 삶의 다른 단계로 진입한다는 것.

"그럼 저녁은 한두 시간 후에 먹는 걸로 하고, 일단 짐 정리 먼저 하는 게 좋겠다. 혼자 할 수 있지? 아까 캐리어 가져다둔 방에 서랍장 두 칸 비워놨으니까, 거기에 옷이랑 다른 물건들 넣어두면 돼."

다민은 고개를 끄덕이고 자리에서 일어섰다. 한 손은 백팩의 어깨끈을 잡고, 다른 한 손은 스마트폰을 움켜쥐고, 열세 살 여자아이는 여름 동안 제가 묵을 방으로 향했다. 청 반바지의 구겨진 엉덩이 부분, 곧고 매끈한 종아리, 흰 발목 양말에 점점이 튄 흙 얼룩, 말 꼬리처럼 흔들리는 머리채, 근심 같기도 하고 활기 같기도 한 낯선 공기의 입자가 장마철 습기처럼 수옥의 피부에 들러붙었다.

수옥도 자리에서 일어섰다. 그리고 한 뼘쯤 열려 있던 거실의 창을 마저 활짝 열었다. 지붕의 처마가 길어 비는 들이치지 않았다. 마당의 모든 것이 비를 맞고 있었다. 돌담에 늘어진 능소화는 이제 열댓 송이, 다시 꽃이 지는 순간을 목격해보려 수옥은 돌담 쪽에 시선을 고정했다. 꽤나 시간이 지나도 능소화는 떨어지지 않았다. 다민이 가리는 음식 없이 먹성이 좋은 편이란 것도 정혜가 몇 번이나 반복한 얘기였다. 수옥은 어제 읍내로 나가 농협 마트에서 장을 잔뜩 봤다. 저녁땐 호박과 버섯과 양파와 당근을 채 썰어 부침개를 할 생각이었다. 프라이팬을 둥글게 가득 채우지 않고, 열세 살 여자아이의 주먹만한 크기로 부쳐 양념장을 곁들인 반찬처럼 먹여야겠다고 오전부터 생각을 해둔 터였다.

*

다민은 잠에서 깨어났다. 그리고 잠시 어리둥절해하며 눈을 깜빡였다. 우리집의 내 방이 아니다, 라는 자각이 아직은 당연히 익숙하지 않았다. 낯선 곳에서 겨우 이틀 밤을 보냈을 뿐이다. 다민은 불현듯 밖에 비가 내리지 않는다는 것을 알았다. 지난 이틀 동안 내내 비가 왔다. 그러나 지금은 아니었다. 커튼을 젖히고 창문을 열어보지 않고도 누운 채로 분명히 그것을 알 수 있다는 것이 신기하게 느껴졌다. 팔을 뻗어 머리맡 탁자에 올려둔 스마트폰을 집어들었다. 시간은 오전 일곱시 구분. 평소 일어나본 적 없는 이른 시간에 스스로 잠을 깼다는 것도 신기한 일이었다. 아침잠이 많은 탓에 다민의 기상시간은 여덟시를 넘기기 일쑤였다. 다민은 아침마다 저를 깨우려는 엄마와 한바탕 실랑이를 벌였다. 아파트 단지와 마주한 학교가 걸어서 십 분 거리임에도 다민은 번번이 아슬아슬하게 지각을 면하곤 했다. 다시 눈을 감아봤지만 잠기운은 말끔히 달아나 있었다.

우리집의 내 방이 아니니까 그런 걸까, 하는 생각에 이어 우리집의 내 방이란 것이 더이상 세상 어디에도 존재하지 않는다는 사실에 가슴께가 불안하게 조여왔다. 다민은 스마트폰을 그러쥐고 벽을 향해 돌아누웠다. 다리를 버둥거려 얇은 이불을 발 아래쪽으로 끌어내리고 메신저 앱을 실행시켰다. 어제 오후 같은 반 친구 셋과 두 시간 넘게 채팅을 했다. 먼 곳으로의 이사와 전학, 아직 그 어느 것도 확실히 결정된 것이 없기에 친구들과 헤어졌다는 느낌은 전혀 들지 않았다. 여느 때와 마찬가지로 장난스러운 수다가 빠르게 채팅 창을 메웠다. 다민은 이모할머니 집 곳곳을 사진으로 찍어 채팅 창에 올렸다. 친구들은 캐릭터 이모티콘을 잔뜩 동원해 대박! 벽난로 있어, 그 꽃 이름 뭐야, 완전 예쁘다, 우와! 책 진짜 많아, 등의 반응을 보였다. 채팅을 끝낼 즈음엔 모두 다민 혼자만 먼저 방학을 한 셈이라며 부러워했다. 여름방학은 이 주 후에나 시작이었다. 다민은 간이침대 위에 누워 어제 친구들과 나눈 대화 메시지를 전부 다시 읽었다. 그리고 엄마와의 대화방에도 다시 들어갔다. 어젯밤 잠들기 전 주고받은 메시지의 양은 엄마의 것이 훨씬 많았다. 엄마는 이미 다민의 스마트폰 메모 앱에 직접 입력해둔 내용을 다시 채팅 창에 띄웠다. 부지런히 공란을 채워넣어야 할 영어 교재 워크북의 하루치 분량이라든지, 머리를 감은 다음엔 욕실 하수구의 머리칼을, 머리를 말린 다음엔 방바닥의 머리칼을 말끔히 치우라는 주문 같은 것들. 엄마의 긴 메시지마다 다민은 알았어, 할게, 라고 짧은 답을 했다. 엄마 있는 병원 사진 보여줘, 라는 다민의 요구에 엄마는 나중에 천천히, 라고 답했다.

이모할머니는 어떠신 것 같아? 라는 엄마의 물음에 다민은 선뜻 자판을 두드리지 못했다. 우선 그것이 정확히 무엇을 물어보는 말인지

갈피를 잡을 수 없었다. 이틀 동안 함께 지낸 이모할머니에 대해 다민이 느끼고 생각한 것, 그것을 설명하는 일이 어쩐지 무척이나 어렵고 복잡하게 여겨졌다.

다민은 메신저 앱을 종료하고 포털 사이트 앱을 실행시켰다. 검색창에 박수옥이란 이모할머니의 이름을 입력했다. 저술가, 전 대학교수, 시민사회운동가 등의 명칭이 이모할머니의 사진과 함께 등장했다. 서울을 떠나 여름 동안 이모할머니와 함께 지내야 한다는 엄마의 결정이 내려진 이래, 이미 몇 번이나 반복한 검색이었다. 다민이 실제 알고 있는 사람 중에 포털 사이트에 인물 검색 결과가 나오는 사람은 이모할머니가 유일했다. 인물 정보 아래쪽엔 이모할머니가 출간한 책과 번역한 책이 소개되어 있었다. 또 그 아래로는 이모할머니가 포함된 여러 명의 강사들이 이번 여름 동안 C시의 시청에서 '시민인문학교' 강좌를 진행한다는 지방신문의 기사가 나와 있었다. 다민은 요의를 느끼며 반대편으로 돌아누웠다. 막 일곱시 반이 지난 참이었다. 아직 이모할머니가 잠을 깬 기척은 없었다. 화장실은 이모할머니 방 바로 옆, 방문이 닫혀 있어도 변기의 물소리가 선명하게 들릴 터였다. 다민은 오줌을 참으려 다리를 꼬고 스마트폰을 다시 탁자 위에 올려놓았다. 대학교수가 대학교의 선생님을 뜻한다는 것은 다민도 알고 있었다. 그러나 시민사회운동가라든지 '여신의 사회학'이란 책의 제목, '마을 공동체의 교육실험' 같은 강좌명은 다민에게 더없이 낯선 단어였다. 당연히 그 단어들을 읽을 수는 있지만, 그 단어들이 무엇을 의미하는지는 알지 못했다. 자기가 모르는 세계에서 사용되는 말들, 자기와 무관하지만 보란듯이 존재하는 어른의 말들, 그 말들에서 감지되는 왠지 크고 무겁고 딱딱하고 어려운 느낌.

다민은 몸을 일으켜 침대 위에 걸터앉았다. 탁자 위에 올려두었던 머리끈으로 긴 머리칼을 하나로 묶었다. 어제 오후 함께 채팅을 했던 친구들은 아직 잠들어 있거나 이제 막 깨어나 학교 갈 채비를 하고 있을 터였다. 친구들 역시 저술가나 명사 초청 특강 같은 단어를 제대로 알지 못할 것이다. 저 혼자만 시작한 여름방학, 다민은 오줌을 참아보려 무릎을 모으고 다리를 떨며 주말이 지나고 월요일이 되었음에도 자신이 학교에 가지 않는다는 것에 대해 생각했다. 엄마는 오늘부터 본격적인 병원 업무를 시작한다고 했다. 엄마가 있는 요양병원까지는 이곳에서 자동차로 세 시간 거리. 더이상 오줌을 참기 힘들었다. 다민은 자리에서 일어나 방문 앞으로 다가갔다. 다민은 아빠가 있는 곳의 위치를 알지 못했다. 아빠가 그곳에서 무엇을 하며 하루를 보내는지 생각하지 않으려 노력했다. 그곳에 대해 거의 아는 게 없었으므로, 그 노력은 그다지 어려운 게 아니었다.

이모할머니는 마당에 누워 있었다. 거실로 나온 다민은 깜짝 놀랐다. 순간 이모할머니가 죽은 거라 생각했기 때문이다. 가로로 긴 직사각형의 커다란 거실 창이 양쪽으로 활짝 열려 있었다. 과연 비는 내리지 않았다. 마당 한가운데 누워 있는 이모할머니, 짙은 남색 매트 위 흰색 반소매 티셔츠와 줄무늬 파자마 차림이었다. 이모할머니가 누운 채로 고개를 뒤로 꺾고 가슴과 등을 한껏 위로 들어올렸다. 정수리로 매트를 짚고 눈을 감은 이모할머니의 티셔츠 배 부분이 천천히 오르내렸다. 잠시 후 몸을 일으킨 이모할머니는 거실 창을 등지고 양반다리로 앉았다. 기도하듯 모은 두 손을 하늘을 향해 곧게 뻗었다. 다민은 발뒤꿈치를 들고 잰걸음으로 화장실로 향했다. 이모할머니는 어떠신 것 같아? 사흘째 한집에 함께인 이모할머니, 요가를 하는 이모할머니, 고기를 먹지 않는다는 이모할머니, 그럼에도 어제 가지와 토마토와 소고기를 볶아 맛있는 요리를 해준 이모할머니, 특이한 향이 나는 차를 많이 가지고 있는 이모할머니, 매주 월요일과 금요일이면 강의와 세미나를 위해 C시에 간다는 이모할머니, 대학생이던 다민의 엄마와 둘이서 일주일 동안 제주도 여행을 한 적이 있다는 이모할머니, 그리고 이모할머니 집에 오기 전 엄마가 다민에게 말해준 이모할머니, 쉰여덟 살이라는 이모할머니, 아주 오래전 이혼을 했다는 이모할머니, 자식이 없다는 이모할머니, 십오 년 동안 C시의 한 대학교 교수였다는 이모할머니, 사 년 전 유방암에 걸렸다는 이모할머니, 암 수술을 하고 대학을 그만두고 C시를 떠나 시골집에 살고 있다는 이모할머니, 몸이 차츰 회복되어 이제는 책을 쓰고 강의를 한다는 이모할머니.

"그런데 쉰여덟 살이 할머니야? 65세 이상 어르신, 할머니 할아버지는 예순다섯 살부터인 거랬잖아."

"엄마 이모니까, 돌아가신 외할머니 여동생이니까 이모할머니라고 부르는 거야."

"인터넷 사진, 하나도 할머니 아닌데. 그냥 엄마 이모, 할머니 동생, 그렇게 부르면 안 돼?"

사흘 전 서울을 떠나 이모할머니 집으로 향하는 동안 다민은 운전 중인 엄마와 내내 이모할머니에 대해 얘기를 나누었다. 이모할머니에 대해 최대한 많은 얘기를 하는 것으로, 다른 얘기를 하지 않을 수 있었기 때문이다.

오전 열한시 무렵, 다민은 이모할머니를 따라 집을 나섰다. 맑게 갠 하늘 아래 투명한 햇살이 가득 쏟아지고 있었다. 요가를 마친 이모할머니는 집 안팎을 정리하고 아침식사를 준비했다. 이모할머니는 선식과 과일과 커피를, 다민은 치즈를 얹은 빵과 꿀을 넣은 우유를 먹었다. 식사를 하는 동안 다용도실의 세탁기가 돌아갔다. 이모할머니는 마당에 건조대를 펴고 빨래를 널었다. 다민의 티셔츠와 속옷과 양말이 처음으로 건조대에 걸렸다. 그뒤 한 시간쯤 이모할머니는 자신의 노트북 컴퓨터 앞에 앉아 있었고, 다민은 제 스마트폰을 들여다보았다. 다민에게 같이 갈 곳이 있다고 말한 뒤, 이모할머니는 작은 바퀴가 달린 접이식 철제 카트를 챙겼다. 코가 촘촘한 망사 주머니와 커다란 플라스틱 물통을 끈으로 묶어 카트에 고정시켰다.

다민은 이모할머니와 함께 집 뒤편의 완만한 오르막길을 올랐다. 좁은 길 주변으로 나무와 풀과 흙이 가득했다. 이틀 동안 비를 양껏 받아먹은 나무와 풀과 흙은 넘치도록 생기를 뿜어내고 있었다. 때문인지 아무도 없는 조용한 길이 웅성웅성 소란스럽게 느껴질 정도였다. 알싸한 공기가 코끝에 닿았다. 수백 수천 가지의 초록이 바람을 따라 부드럽게 일렁였다. 다민은 이곳의 나무와 풀과 흙이 서울에서 보았던 나무와 풀과 흙과는 완전히 다른 것이라 느꼈다. 발끝에 채는 돌멩이들도 어쩐지 촉촉하고 싱싱해 보였다. 기온이 빠르게 오르고 있었다.

"구름 봐, 멋지다."

이모할머니가 멀리 산너머를 가리키며 말했다. 커다란 뭉게구름이 희게 부풀어오르고 있었다. 한 번도 본 적 없는 아득히 환한 흰색, 덕분에 하늘색이 시리게 도드라졌다. 다민이 중얼거렸다.

"서울에는 없는 구름……"

"그래? 서울엔 저런 구름 없어?"

이모할머니가 웃었다. 고개를 끄덕이던 다민은 구름을 사진 찍어 채팅 창에 올려야겠다 생각했지만, 이내 스마트폰을 집에 두고 왔음을 알아차렸다.

좁은 길이 갈라지는 왼쪽으로 집 한 채가 나타났다. 이모할머니의 집과는 아주 다른 집. 흐릿하게 색이 바랜 파란 슬레이트 지붕, 삐뚜름하게 휜 나무 기둥, 조금은 겁을 먹게 만드는 어둑한 실내, 영화 속에 등장하는 낡고 오래된 진짜 시골집. 무엇보다 다민이 이름을 알지 못하는 온갖 식물들이 집을 겹겹 에워싸고 있어, 어디까지가 마당이고 집의 경계인지 전체의 모습을 가늠할 수 없었다.

"할머니!"

이모할머니가 집을 향해 소리쳤다.

"마을회관, 벌써 내려가셨나?"

주위를 두리번거리며 이모할머니는 다시 한번 큰 소리로 '할머니'를 불렀다. 다민은 제 옆으로 푸른 잎이 무성한 가지 사이사이 고추가 달려 있는 것을 발견했다. 크고 넓적한 잎사귀 틈새로 윤기가 도는 짙은 보라색 가지도 보였다. 세상에 있는 줄도 몰랐던 가지꽃이 피어 있었다. 누가 저를 알지 못해도 나름으로 언제나 예뻤을 연보라색 가지꽃, 줄기와 잎맥에도 보랏빛이 돌았다.

"어제 저녁때 우리가 먹은 가지, 여기서 딴 거야."

이모할머니가 말했다. 그때 집 뒤편에서 할머니가 나타났다. 다민은 깜짝 놀랐다. 그런 할머니는 처음이었다. 허리가 완전히 직각으로 굽은 탓에 서 있음에도 다민보다 키가 작았다. 팔과 다리가 나뭇가지처럼 짧고 가늘었다. 이모할머니에게 다가오며 무어라 말을 건넸지만 다민은 그 발음을 전혀 알아들을 수 없었다. 검은 입안, 서너 개뿐인 이는 마치 이가 아닌 것처럼 보였다. 할머니는 머리에 쓰고 있던 수건을 벗어 얼굴과 목덜미의 땀을 닦았다. 두피가 훤히 들여다보이는 성긴 머리칼은 한 올도 남김없이 모두 흰머리였다. 다민은 지금껏 한 번도 '백 살'인 사람을 만나본 적이 없었다. 이 할머니야말로 정말 백 살일 거란 확신이 들었다.

"할머니 귀가 잘 안 들리셔. 그래서 큰 소리로 얘기하는 거야."

이모할머니는 목소리를 낮춰 빠르게 말한 다음, 다민을 할머니에게 인사시켰다.

"조카손녀예요. 서울에서 놀러왔어요. 종종 저 대신 올라올 거예요."

잠시 후, 할머니는 어디선가 낡은 유모차를 끌고 나왔다. 아기를 앉히는 자리에 아기 대신 주둥이를 묶은 검정 비닐봉지 두 개를 짐처럼 실었다. 할머니는 더없이 익숙한 동작으로 유모차를 밀며 다민과 이모할머니가 왔던 길을 향해 걸어갔다. 마치 유모차가 할머니를 끌고 가는 것처럼 보였다.

"오늘은 깻잎이랑 오이 좀 따갈게요. 점심 맛있게 잡수세요. 참, 옥수수 따실 때 와서 도와드릴게, 얘기하세요."

할머니를 향해 이모할머니가 다시 소리를 질렀다.

"이 근방에 농사짓는 노인이 예닐곱 분쯤 있는데, 점심 저녁 마을 회관에 모여 꼭 같이 식사를 하셔."

이모할머니는 집에서 가져온 망사 주머니에 오이를 따서 담았다. 오이는 크기와 모양이 제각각이었다. 흰색과 연두색과 노란색이 조금씩 다른 비율로 섞여 있었다. 알파벳 C 자 모양으로 완전히 휘어진 것도 있었다. 무엇보다 신기한 것은 오이가 따뜻하다는 것이었다. 다민은 햇빛을 받아 따뜻하게 달아오른 오이를 가만히 쥐어보았다.

이모할머니가 깻잎 따는 시범을 보였다. 어렵지 않게 따라 할 수 있었다. 다민은 금세 깻잎 향이 밴 손가락을 코끝에 대보았다.

"이사오고 얼마 뒤부터 계속 여기 샘터집 할머니네서 채소랑 물이랑 얻어다 먹고 있어. 한 달에 한 번쯤 조금씩 돈을 드리지. 마트에서 산 사탕이랑 초콜릿도 갖다드리고. 할머니가 단걸 좋아하시거든."

"여기가 이모할머니 마트네요."

"맞아. 먹고 싶은 거 골라 담으면 돼."

햇빛이 뜨거웠다. 오이는 열 개쯤, 깻잎은 백 장쯤 땄다.

"이제 물통 채워서 우리도 집에 가자."

이모할머니는 다민을 집 뒤쪽으로 데려갔다. 장독대를 지나쳐, 흙투성이 손수레를 지나쳐, 사람이 지나다녀 생겨난 아주 좁은 길이 있었다. 나무 사이를 얼마쯤 걸어들어갔다. 갑작스레 공기의 온도와 습도가 확연히 달라졌다. 거의 검은색으로 보이는 짙은 이끼가 낀 바위들이 맞물리듯 겹쳐진 곳, 그 아래, 어른 손바닥만한 납작한 돌덩이를 둥글게 쌓아 그릇처럼 두른 곳, 맑은 물이 고여 있었다. 제일 안쪽으로 아기 얼굴만한 작고 검은 항아리가 거꾸로 뒤집힌 채 반쯤 물속에 잠겨 있었다. 이모할머니가 팔을 뻗어 조심스레 항아리를 들어올렸다. 기포를 뿜으며 물이 꿈틀거리고 있었다.

"이게, 뭐예요?"

"샘."

"샘?"

"물이 샘솟는 거야, 샘물."

"……땅속에서?"

"그래, 땅속 깊은 곳에서."

다민은 투명하게 꿈틀거리는 물의 덩어리를 바라보았다.

이모할머니는 나뭇가지에 걸려 있던 긴 손잡이가 달린 플라스틱 바가지를 가져왔다. 그리고 바가지로 물을 떠 다민에게 내밀었다. 다민은 물을 마셨다. 투명하게 꿈틀거리는 물의 덩어리가 몸안으로 차갑게 흘러들었다.

"어제, 그제, 집에서 마신 물, 여기서 길어간 물이야."

이모할머니도 바가지에 물을 담아 마셨다. 그러고는 집에서 가져온 물통에 물을 채우기 시작했다. 물통이 반쯤 찼을 때, 다민이 입을 열었다.

"땅속에 왜 물이 있어요?"

"음, 아까 봤던 구름 있지? 그런 구름이 비로 내려 땅속으로 깊이 스며들었다가, 이렇게 샘물로 솟아오르는 거야."

"깊이 스며들었는데, 왜 다시 솟아올라요?"

"글쎄, 그건 잘 모르겠는데……"

다민은 잠에서 깨어났다. 그리고 잠시 어리둥절해하며 눈을 깜빡였다. 우리집의 내 방이 아니다, 라는 자각이 아직은 당연히 익숙하지 않았다. 다민은 튕기듯 침대에서 몸을 일으켰다. 스마트폰의 시계는 네시 오십일분을 가리키고 있었다. 이모할머니가 저녁 강의를 하러 C시로 출발하는 시간은 네시 삼십분, 두 시간도 넘게 낮잠을 잔 셈이었다. 평소와 달리 아침 일찍 일어났기 때문일까, 짧은 거리였지만 무거운 물통을 실은 카트를 끌고 왔기 때문일까. 다민은 오후의 햇빛이 스러지고 있는 거실로 나왔다. 이모할머니를 배웅하지 못하고 실컷 낮잠을 잤다는 사실이 무안했지만, 단잠의 개운한 기운이 몸의 구석구석 기분좋은 나른함으로 번졌다. 식탁 위에는 이모할머니의 메모가 놓여 있었다. 일곱시쯤 저녁식사를 할 것, 설거지는 나중에 부탁했을 때만, 대신 물병에 물을 채워둘 것, 거실 창을 열고 있을 땐 방충망의 잠금장치를 꼭 채울 것, 아홉시 반쯤 귀가 예정. 그리고 냉장고에서 꺼내야 할 반찬과 전자레인지에 데워야 할 반찬 목록이 사인펜 손글씨로 적혀 있었다.

　오이와 깻잎과 샘물을 가지고 집으로 돌아온 후, 이모할머니는 밥을 짓고 국을 끓였다. 오이를 무치고 깻잎을 조렸다. 다민을 위한 반찬으로 게맛살을 넣어 도톰한 달걀말이를 만들었다. 점심식사를 마친 뒤 견과류를 넣은 요거트를 먹고 함께 마당의 빨래를 걷었다. 햇빛에 마른 티셔츠는 샘터집 할머니네 오이처럼 따뜻했다. 다민은 이모할머니가 엄마와는 다른 방법으로 마른 수건을 개키고 양말을 접는 모습을 지켜보았다. 작은방의 탁자 앞에 앉아 영어 교재 워크북을 펼친 것은 두시가 넘어서였다. 스마트폰의 메시지 함은 비어 있었다. 제가 먼저 친구들에게 말을 거는 것은 왠지 내키지 않았다. 포털 사이트에는 초등학교 고학년 여자아이들의 절대적 지지를 받는 남자 아이돌 그룹이 곧 새로운 음원을 발표한다는 뉴스가 올라와 있었다. 워크북을 채 한 페이지도 채우지 못하고 다민은 졸음에 겨워 침대에 누웠다.

다용도실 김치냉장고 옆에 플라스틱 물통 세 개가 놓여 있었다. 오늘 길어온 것까지 그중 두 개에 물이 가득차 있었다. 다민은 조심조심 우묵한 바가지에 물을 따랐다. 냉장고에 넣어둘 물병에 물을 채우고 남은 물을 마셨다. 투명하게 꿈틀거리며 솟아오르던 물의 덩어리.

교대시간이 맞지 않아 통화가 어려울 것 같다는 엄마와 짧게 메시지를 주고받고, 티브이 예능 프로그램의 동영상 클립을 보며 저녁을 먹고, 거실 탁자에서 워크북의 하루치 분량을 마저 채우고 고개를 들었을 때, 다민은 거울처럼 자신을 비추는 거실 창 너머, 바깥이 완전히 어두워졌다는 것을 깨달았다.

혼자였다. 처음이었다. 물론 혼자였던 적이 있지만, 이렇게 혼자인 것은 처음이었다. 엄마도 없었다. 아빠도 없었다. 없는 거나 마찬가지인 먼 곳에 있었다. 방학이 아님에도 학교에 가지 않았다. 처음이었다. 옆집도 윗집도 아랫집도 없는 시골집도 처음이었다. 그런 구름도, 그런 할머니도, 그런 가지꽃도, 그런 오이도, 그런 샘터도 처음이었다. 엄마 이모이자 할머니 동생이라는 이모할머니도 처음이었다. 이모할머니도 혼자였다. 그러나 이모할머니는 무엇도 처음이 아닌 듯했다.

다민은 이모할머니 방으로 향했다. 출입을 금한 게 아님에도 함부로 드나들어서는 안 될 것만 같은 방, 벽을 가득 채운 책들, 노트북 컴퓨터와 프린터 복합기, 갈겨쓴 메모들과 가득찬 서류함, 문득 다민의 시선을 끈 것은 가운데 경첩이 달린 작은 접이식 액자였다. 한쪽 액자엔 그림이, 다른 한쪽 액자엔 사진이 들어 있었다. 뱀이 자기 꼬리를 입에 물고 동그랗게 몸을 말고 있는 만화 같은 그림과, 온몸에 수많은 젖가슴이 달린 여자의 조각상을 찍은 흐릿한 흑백사진.

이모할머니 방을 나와 다민은 현관 옆으로 갔다. 벽에 여러 개의 조명 스위치가 있는 곳. 다민은 거실의 불을 껐다, 켰다. 창가와 벽난로 쪽의 간접 등도 차례로 하나씩 껐다, 켰다. 이 집의 낯선 것들을 익히기 위한 훈련이기도 했지만, 그것이 다는 아니었다. 거실을 가로질러 작은방의 불을 끄고 식탁 위의 불을 끄고 다시 현관 쪽으로 돌아와, 집안의 모든 조명을 차례로 껐다. 완전히 어두워졌다. 다민은 혼자였다. 처음이었다.

"이모할머니는 무슨 암에 걸리셨는데?"

"유방암."

"유방암은 왜 걸리는 건데?"

"엄마도 몰라."

"치, 무슨 간호사가 그것도 몰라."

"그러게…… 근데 실은 엄마도, 모르는 거 많아, 아주 많아."

다민은 잠시 어둠 속에 머물렀다. 다시 거실의 조명을 켰다. 이모할머니의 슬리퍼를 신고 마당으로 나왔다. 현관문이 닫히며 짧은 기계음이 울렸다. 0611이 아닌 1207.

마당은 어두웠다. 거실 창으로 집안이 밝게 들여다보였다. 혼자 밥을 먹고 과제를 하고 이 방 저 방을 들락거리고 집안의 불을 전부 껐다 켰다 했던 제 모습을 이렇게 밖에서 지켜봤다면 어땠을까, 다민은 생각했다. 미지근하고 습한 바람이 불어왔다. 다민은 맨발에 이모할머니의 슬리퍼를 신고 마당 곳곳을 천천히 거닐었다. 돌담의 출입구가 꺾어지는 곳에 녹색 천막을 씌운 차고가 있었다. 이모할머니의 차가 돌아오기까지는 아직 한 시간쯤 남아 있었다. 다민은 스마트폰의 플래시를 켰다. 마당 구석구석을 비추어보았다. 어둠을 마구 휘젓듯 플래시를 마구 흔들어댔다. 혼자였다. 처음이었다. 아주 무서운 기분이 들어야 하는 게 아닐까, 다민은 생각했다. 무섭지 않은 건 아니었지만 그렇게까지 무서운 건 아니었다. 그때, 돌담에 늘어져 있던 꽃하나가 바닥으로 떨어졌다. 다민은 어지럽게 움직이는 빛 속에서 그것을 보았다. 플래시를 다시 그쪽으로 비추었다. 분명히 보았다. 주홍색 꽃이 떨어져 땅에 닿을 때 톡, 하는 작은 소리도 들었다. 이 집에 온 첫날 이모할머니가 가르쳐준 꽃의 이름이 바로 기억나지 않았다. 다민은 플래시를 껐다. 어둠 속에서 다시 한번 꽃이 떨어지는 소리를 들어보고 싶었다. 혼자였고, 그런 생각을 해본 것도 처음이었다. 미지근하고 습한 바람이 불어왔다. 대신, 정수리와 어깨와 볼에서 톡, 톡, 하는 소리가 났다. 빗방울이 떨어지기 시작했다. 아까 봤던 구름 있지, 다민은 어둠 속에 혼자였다. 처음이었다. 그런 구름이 비로 내려 땅속으로 깊이 스며들었다가, 이렇게 샘물로 솟아오르는 거야.

*

열세 살 여자아이는 살구를 주워서 돌아왔다. 제가 주워온 것이 살구인 줄도 모른 채 주워서 돌아왔다. 지름이 겨우 오백원짜리 동전만한 것을, 어떤 것은 겨우 백원짜리만한 것을 삼십 개쯤 주워왔다. 누군가가 심고 가꾼 것이 아니라 숲속에서 저 혼자 자라난 살구나무, 매해 여름 그래왔듯 비바람에 함부로 열매를 떨군 살구나무. 열세 살 여자아이는 살구를 줍고 모기를 열아홉 군데나 물려서 돌아왔다. 숲속 바닥에 떨어진 살구가 아직 지천인데, 잠깐 사이 떼로 달려드는 모기를 어쩌지 못해, 가려워 쩔쩔매며, 아쉽고 분해하며 돌아왔다.

"살구를 본 적이 없어?"

"살구? 그럼 먹어도 되는 거예요?"

다민이 팔꿈치를 긁으며 되물었다. 수옥은 부랴부랴 허브 연고를 가져왔다. 반소매 티셔츠 아래로 드러난 팔뚝과 반바지 아래로 드러난 종아리는 물론, 귓등과 이마와 목덜미와 발가락까지 모기에게 골고루 피를 빨린 신세였다.

"거기가 제대로 모기 소굴이었나보다."

물린 자리가 금세 크고 벌겋게 성이 올랐다. 다민은 가려움에 인상을 쓰며 몸을 비틀었다. 수옥은 물린 자리마다 연고를 발라주었다. 여기도, 여기도, 여기도, 가렵다못해 시큰시큰한 통증이 손가락 끝으로 전해졌다. 다민의 몸이 달아오르고 있었다. 수옥은 열을 식혀보려 알로에 겔을 가져와 다민의 팔다리에 듬뿍듬뿍 펴 발랐다. 그러고는 물린 자리마다 다시 꼼꼼하게 허브 연고를 발라주었다.

"살구는, 전에 엄마가 썼던 클렌징 폼이 살구 클렌징 폼이었는데……"

가려움만큼이나 다급하게 다민이 제가 주워온 살구를 맛보고 싶어한다는 것을 수옥은 그제야 눈치챘다.

수옥은 동전만한 살구들을 물에 씻었다. 식초를 몇 방울 떨어뜨려 여러 번 행구었다. 과하게 무르거나 흠집이 있는 것들은 골라 버렸다. 살구 하나에 모기 한 방, 그 정도 값을 치른 셈이었다. 수옥은 멀쩡해 보이는 것들 중 하나를 골라 맛을 보았다. 은근하지만 제법이다 싶을 만큼의 부드러운 달콤함.

다민은 가려움에 전전긍긍하면서도 제가 주워온 열매들에 온통 마음을 빼앗겼다. 어렵게 잡아온 사냥감이라도 되는 양 겨우 동전만한 살구들을 신기해하고 뿌듯해했다. 스마트폰으로 이렇게 저렇게 사진을 찍고, 요란하게 감탄하며 하나하나 음미하듯 먹어치웠다. 어린이를 지워가던 얼굴은 순간 영락없이 대여섯 살 꼬맹이로 퇴행했다. 이마 한가운데 모기 물린 자국이 볼썽사납게 도드라졌다. 가려워하며 맛있어하며, 과육을 우물거리고 씨앗을 빨아대고, 마치 그 살구를 제가 만들어내기라도 한 것처럼 흡족해하던 열세 살 여자아이는 어느 순간 잠이 들었다. 돈을 주지 않고 열매를 얻은 것은 아마 처음일 터였다. 수옥은 침대 위 무방비로 늘어진 팔다리와 멀리 다른 세상의 것인 듯한 얼굴을 바라보았다. 수옥은 잠든 아이를 바라본 적이 없었다. 잠든 아이를 바라보는 것은, 어쩌면 처음이었다. 하얀 접시 위에 갈색의 작은 살구씨들이 무언가의 알처럼 남아 있었다.

다민이 잠든 사이 비가 내리기 시작했다. 수옥은 세미나 자료에서 눈을 떼고 책상과 마주한 창밖을 바라보았다. 여름비답지 않은 부슬비, 마당에 물안개가 퍼지고 있었다.

폴란드 북쪽의 항구도시 그단스크에 갔던 것은 칠 년 전 겨울의 초

입이었다. 대학의 안식년을 맞아 수옥은 독일 베를린의 한 대학에 방문연구원으로 체류중이었다. 수옥은 오래전부터 고대 모계사회의 신화와 전통을 현대 사회학과 접목시켜보고 싶은 바람이 있었다. 그 주제로 책을 낼 수 있길 바랐다. 독일에 머무는 동안 처음으로 번역서를 내고 싶다는 바람도 갖게 되었다. 관련 자료를 찾고 공부에 몰두할 수 있는 시간이었다. 그런가 하면, 독일 내 선진화된 마을 공동체의 다양한 실험과 그 성공 사례를 다룬 책이 C시의 시민사회단체에서 활동중인 수옥의 마음을 사로잡았다. 베를린에서 의욕적인 봄과 여름을 보내고 맞은 가을, 수옥은 폴란드에서 온 헨리크라는 남자를 만났다. 그는 바르샤바 국립학술원 소속의 역사학자였다. 세계 각지에서 온 연구원들을 환영하는 학교행사에서 처음 인사를 나눈 뒤, 수옥은 일주일 사이 베를린 시내에서 그와 세 차례나 마주쳤다. 두스만 서점의 레코드 숍에서, 티어가르텐 공원의 동쪽 연못에서, 그리고 대학 부근의 트램 정류소에서. 기묘한 우연일 뿐이라 생각했지만, 수옥은 평생 알지 못했던 강렬한 마음의 동요를 느꼈다. 은퇴한 철학자의 만년처럼 평온하고 단조롭던 일상은 단숨에 밀렵꾼들이 득실거리는 뜨거운 모험의 정글로 변했다. 가장 믿을 수 없는 부분은 헨리크 역시 자신과 같은 감정에 휩싸여 있다는 것을 분명히 느낄 수 있다는 점이었다. 도무지 앞뒤가 맞지 않는 일이었다. 그토록 갑작스럽게 격렬하고 위험한 혼란을 경험하기에 두 사람은 적당한 처지가 아니었다. 수옥은 쉰한 살이었고, 헨리크는 마흔여섯 살이었다. 헨리크는 바르샤바에 아내와 아이들이 있었으며, 수옥은 안식년이 시작되기 한 해 전 폐경을 맞았다. 그럼에도 견딜 수 없는 열망이 두 사람을 압도했다. 수옥은 스무 살처럼 들끓었다. 음식을 삼킬 수도 잠을 청할 수도 없었다. 서 있을 수도 앉아 있을 수도 누워 있을 수도 없었다. 수옥은 문득 자신이 스무 살에도 서른 살에도 마흔 살에도 그처럼 뜨겁고 아프게 누군가를 원해본 적이 없다는 사실을 깨달았다.

수옥은 석사과정을 마치고 스물여덟에 중매로 결혼했다. 수옥이 대학생이던 1980년대 초반은 이념 서클에 가입해 조직 활동을 하거나 가투에 나가 스크럼을 짜고 구호를 외치는 것이 조금도 특별할 게 없던 시절이었다. 수옥은 대학원 진학으로 진로를 정했다. 사회학이란 전공은 투쟁의 다른 방편이란 알리바이가 되기도 했다. 대학원 진학 후 조금씩 가세가 기울어 공부와 함께 이런저런 돈벌이를 병행해야 하는 팍팍한 시간이 이어졌다. 주파수가 뚝뚝 끊기는 듯한 지리멸렬한 연애 감정에도, 대학원이란 강고한 가부장 사회에서 극소수의 여학생으로 대상화되는 것에도 신물이 났다. 학위를 마쳤을 때 수옥은 극심한 피로와 회의에 빠져들었다. 여전히 거리에는 최루탄 가스가 자욱했고, 사람들은 부당하게 죽거나 다쳤다. 취업에도 박사과정에도 전혀 의욕을 가질 수 없었다. 남편은 중견 건설사를 소유한 집안의 차남이었다. 시댁이 가방끈 긴 며느리를 내심 반긴다는 조건은 수옥의 부모를 기쁘게 했다. 서른둘에 이혼하기까지 수옥은 집요하고 기만적인 폭력을 수없이 경험했다. 쇄골과 손가락뼈가 부러졌고, 팔목 인대가 늘어났고, 눈썹이 찢어졌고, 따귀를 맞고 목이 졸렸다. 여러 차례 병원 신세를 졌고, 맨발에 슬리퍼 차림으로 밤거리를 막막히 헤맸다. 거짓과 굴욕과 환멸, 가증스러운 합리화와 무력한 가위눌림. 수옥은 임신을 하지 않기 위해 필사적으로 노력했다. 쉽지 않은 이혼이 성사된 것에는 당시로는 흔치 않았던 이혼 전문 변호사의 도움이 컸다. 이혼 후 수옥은 학교로 돌아왔다. 허망한 안도감과 쓰디쓴 패배감이 절박하게 공부에 매달리게 했다. 한 학기씩 휴학을 하고 외딴 절과 수녀원에 틀어박혀 숨을 고르기도 했다. 박사과정을 마치고 강사생활을 하던 수옥은 지방의 한 사립대학에 채용 공고가 나자 주저 없이 지원했다. 임용이 된 후에는 삶의 터전을 모조리 C시로 옮겼다.

오십 년의 삶이 지나고 찾아온 베를린의 어느 가을밤, 수옥은 연인이란 애달픈 병자가 되어 헨리크를 찾아갔다. 수옥은 대학 내 국제 기숙사에 머물고 있었고, 헨리크는 시 외곽의 허름한 아파트를 숙소로 쓰고 있었다. 수옥은 그 아파트의 낡은 계단을 올라 아득한 꿈속으로 생생히 빨려들어갔다. 헨리크 역시 겁에 질려 있기는 마찬가지였다. 그러나 그 두려움마저 남김없이 태워버릴 만큼 무모하게 들끓고 있기는 그도 마찬가지였다. 수옥은 사흘간 그의 집에 머물렀다. 수십 년의 인생과 맞바꿀 수 있을 것 같은 믿을 수 없는 사흘간, 다시는 그전과 같은 인간으로 되돌아갈 수 없는 시간의 경험, 충만이라는 고통, 슬픔이라는 안식. 땀과 허기와 턱수염과 노래와 술과 무릎의 체온. 삶이 그러한 방식으로 허락한 이것. 수옥은 완전무결하게 농축된 형태로 단 한 번뿐인 사랑을 석 달간 경험했다. 가을이 깊어갔다. 헨리크, 헨리크, 헨리크, 이 사랑이 지속되지 않음으로써만 온전히 자신의 것이 될 수 있다는 사실에 수옥은 기꺼이 통곡했다.

이번엔 옥수수였다. 챙이 넓은 모자를 쓰고 수옥은 다민과 함께 샘터집 할머니네 옥수수밭에 있었다. 구름이 많아 햇빛이 강하진 않았지만, 한두 시간 전까지 비가 내린 탓에 습도가 높았다. 옥수수 이파리마다 점점이 빗방울이 맺혀 있었다. 옥수수를 따는 일은 살구를 줍는 것과는 달랐다. 목덜미와 등줄기로 연신 땀이 솟았다. 키 큰 옥수수 사이, 아직 그만큼은 크지 않은 다민이 보이지 않았다. 옥수숫대가 흔들리면 그곳이 아이가 있는 곳이었다.

비가 오지 않을 때면, 다민은 곧잘 망사 주머니를 들고 살구를 주우러 갔다. 모기 차단제를 온몸에 뿌리고, 팔 토시를 차고, 모기를 향해 마구잡이로 휘두를 수건까지 챙겨 집을 나섰다. 그래도 모기에 물렸고, 그래도 살구를 주워왔다. 다민은 제가 살구를 주워오는 곳이 어딘지 알려주지 않았다.

"저기, 위쪽에……"

수옥은 더이상 묻지 않았다. 숲의 지도가 제각각이란 사실을 수옥도 알고 있었다.

"이제 살구나무는 확실히 알아요."

다민은 이렇게 덧붙였다.

"땅바닥만 보고 다니면 안 된다는 걸 알았어요. 살구나무를 먼저 찾아야지. 그럼 그 밑에 있어요, 살구가."

어느새 다민과 함께 지낸 지도 열흘이 넘어가고 있었다. 커다란 자루 가득 옥수수를 채웠다. 수옥은 옥수수 껍질을 벗기며 다민에게 말했다.

"이 옥수수수염, 전부 몇 개게?"

"이거, 수염? 으, 이걸 다 어떻게 세요?"

다민은 끝부분이 연한 갈색으로 변한, 가늘고 흐물흐물한 털 뭉치를 만지며 되물었다.

"수염 대신 옥수수알을 세면 돼. 옥수수 알갱이 개수랑 옥수수수염 개수는 같거든."

다민이 어리둥절한 표정을 지었다.

"이렇게, 옥수수 한 알에, 옥수수수염 한 올."

"우와, 진짜요?"

옥수수 알갱이의 개수와 옥수수수염의 개수가 같다는 사실을 수옥에게 알려준 것은 죽은 큰언니였다. 그러니까 정혜의 엄마, 다민의 외할머니, 수옥보다 열두 살이 많은, 2남 3녀 집안의 장녀, 큰언니의 이름은 박수자였다. 수옥이란 이름 탓에 어린 시절 수옥의 별명은 내내 '옥수수'였다. 여름이 되어 옥수수 철이 돌아오면 수옥을 옥수수라 부르며 놀려대는 사내아이들의 장난은 한층 짓궂어졌다. 수옥은 그 유치한 괴롭힘에 대한 불평을 큰언니에게 늘어놓곤 했다. 큰언니는 벌써 어른인 아가씨였고, 여름이면 땀을 흘리며 커다란 들통 가득 식구들이 먹을 옥수수를 삶았다.

"너, 이 옥수수수염이 몇 갠 줄 알아?"

수옥의 짜증보다 몇 배는 더 중요한 일이라는 듯, 큰언니가 정색을 하며 말했다.

"옥수수 알갱이랑 개수가 같아. 신기하지? 옥수수 한 알에, 옥수수수염 한 올."

수옥은 어린 마음에 알갱이와 수염을 일일이 세어 확인을 해보고 싶었지만, 그렇다고 제 별명이 바뀔 듯싶지는 않았다.

"그래서 어쨌다고? 애들이 자꾸 옥수수라고 놀린다니까!"

큰언니는 어깨를 으쓱해 보이고는, 한 김 식힌 따끈한 옥수수를 수옥에게 내밀었다.

"그래서 어쨌다니, 그냥 그렇다는 거야. 세상엔 그런 게 아주 많아. 신기하잖아. 옥수수 한 알에, 옥수수수염 한 올."

큰언니는 칠 년 전 세상을 떠났다. 지인의 차를 얻어 타고 지방의 결혼식에 다녀오던 길에 참담한 교통사고를 당했다. 예순세 살의 죽음이었다. 그때 수옥은 독일에 있었다. 헨리크와 폴란드 그단스크로 여행을 떠났다 혼자 베를린으로 돌아온 이틀 후, 정혜로부터 제 엄마의 죽음을 알리는 전화를 받았다. 베를린은 크리스마스 시즌을 앞두고 아름답게 흥성거리기 시작했고, 수옥은 해를 넘겨 2월까지 베를린에 머무르며 이별의 시간에 온전히 잠겨 있고 싶었다. 그러나 수자 언니, 간신히 비행기표를 구한 수옥은 발인 날 새벽 가까스로 서울에 닿을 수 있었다.

갑작스러웠던 짧은 사랑이 끝나고, 다시 갑작스럽게 맞이한 자매의 죽음. 수옥은 비행기 안에서 그단스크 시내 성마리아교회의 피에타 조각상을 떠올렸다. 완성되기까지 백육십여 년이 걸렸다는 견고한 붉은 벽돌의 대성당, 회칠을 한 하얀 방에 예수와 마리아가 있었다. 그런 피에타는 처음이었다. 장엄하거나 성스러운, 비장미가 물씬 풍기는 그런 피에타가 아니었다. 천재 조각가의 경이로운 솜씨로 살아 움직일 것같이 유려한 피에타도 아니었다. 그단스크 성마리아교회의 피에타는 노골적이고 적나라했다. 마리아의 몸 위에 거의 일자로 눕혀진, 뻣뻣하게 경직된 젊은 예수의 몸, 가시면류관을 쓴 죽음의 얼굴, 상처투성이 희생자의 피폐함과 무력함, 로마 병사가 창으로 찔러 생긴 늑골의 상처에서는 순진한 어린아이가 곧이곧대로 그린 것처럼 여러 갈래로 붉은 피가 흘렀다. 마리아는 제게 주어진 감당 불가의 상황에 어쩔 줄 몰라하고 있었다. 충격과 공포의 빛이 역력한 눈동자, 잔뜩 찌푸린 얼굴, 미간에는 선명한 주름이 잡혀 있었다. 조각상의 구도는 어긋나 있었고, 균형은 깨져 있었다. 그러나 바로 그 어긋남과 깨어짐 때문에, 그 조악함에 가까운 정직한 고통과 슬픔 때문에, 어긋난 운명이, 깨어진 마음이, 곧이곧대로 수옥의 가슴을 가격했다. 그단스크 성마리아교회의 피에타는 조각상이라기보다 비통함을 산 채로 포획해 만든 박제에 가까웠다. 헨리크는 눈물을 흘리는 수옥의 곁에 말없이 서 있었다.

발트해를 마주한 폴란드의 북쪽 도시 그단스크는 헨리크의 고향이었다. 그단스크는 중세 한자동맹의 중심지였고, 프로이센의 황금기를 구가한 번영의 도시였다. 독일과 폴란드가 번갈아 차지했던 요충지였고, 제1차세계대전 후 국제연맹에 의해 자유도시로 선포되어 이십 년간 독립국가의 지위를 누린 도시였다. 제2차세계대전, 나치가 가장 먼저 침공한 도시 역시 그단스크였다. 헨리크의 박사논문은 그단스크의 역사를 주제로 한 것이었다. 그단스크의 독일어 이름이 '단치히'라는 것을 알았을 때, 수옥은 대학 시절 읽었던 소설, 결혼 직전 보았던 영화 〈양철북〉을 기억해냈다. 단치히의 오스카, 어른이 되기를 거부하고 미친듯이 북을 치는 난쟁이 오스카, 독일인 아버지와 폴란드인 아버지를 동시에 가진 오스카, 세상 전체를 깨뜨려버릴 듯 악마처럼 비명을 지르는 오스카. 오스카처럼 단치히에서, 그단스크에서 태어나고 자란 헨리크. 헨리크는 수옥을 성마리아교회로, 발트해의 바닷가로, 그리고 자기 어머니의 무덤으로 데려갔다. 수옥은 사흘간 헨리크와 함께 그단스크에 머물렀다. 1207. 12월 7일 정오 무렵, 수옥은 헨리크와 헤어졌다. 그단스크의 기차역에서 수옥은 베를린으로, 헨리크는 바르샤바로 향했다.

점심식사 후 수옥은 차를 몰고 읍내로 나왔다. 관공서와 은행에 들러 몇 가지 일을 처리하고, 농협 마트에서 팥빙수 재료를 산 후 집으로 돌아왔다. 차고에 주차를 하고 마당을 가로질러 현관문으로 향하던 수옥은 돌담의 능소화가 모두 졌음을 발견했다. 돌담 아래 검은 땅 위, 방금 전 마지막으로 떨어졌을 법한 능소화가 아직 죽음이 아닌 양 싱싱한 주홍빛을 뿜어내고 있었다.

1207, 수옥은 집으로 들어섰다. 그리고 현관에서 신발을 벗기도 전에 이상한 소리를 들었다. 이상한 소리였다. 들어본 적 없는 짐승의 울음소리 같은, 들어본 적 없음에도 짐승의 울음소리라고밖에는 할 수 없는 소리. 그러나 또 짐승 소리가 전부는 아닌 울음, 울음소리 사이사이, 내가, 몰라, 언제, 아파, 엄마가 그랬잖아 같은 날카로운 소리가 둔하게 뭉개진 채로 함께 들려왔다. 다민은 제 방에 없었다. 거실에도 부엌에도 수옥의 방에도 없었다. 그럼에도 메아리처럼, 꿈속에서처럼, 소리는 계속 들려왔다. 짐승은 이제 거의 울부짖고 있었다. 마치 집 전체가 울고불고 발작을 일으키는 것 같다는 생각이 들었을 때, 수옥은 비로소 다민이 다용도실 위쪽 다락에 있다는 것을 알 수 있었다.

다락은 수옥이 앉아 있기도 누워 있기도 불가능할 정도로 좁은 공간이었다. 오래된 물건 몇 가지를 넣어둔 게 전부였다. 그러나 열세 살 여자아이라면 앉아 있기도 누워 있기도 적당하겠다는 걸 수옥은 이제 알 수 있었다. 엄청 더울 텐데, 수옥은 한숨을 내쉬고 손을 씻으러 화장실로 들어섰다. 그리고 깜짝 놀랐다. 누군가가 죽은 거란 생각이 들었다. 욕조 안에 다민의 반바지와 속옷과 수건이 있었다. 손빨래를 하다 만 듯 흠뻑 물을 먹은 채 함부로 뭉쳐 있었다. 젖은 빨래에서 희미하게 핏물이 배어나오고 있었다. 타일 바닥에도 얼룩진 핏자국이 남아 있었다. 수옥은 변기 옆 휴지통의 뚜껑을 열어보았다. 피와 물을 흠뻑 빨아들인 휴지 뭉치가 서툴게 없애려 했던 증거물처럼 그 안에 가득했다.

수옥은 거실로 나와 정혜에게 문자 메시지를 보냈다. 여전히 희미한 울음소리가 들려왔지만, 불분명한 말소리는 들려오지 않았다. 갑작스레 시작된 초경에 패닉에 빠진 딸아이의 전화를 멀리서 황망하게 받았을 엄마 정혜에게 수옥은 최대한 차분한 문장으로 문자를 보냈다. 잠시 후 답신이 도착했다. 문자 메시지와 함께 여러 개의 이미지 첨부 파일도 수신돼 수옥은 차분해지고자 하는 마음을 유지하기가 어려웠다.

너희 아빠 감옥 갔다며, 헐~ 너 거짓말 장난 아니다, 걔네 엄마가 너희 아파트 아래층 사는 아줌마한테 다 들었대, 너희 엄마 아빠 이혼했다며, 이사간 게 아니라 도망친 거지 뭐, 그럼 쟤네 아빠 죄수야? 대박~ 우리 반 애들 이제 다 알아, 내년에 시골 중학교 입학각ㅋㅋㅋ, 진짜 거짓말 짱이다, 사기꾼 딸 인정!

수옥이 두 시간쯤 집을 비운 사이, 다민은 두 가지 사건을 속수무책 테러처럼 경험한 셈이었다. 다민은 서울의 친구들에게 메신저로 말을 걸었다. 어제부터 초등학교의 여름방학이 시작된 참이었다. 정혜가 수옥에게 보내온 이미지 파일은 다민과 같은 반 아이들의 메신저 채팅 창을 캡처한 화면이었다. 채팅 창은 네댓 명쯤 되는 아이들이 다민을 공격하고 조롱한 문자들로 가득했다. 수옥이 이해하지 못하는 자기들만의 은어와 속어를 총동원해, 온갖 괴상망측한 표정을 짓는 캐릭터 이모티콘 역시 총동원해, 아이들은 스스로도 몰랐을 잔인함을 한껏 즐기며 다민에게 창피를 주고 상처를 입히는 데 열을 올리고 있었다.

정혜의 문자에 따르면, 다민은 채팅 창을 빠져나와 스마트폰의 전원을 끄고 집을 나섰다고 했다. 아마 살구나무를 찾거나 샘터로 향했을 거라고 수옥은 생각했다. 그러다 갑자기 시작된 첫 생리에 놀라고 당황해 허둥지둥 다시 집으로 돌아왔다고 했다. 수옥은 넋이 빠진 채 제대로 뒤처리를 할 엄두도 내지 못하고 울며불며 전화로 제 엄마를 찾았을 다민의 모습을 떠올려보았다.

수옥은 다시 집을 나섰다. 햇빛이 가혹할 정도로 뜨겁게 내리쬐었다. 잠깐 사이 차 안은 숨이 막힐 정도로 달아올라 있었다. 수옥은 급하게 시동을 걸고 에어컨을 작동시켰다. 제집에는 여분의 베개만 없던 게 아니었다. 자신이 마지막으로 생리대를 산 게 언제였는지 기억조차 나지 않았다. 수옥은 정혜를 안심시키려 문자 메시지를 보냈다. 좁고 어두운 다락에 웅크리고 있을 열세 살 여자아이, 다민에게도 문자를 보내려다 손을 멈추었다. 대신 다시 한번 정혜에게 문자를 보냈다. 같이 있어줄 수 없는 엄마가 목소리라도 들려주며 우선 아이를 달래는 게 맞는다는 생각이 들었다. 이제 더이상 아이가 아니게 되어버렸다 해도. 수옥은 속도를 높여 구불구불한 지방도로를 달렸다. 암 수술을 위해 얼마간 병원에 입원했을 때도 폭염이 기승을 부리던 한여름이었다. 교차로에서 정지신호에 걸렸다. 그나저나 다락이라니, 꽤 그럴듯한 장소를 찾아냈다고 수옥은 생각했다. 항암 치료를 중단하고, 대학을 그만두고, 삼 년 전 자신이 이 시골집을 찾아냈던 것처럼. 저도 모르게 다음 수순을 밟는다는 것, 같은 채로 다른 존재가 된다는 것, 달라진 모습으로 시간을 통과한다는 것, 아니 달라져야만 시간을 통과할 수 있다는 것.

*

종일 비가 내렸다. 종일 피가 흘렀다. 작은방의 접이식 간이침대에 누워 다민은 샘물을 생각했다. 살구를 생각했다. 이상한 물을 너무 많이 길어다 마셨기 때문일까, 이상한 과일을 너무 많이 주워다 먹었기 때문일까. 마트에서 산 생수와 과일을 먹었다면, 그랬다면 몸에서 계속 피가 흘러나오는 일은 없지 않았을까, 다민은 생각했다.

다민이 생리에 대해 무지한 것은 아니었다. 이미 같은 반에 몇 명쯤 제 조숙함을 뽐내듯 매달 생리통을 겪는 여자아이들이 있었고, 일찌감치 엄마에게 이런저런 주의 사항을 듣고 매뉴얼을 익혔으며, 보건 교사가 정기적으로 실시하는 성교육의 내용은 딱히 놀랍거나 새삼스럽지 않았다. 초경을 겪는 평균 나이는 열네 살, 일 년쯤 먼저 시작되었다고 해도 결코 이상할 게 없는 일이라는 것을 다민도 잘 알고 있었다. 그러나 아무 소용이 없었다. 모든 게 이상했다. 아프고 싫고 두렵고 화가 났다. 다른 것은 없었다. 아픔과 싫음과 두려움과 화가 제게 겹겹이 들러붙어 자기를 마음대로 조종하고 있다는 생각이 들었다.

다민은 스마트폰의 메신저 앱을 삭제했다. 두세 시간에 한 번씩 생리대를 교체하러 화장실을 들락거릴 때를 제외하고는 종일 작은방에 틀어박혀 있었다. 침대 위에 웅크린 채 남자 아이돌 그룹의 뮤직비디오를 보고 또 보았다. 개구리와 두더지를 폭탄처럼 터뜨리는 게임을 하고 또 했다. 덥고 불편했다. 제 의지와는 무관하게 쏟아지는 생리혈이 침대 위에 얼룩질까 편안히 누워 있을 수도 없었다. 몇 번이나 노심초사 몸을 일으켜 가랑이 사이를 살폈다. 넘어져 무릎을 긁히거나 칼끝에 손가락을 베거나 했을 때처럼 피가 흐르는 게 아니었다. 끈끈하고 따뜻하고 비릿한 덩어리가 게워내듯 몸밖으로 나온다는 것을 왜 아무도 가르쳐주지 않았을까. 다민은 아프고 싫고 두렵고 화가 났다. 누운 채로 땀이 차고 제멋대로 헝클어진 긴 머리칼은 아무리 손가락 빗질을 해보아도 깔끔하게 하나로 묶을 수 없었다. 덥고 무력했다. 다민은 방바닥에 떨어진 머리칼을 줍지 않았다. 영어 교재 워크북도 펼쳐보지 않았다. 낯빛이 어둡고 몹시 피곤해 보이는데다, 촌스러운 디자인의 간호사복이 영 마음에 들지 않는 엄마에게 영상통화가 아닌 음성통화를 하겠다고 변덕을 부렸다.

이모할머니는 다민의 아픔과 싫음과 두려움과 화를 잘 알고 있는 듯했다. 그 잘 알고 있음이 짐짓 특별할 게 없는 당연함으로 느껴져 다민은 심술이 났다. 피가 묻었던 바지와 속옷과 수건은 말끔히 세탁되어 있었다. 점심을 거르고 저녁식사가 차려진 식탁을 마주하자마자, 다민은 팥빙수가 먹고 싶다고 말했다. 이모할머니는 별다른 표정의 변화 없이 그럼 자기 혼자 식사를 할 동안 기다려달라고 말했다. 식사를 마친 이모할머니는 팥빙수를 만들어 다민의 방으로 가져다주었다. 이모할머니는 여러 가지 허브를 섞어 생리통에 좋다는 차를 끓여주었다. 차는 뜨겁고 맛이 없었다. 미지근해지자 향이 더욱 역하게 느껴졌다. 다민은 억지로 한 모금을 삼킨 뒤 인상을 쓰며 고개를 저었다. 이모할머니는 역시 별다른 표정의 변화 없이 다민에게 진통제와 물컵을 건네주었다.

생리 나흘째, 다민은 나흘 만에 집밖으로 나왔다. 비가 그치고 해가 났다. 여전히 아프고 싫고 두렵고 화가 났지만, 그 여전한 아픔과 싫음과 두려움과 화가 숨이 막히도록 지겹게 느껴졌다. 숲속에서 매미들이 울었다. 뭘 저렇게까지 열심히, 하는 기세로 맹렬하게 울었다. 다민은 살구나무들이 있는 곳으로 갔다. 그리고 깜짝 놀랐다. 바닥에 떨어진 살구들이 전부 썩어 있었다. 갈색으로 변해 고약한 악취를 풍기고 있었다. 그나마 괜찮아 보이는 몇 개를 집어들었지만, 손가락이 닿자마자 과육이 문드러져버렸다. 달라져 있었다. 숲의 무언가가 며칠 전과는 완전히 달라져 있었다. 다민은 키 큰 살구나무를 올려다보았다. 제 열매들이 썩어 문드러져 바닥을 뒹굴고 있음에도 나무는 아파하거나 싫어하거나 두려워하거나 화를 내는 것 같지 않았다. 살구를 주우러 올 때면 늘 챙겨왔던 망사 주머니를 가져오지 않았다는 것을 다민은 그제야 깨달았다. 그토록 극성이던 모기가 좀처럼 보이지 않는다는 것도 뒤늦게 알아챘다.

그날 오후, 다시 비가 쏟아졌다. 굉장한 폭우였다. 밤처럼 어두워진

하늘에서 번갯불이 번쩍였고 천둥소리가 울렸다. 이모할머니가 다민을 거실로 불러냈다.

"도와줄 일이 있어. 집이 너무 습해서."

이모할머니는 벽난로 앞에 땔감과 신문지를 가져다놓았다.

"불 피우는 게 보통 일이 아니거든. 우선 불쏘시개를……"

이모할머니는 신문지를 빨랫감처럼 비틀어 구기며 시범을 보였다. 다민은 따라 했다. 다민이 불쏘시개를 만드는 동안, 이모할머니는 벽난로 안에 나무토막을 쌓아올렸다.

거센 빗소리가 계속되었다. 매캐한 연기가 피어올랐지만, 종이의 불은 나무에 쉽게 옮겨붙지 않았다. 벽난로의 불과는 아무런 상관이 없다는 걸 알았지만, 다민은 섬뜩하게 번쩍이는 번갯불과 요란하게 울려대는 천둥소리의 힘으로 벽난로의 불이 어서 활활 타올랐으면 좋겠다고 생각했다. 그리고 저도 모르게 중얼거렸다.

"작년 여름방학 때, 엄마 아빠랑 캠핑 갔었어요. 텐트 치고, 낚시하고, 고기 구워먹고, 모닥불 피워서 캠프파이어도 하고…… 맞다, 그때 옥수수도 구워먹었는데."

벽난로에 불길이 솟아올랐다. 나무가 타들어가는 소리가 시나브로 빗소리를 지웠다. 집안으로 벽난로의 불빛과 열기가 퍼져나갔다. 집이 다른 곳으로 변하는 듯했다. 이모할머니가 다민에게 말했다.

"내일 C시에 같이 갈까? 세미나는 한 주 미뤄졌고, 볼일은 잠깐이면 끝나니까. 점심 맛있는 거 먹고 쇼핑하자. 영화도 보고."

무엇이, 어떻게, 왜 달라지는 건지, 다민은 이모할머니가 운전하는 자동차의 조수석에 앉아 창밖을 보며 생각했다. 도로 양옆으로 키 큰 플라타너스가 줄지어 늘어서 있었다. 무성한 잎사귀들이 하늘을 가렸다. 한 시간쯤 달려 C시에 도착했다. 이모할머니가 십오 년간 살았다는 도시, 다민은 처음이었다.

이모할머니가 차를 세운 곳은 우체국 앞 주차장이었다. 이모할머니는 트렁크에서 상자를 꺼냈다. 상자 안에는 신문지와 지퍼 백으로 포장한 옥수수가 스무 자루쯤 담겨 있었다. 다민은 이모할머니를 따라 우체국 안으로 들어갔다. 스마트폰의 메모를 확인하며 이모할머니는 상자에 다민의 엄마 이름과 요양병원의 주소를 적었다. 택배를 접수하고 우체국을 나서며 이모할머니가 말했다.

"옥수수 같은 걸 보내긴 어렵겠지만, 다음에 아빠한테 편지 쓰면 여기 와서 대신 부쳐줄게."

이모할머니는 C시 중심가의 쇼핑몰로 다민을 데려갔다. 강의할 때 입을 여름옷이 마땅치 않다고 했으면서도 캐주얼 의류 매장만 주의깊게 둘러보았다.

다민에게 입어보라 권한 민소매 원피스는 디자인이 꽤나 성숙한 분위기를 풍겼다. 그리고 사이즈가 컸다.

"내년이나 내후년이면 딱 맞겠다. 중학생이라고 뭐 맨날 교복만 입나. 예쁘네, 좋아."

이모할머니는 다민에게 색깔별로 스냅백 모자를 번갈아 씌워보고, 맨발에 아쿠아 슈즈를 신게 한 뒤 편안한지 살폈다. 점심식사는 쇼핑몰의 식당가에서 피자와 파스타를 먹었다. 음식이 나올 동안 화장실에 간 다민은 생리의 양이 확연히 줄어들었음을 확인했다. 피의 색깔과 형태와 질감이 처음과는 달라져 있었다. 아픔과 싫음과 두려움과 화도 제각각 다른 무언가로 변하고 있었다. 다민은 악취를 풍기며 썩어버린 숲속의 살구를 떠올렸다. 무심히 숲길을 걷던 중 제 발 앞으로 데구루루 굴러왔던 작고 예쁜 첫번째 살구도 떠올렸다.

도시의 쇼핑몰, 몇 주 만에 접하는 시골의 것이 아닌 것들. 허리가 완전히 굽은 백발의 할머니도, 주홍색 능소화도, 따뜻한 오이도, 깊이 스며들었다 다시 솟아오르는 샘물도 왠지 꿈속에서 보았던 것처럼 아득하게 느껴졌다. 어쩌면 사기꾼이란 단어가 들어간 문자 메시지와 좁은 다락의 숨막히는 열기까지도.

쇼핑몰의 극장에서는 방학 시즌을 겨냥한 판타지 애니메이션과 흥행 몰이중인 첩보 액션 영화와 스포일러가 극성이라는 공포 영화가 상영중이었다. 애니메이션을 제외하고는 15세 이상 관람 등급이었다. 다민은 고개를 저었다. 그러곤 극장 반대편 아케이드의 간판 하나를 가리키며 말했다.

"저, 머리 자를래요."

다민은 미용실의 은색 비닐천을 두르고 제가 아닌 다른 사람처럼 무표정하게 앉아 있는 거울 속의 자신을 바라보았다. 머리를 금발로 염색한 남자 미용사는 다소 난감한 얼굴이었다. 두어 걸음 뒤쪽에 서 있던 이모할머니가 거울 속의 다민에게 재차 확인하듯 물었다.

"더 짧게?"

"네, 단발로, 짧게, 날이 더우니까……"

다민이 고개를 끄덕였다.

*

장마가 끝나고 폭염이 이어졌다. 수옥은 마당에 둥근 테이블을 펼치고 파라솔을 세웠다. 파라솔 아래에서 얼음을 넣은 허브티를 마시며 블루투스 스피커로 연주곡을 듣거나, 아주 천천히 책을 읽었다. 문득 고개를 들어 마당을 살피면 삶의 모든 것이 눈부신 햇빛과 뜨거운 바람을 따라 흩어지고 있는 것이 보였다.

다시 책을 읽다 문득 고개를 들면, 불쑥 마당으로 들어서는 열세 살 여자아이와 눈이 마주치곤 했다. 며칠 전부터 다민의 망사 주머니에는 어딘가에서 꺾어온 꽃이 가득 들어 있었다. 더위에 가쁜 숨을 몰아쉬며 파라솔 아래로 들어온 다민은 수옥의 허브티를 벌컥벌컥 마셨다. 단발머리 아래로 드러난 목덜미에 땀방울이 흐르고 있었다.

"이건 이름이 뭐예요? 꽃은 작은데, 자세히 보니까 너무 예뻐."

다민이 망사 주머니를 앞으로 내보이며 물었다.

"으아리."

"응? 으……?"

"으아리."

"으아리? 으, 아, 리?"

"그래, 으아리."

"말도 안 돼, 으아리가 뭐야, 이름 완전 이상해."

다민은 제가 꺾어온 꽃에게 직접 이름을 되묻기라도 할 기세로 목소리를 높였다.

"으아리, 어제 그 꽃, 쑥부쟁이보다 더 이상해."

"이상한 게 아니라, 신기한 거야. ……세상엔 그런 게 아주 많아."

수옥은 언젠가 제가 들었던 말과 비슷한 말로 대꾸를 한 뒤, 다시 읽고 있던 책으로 눈길을 주었다. 다민은 작고 하얀 꽃이 든 망사 주머니를 테이블 위에 올려놓고 스마트폰을 꺼내 자판을 두드렸다.

"우와, 진짜 있어. 으아리……"

1207, 다민이 꽃을 가지고 집안으로 들어갔다.

더운 날이었다. 다민의 침대머리와 거실 탁자와 수옥의 책상 위에는 이미 쑥부쟁이와 도라지꽃을 꽂은 유리컵이 놓여 있었다. 잠시 후 책을 읽다 집안으로 들어가면, 수옥은 식탁 위나 벽난로 앞에 놓인 으아리를 보게 될 터였다.

다른 소년

소년은 열여덟, 거울 속의 제 모습을 바라본다. 염색된 머리칼이 기대했던 것만큼 밝은 갈색은 아니다. 그러나 확연히 달라진 머리 모양새. 미용사가 소년의 목둘레에 감겨 있던 미용 가운을 벗겨낸다. 소년은 거울 앞에 놓아둔 안경을 집어 쓴다. 이제, 다른 사람처럼 보일까. 소년은 열여덟, 거울 속의 제 모습을 바라본다. 소년이 쓴 안경은 투박한 검정 뿔테에 도수가 없는 싸구려다. 집을 나오기 두 달 전쯤 구입해둔 것이다.

요금을 치르는 소년에게 미용실 직원은 회원 카드를 만들라고 권한다. 소년은 고개를 젓고 거스름돈을 받는다. 소년에게 제 명함을 건네준 미용사가 미소를 지으며 소년을 배웅한다. 소년은 거리로 나선다. 다시 이 미용실의 저 미용사를 찾는 일은 없을 것이다. 물론 서비스나 솜씨가 마음에 들지 않아서가 아니다.

4월 초순의 수요일 오후 두시 팔분. 소년은 사흘 만에 처음으로 야구 모자를 쓰지 않고 거리를 걷는다. 거리의 햇빛 속에서 염색한 머리칼이 좀더 밝은 갈색으로 보이길 바라며 쇼윈도에 비친 제 모습을 바라본다. 이제, 다른 사람처럼 보일까. 소년은 열여덟, 아무도 아는 사람이 없는 경기도 의정부시 가능동. 전철 1호선 가능역 건너편 횡단보도 앞에서 소년은 제가 다른 사람으로 보이길 바라고 있다. 소년을 결코 알지 못하는 사람들이 소년의 곁을 지나쳐간다.

횡단보도를 건넌 소년은 부동산 점포에 나붙은 매물 정보 전단에 눈길을 준다. 매매, 전세, 월세, 보증금, 재개발, 신축, 남향이라는 단어들. 지금껏 그 단어들을 사용해본 적 없는 소년은 당장 그것들을 사용하기라도 할 것처럼 유심히 매물 정보를 들여다본다. 어떤 단어를 사용하기 위해서는 그 단어를 사용할 수 있는 자격을 갖춰야 하는 것이다. 그 단어가 자유나 어른이라면, 결심이나 탈출이라면. 모양새가 바뀐 머리칼을 헤집는 바람이 서늘하게 느껴진다. 소년은 버스 정류장 앞 삼층짜리 상가 건물을 올려다본다. 일층엔 약국과 휴대폰 대리점, 이층엔 피부과를 겸한 비뇨기과, 삼층엔 검도 도장. 검도, 처음 알게 된 누군가의 이름을 발음해보듯 소년은 "검도" 하고 작은 소리를 내본다. 검도를 한다는 것은 어떤 느낌일까. 소년은 목검을 잡고 투구를 쓰고 검도복을 갖춰 입은 자신의 모습을 상상해본다. 소년은 열여덟, 고함을 지르며 목검을 내리치면 왠지 다른 사람처럼 보일 것만 같다.

버스에 올라탄 소년은 뒤쪽 창가 좌석을 차지한다. 어제저녁 다른 번호의 버스를 타고 처음 의정부란 도시에 도착했다. 소년은 의정부역 주변 번화가를 천천히 거닐었다. 포털 사이트 지도 서비스의 거리 뷰를 통해 '의정부 로데오거리'라 불리는 이 일대의 모습을 미리 눈에 익혀두었지만, 네온사인이 번쩍이는 번화가의 춥고 어두운 뒷골목은 역시나 철저히 낯선 곳이었다. 소년은 패스트푸드점에서 햄버거 세트 메뉴로 늦은 저녁을 먹었다. 다시 거리를 오가다, 잠시 PC방에 들렀고, 자정이 되기 전 찜질방에 들어가 잠을 잤다. 아침엔 편의점에서 컵라면과 삼각김밥을 먹었다. 그리고 가능역 부근의 한 미용실에서 염색을 하고 머리 모양을 바꿨다. 소년은 열여덟, 버스 차창을 반 뼘쯤 연다. 바람에 날리는 머리칼을 몇 차례 손으로 쓸어본다. 혹시 염색약이 묻어나는 건 아닌지 새삼 손가락 새를 살핀다.

처음 와본 도시에서 하룻밤을 보내고 떠난다. 아마 다시 돌아올 일은 없을 것이다. 그러나 미래의 어느 날 혹시라도 이곳에 돌아온다면, 그건 무엇 때문일까. 그 무엇을 짐작조차 할 수 없다는 것이 소년은 어쩐지 나쁘지 않게 여겨진다. 의정부 시내를 벗어난 버스가 속력을 낸다. 소년은 열여덟, 반 뼘쯤 열어둔 차창을 닫는다. 버스가 도봉구 방학동에 접어들었을 무렵 소년은 짐짓 긴장하기 시작한다. 사흘 만에 다시 서울에 온 것이다. 의정부에 도착하기 전 소년은 전라북도 군산에서 하룻밤을 보냈다. 그 전날은 충청북도 청주였다. 시외버스를 갈아타기 위해 조치원과 안성과 구리에도 잠시 머물렀다. 모두 지금껏 가본 적 없는 도시들이었다.

소년은 강북구 번동에서 하차한다. 역시 처음 와보는 곳이다. 버스 정류장 노선 안내도를 확인하며 소년은 자신이 다른 사람으로 보이길 바란다. 아니, 이제 정말 자신이 다른 사람이 된 거라 굳게 믿어야 하는 것이다. 4월의 환한 햇빛이 거리로 쏟아진다. 아직은 쌀쌀한 바람이 불어온다. 소년은 버스를 갈아타고 짧은 거리를 이동해, 1호선과 6호선의 환승역인 석계역에 도착한다. 얼마든지 같은 1호선인 의정부역이나 가능역에서 바로 전철을 타고 이곳에 올 수도 있었다. 그러나 집을 나온 후 사흘 동안 모두 초행인 도시를 전전했던 것처럼, 이 역시 미리 계획한 일이다.

소년은 역내 자동 발권기를 이용해 교통카드를 충전한다. 카드는 미리 구입해둔 성인용이다. 물론 석계역 그 어디에도 소년을 찾는 전단지 같은 것은 붙어 있지 않다. 그런 게 있을 리 없다는 걸 알면서도 그런 걸 상상하고 만다. 소년은 가출자다. 실종자나 범죄자가 아니다. 제 발로 집을 나온 열여덟이지, 잃어버린 개나 지명수배 절도범일 수 없다. 어느 전철역에나 사람들의 짐작보다 훨씬 많은 CCTV가 설치되어 있다는 걸 소년도 알고 있다. 소년은 CCTV에 찍히고 있을 제 모습을 상상해본다. 사흘 전 모습과는 다르다. 모자를 쓰지 않았고 머리 모양새가 바뀌었고 검정 뿔테안경을 끼고 있다. 등에는 학생용 백팩이 아닌 캠핑용 배낭, 교복 대신 아웃도어 점퍼에 청바지 차림이다. CCTV 작은 흑백 화면에 사흘간 면도하지 않은 수염이 도드라져 보일까. 개찰구를 통과한 소년은 긴장하고 있지만, 제 긴장을 부러 외면한다. 석계역의 지상 승강장, 4월의 환한 햇빛과 아직은 쌀쌀한 바람. 소년은 열여덟, 1호선 인천행 전철에 오른다.

지상을 달리던 전철이 몇 개의 역을 지나 지하 선로로 들어선다. 동대문과 종로 일대를 통과하자 승객이 부쩍 늘어난다. 갑자기 많은 사람에 둘러싸인다. 차창 밖은 단호히 어둡고 실내는 부자연스럽게 밝다. 검버섯으로 뒤덮인 주름진 손등, 손잡이와 함께 흔들리는 하트 모양 귀고리, 터질 듯 불룩한 종이 쇼핑백, 짜증스러운 목소리의 전화 통화, 너무 작은 키, 너무 긴 머리칼, 아디다스와 맨체스터 유나이티드, 무병장수한의원과 경찰공무원 모집, 너무 조잡하게 만들어져 짝퉁으로조차 불리기 어려울 것 같은 명품 로고, 번들거리는 대머리, 양 끝이 아래로 처진 입술, 목을 조르는 듯한 보라색 넥타이, 흉기처럼 보이는 은색 하이힐, 향기롭지 않은 체취, 따스하지 않은 체온, 휴대폰 문자판을 두드리는 손놀림이 묘기처럼 빠르다. 소년은 열여덟, 이 시간대의 1호선 전철 안이 더없이 낯설게 느껴진다. 이 많은 사람 중 열여덟 살은 저 혼자가 아닐까. 소년은 사흘 만에, 집과 학교가 있는 서초구와 가장 가까워졌음을 깨닫는다. 아니, 가깝지 않다. 멀다, 충분히 멀다고 생각한다. 출입문 유리에 비친 제 얼굴이 조금도 다른 사람처럼 보이지 않아, 소년은 사람들 사이를 비집고 애써 안쪽으로 자리를 옮긴다.

전철은 다시 지상 선로를 달린다. 용산을 지나, 한강을 건너 신도림을 지나, 전철이 서울의 남서쪽 외곽으로 접어들자 승객들의 수가 확연히 줄어든다. 차창의 어두운 거울은 사라지고 서초구는 점점 더 멀어진다. 소년은 빈자리에 앉는다. 역시나 가본 적 없는 낯선 이름의 역들을 지난다. 소년은 역 이름을 확인하기 위해 몇 번이나 지하철 노선도를 살핀다. 소사, 중동, 부개, 간석이라는 이름. 검도처럼 작은 소리로 중얼거려본다. 정말 검도를 배우면 어떨까. 내릴 역을 지나칠까 걱정하고 있는 것은 아니다. 소년이 향하는 곳은 종착역인 인천이다. 석계역에서 인천역까지, 예상 소요시간은 한 시간 반. 1호선 전철을 타는 것도 처음, 이렇게 긴 시간 동안 전철을 타는 것도 처음이다.

배낭을 끌어안은 채 소년은 졸다 깨다를 반복한다. 남은 돈이 정확히 얼마인지 다시 확인해야 한다. 배가 고프니 우선 뭘 좀 먹는 게 좋겠다. 배터리를 분리해 청주 시외버스터미널 부근 주택가의 어느 하수구 속으로 던져버린 휴대폰을 누군가가 건져내진 않았을 것이다. 머리가 너무 밝은 갈색이라면 오히려 더 눈에 띨지 모른다. 그런데 정말 검도를 배우면 어떨까.

눈을 뜨자, 소년이 타고 있는 칸에 남은 승객은 겨우 여섯 명. 이내 인천역에 도착한다는 안내 방송이 들려온다. 모두 어디로 갔을까. 소년은 열여덟, 이 전철을 타고 내린 많은 사람 모두 어딘가 갈 곳이 있었다는 것을 좀처럼 믿을 수 없다. 소년은 자리에서 일어나 다시 배낭을 멘다. 도수가 없는 것이긴 해도 안경을 처음 써보는 탓인지, 처음 써보는 안경이 크고 무거운 뿔테인 탓인지, 눈두덩이 시큰거리고 콧대가 아프다. 얼굴이 다른 무엇이 된 것처럼 어색하고 불편하다. 소년은 잠시 안경을 벗고 손등으로 눈가를 비빈다. 종착역에 도착한 전철의 출입문이 열린다. 소년의 눈이 충혈되어 있다는 것을 소년도 CCTV도 알아채지 못한다.

인천역 앞 차이나타운. 소년은 횡단보도 건너 차이나타운 입구에 서 있는 커다란 중국식 석문石門을 올려다본다. 먼저 관광 안내소에

58

들러 부근 지도와 몇 종류의 브로슈어를 얻는다. 오랜 시간 세심하게 가출 준비를 하며 인터넷 블로그에 올라온 인천 탐방기를 여럿 검색했다. 그 포스트들은 '맛집 순례' '추천 데이트 코스' '수도권 출사 인천 편' '당일치기 가족 나들이' 등의 제목을 달고 있었다. 어떤 것이든 가리지 않았다. 인천시에서 운영하는 여행 정보 사이트들도 꼼꼼히 살폈다. 집을 뛰쳐나와 낯선 곳을 정처 없이 헤매고 다니는 기분에 사로잡히고 싶지 않았다. 가출을 했다고 해서 휴가를 즐기러 나온 관광객 기분을 내면 안 될 게 무어란 말인가. 지난 사흘간은 그러지 못했다. 소년은 한달음에 횡단보도를 건너 차이나타운 안으로 들어선다. 온통 빨간색 간판과 홍등의 행렬, 반쯤은 읽을 수 있고 반쯤은 읽을 수 없는 금색 한자들, 아무래도 좋다. 소년은 이 거리에서 제일 오래된 중국집의 이름과 명물로 꼽히는 화덕만두의 종류와 가격을 이미 알고 있다.

소년은 짜장면을 먹는다. 곱빼기로 주문한 짜장면을 게걸스레 먹는다. 오후 네시 십칠분, 여덟 개의 테이블이 놓인 홀에는 소년 혼자다. 그런 거 먹으면 머리 나빠져. 그녀, 그러니까 소년의 엄마. 양볼이 미어지도록 짜장면을 우물거리며 소년은 집을 나온 지 사흘 만에 처음으로 그녀의 목소리를 듣는다. 햄버거, 라면, 스낵, 탄산음료, 소년은 집을 나와 사흘 동안 먹으면 머리가 나빠진다는 음식을 잔뜩 먹었다. 차이나타운을 검색하며 몇 달 전부터 이곳 짜장면이 먹고 싶었다. 소년은 짜장면 그릇은 물론 단무지와 양파가 담겼던 작은 그릇까지 모두 비운다. 계획을 실천한 것에 소년은 포만감을 느낀다. 그런 거 먹으면, 그녀의 신경질적인 핀잔은 음 소거 버튼을 누른 듯 사라진다.

머리가 나빠지는 음식을 잔뜩 먹은 소년은 제가 다른 사람이 된 것만 같다.

소년은 중국 제과점에서 공갈빵을 산다. 이것 역시 먹어보고 싶었던 것이다. 오백원을 주고 포춘 쿠키도 산다. 이런 과자가 있다는 것 역시 블로그를 통해 처음 알았다. 소년은 달콤한 공갈빵을 바삭바삭 부숴 먹으며 차이나타운의 골목길을 걷는다. 어떤 것들은 블로그에서 본 사진 그대로의 느낌이고, 어떤 것들은 사진과 사뭇 다르다. 더없이 희한한 게 있는가 하면 더없이 시시한 게 있다. 그 모두를 제 눈으로 확인하는 소년은 점점 더 의기양양해진다. 어느 작은 중국 식당 출입문에 '만두 월병 전문, 짜장면 없음'이란 삐뚜름한 매직 글씨가 붙어 있다. 월병이 중국 전통 과자라는 것은 알고 있었지만, 짜장면을 팔지 않는 중국집이 있다는 것은 처음 알았다. 짜장면을 팔지 않는 중국집이 있다. 그래도 되는 것이다. 소년은 열여덟, 공갈빵 조각을 씹으며 감탄한다.

전철을 타고 꽤 멀리, 소년은 다른 나라에 온 것 같다 생각한다. 골목의 긴 담벼락에 수십 개의 커다란 그림 타일이 붙어 있다. '삼국지 벽화거리'라 불리는 곳. 『삼국지』의 주요 장면들이 내용 설명과 함께 묘사되어 있다. 블로그를 둘러볼 때만 해도 이곳에는 딱히 흥미가 생기지 않았다. 중학교 때 잠시 다녔던 논술학원의 강사는 논술을 잘하려면 반드시 『삼국지』를 읽어야 한다고 말했다. 당시 집으로 찾아와 영어와 수학을 가르쳤던 과외 선생은 논술에서 『삼국지』를 운운하는 건 유행이 한참 지났다고 말했다. 소년은 초등학생 시절 만화로 된

『삼국지』를 읽다 말았다. 결코 감탄할 만큼의 그림 솜씨가 아님에도 소년은 홀리듯 유심히 삼국지 벽화를 본다. 큰 뜻을 품고 충성을 맹세하고 용감무쌍 전투에 나선다, 가차없이 목을 벤다, 으스대며 허세를 부린다, 혼비백산 도망친다, 놀라운 지략을 펼친다, 야비하게 배신한다, 승승장구 압도한다, 적과 동지가 뒤바뀐다, 치욕 속에서 비루하게 죽는다, 원수를 갚고 명예롭게 죽는다, 혼돈의 전장 한가운데로 커다란 창을 휘두르며 말을 달린다. 검도를 배워보면 어떨까 생각했던 것처럼, 소년은 열여덟, 『삼국지』를 읽어봐야겠다 생각한다.

공원의 이름은 자유다. 삼국지 벽화거리를 지나 언덕길 계단을 올라 소년은 '자유공원'에 도착한다. 1888년 국내 최초로 조성되었다는 서구식 공원. 전쟁에서 공을 세운 외국인 장군의 동상이 있다. 이내 봄꽃을 피우려는 나무들과 서둘러 차가워지는 오후 다섯시 구분다운 바람, 노인 같은 벤치들과 벤치 같은 노인들, 맥락 없이 비둘기들이 날아올랐다 내려앉는다. 그리고 바다, 바다가 있다. 낮과는 달리 날이 흐리다. 소년은 뿌연 하늘과 바다에 안개처럼 감긴 인천대교와 월미도와 항만 시설의 희미한 윤곽선을 더듬는다. 제주와 부산과 속초와는 다른 바다. 소년은 서쪽 바다에 대해 아는 것이 없다. 소년은 열여덟, 선명하게 맑은 날 제대로 바다를 보러, 제대로 노을을 보러 이름이 자유인 이 공원에 다시 와야겠다 생각한다. 이제는 생겨난 그럴 자유.

어두워지기 전에 인천 시내로 가야 한다. 우선은 해야 할 일이 있다. 무심코 주머니에 손을 넣었다 잊고 있던 포춘 쿠키를 꺼내든다. 적당한 순간이라 생각한다. 소년은 비닐 포장을 벗긴 뒤 쿠키를 반으로 쪼갠다. 딱딱한 과자 조각을 씹으며 포춘 쿠키 안에 들어 있던 작은 종이의 작은 글자들을 읽는다. 새로운 일에 도전하기 위해서는 철저한 계획과 준비가 필요합니다. 용기를 내어 도전한다면 당신은 새로운 세상을 경험하게 될 것입니다.

소년은 차이나타운과는 반대편의 내리막길로 향한다. 계획과 준비는 철저했다고 생각한다. 가출은 몇 개월 전부터 계획한 일이다. 차근차근 치밀하게 준비해왔다. 결국 사흘 전 집을 나와 목적지인 이곳 인천에 도착했다. 알아주는 사람이 없을지언정, 소년은 『삼국지』의 장수들이나 동상으로 서 있는 연합군 사령관처럼 치밀한 전술을 짜고 과감한 작전을 단행한 것이다.

소년은 언덕길의 내리막에서 교복 차림의 소년 셋을 만난다. 소년은 그들이 지도에 나와 있는 근처 고등학교의 학생들이라 짐작한다. 어쩌면 그들도 열여덟, 소년은 그들이 자신을 다른 사람으로 보아줄까 궁금하다. 그러나 그들은 소년에게 전혀 주의를 기울이지 않는다. 그들은 녹색 그물이 둘러쳐진 허름한 시설 앞에서 와자지껄 떠들어대고 있다. 골프연습장을 되는대로 축소시켜놓은 듯한 그곳은 야구연습장이다. 이내 두 소년이 녹색 그물 안으로 들어선다. 내기를 한 모양이다. 밖에 남은 한 소년이 그물 안을 향해 훈수를 두며 심판 노릇을 한다. 그 발치에 아무렇게나 놓인 세 개의 책가방.

땅! 소년은 열여덟, 알루미늄 배트가 야구공을 때려내는 소리에 홀리듯 그물 앞으로 다가간다. 땅! 교복 재킷을 벗고 흰 셔츠 차림으로 배트를 휘두르는 소년이 한 수 위다. 타석의 소년은 십 미터쯤 떨어져 있는 구멍에서 날아오는 야구공을 두세 번에 한 번꼴로 쳐낸다. 땅! 배트에 맞고 날아간 공이 녹색 그물 이곳저곳에 픽픽 꽂힌다. 소년은 그제야 그물 기둥에 걸려 있는 색 바랜 이용 안내 표지를 본다. '500원에 공 16개'. 열여섯 개, 왜 열 개나 열다섯 개가 아닌. 땅! 용기를 내어 도전한다면 당신은 새로운 세상을 경험하게 될 것입니다. 땅!

소년은 열여덟, 연신 헛스윙을 한다. 배트를 들고 야구연습장의 타석에 들어선 것은 처음이다. 저희 게임을 마치고 잠시 소년의 타석을 구경하던 소년들은 이내 별 볼 일 없다는 듯 자리를 뜬다. 구경꾼들이 사라졌음에도 소년의 긴장은 풀리지 않는다. 앞서 남들을 지켜볼 때와는 다르다. 소년은 당황하고 있다. 어두운 구멍에서 날아오는 흰 공의 속도와 위협감에, 알루미늄 배트의 무게와 촉감에, 제가 공과 배트를 두려워하고 있다는 사실에, 어떤 기분 나쁜 예감에, 소년은 당황한다. 이건 실제 야구 경기가 아니지만, 티브이 중계나 컴퓨터 게임은 더더욱 아니다. 소년은 연신 헛스윙을 한다. 두려움과 긴장은 이내 수치심과 분노로 변한다. 소년은 어두운 구멍을 노려보며 있는 힘껏 배트를 휘두른다. 알루미늄 야구 배트가 검도의 목검이나 『삼국지』의 언월도라도 되는 양. 열여섯 개의 공 중에 배트에 맞은 공은 단 두 개. 그나마 빗맞은 공은 떵 하는 초라한 마찰음을 내고 힘없이 그물망의 바닥을 구른다. 그 정도 타격의 진동에도 배트를 쥔 손목과 팔꿈치가 저릿저릿해진다. 소년은 열여덟, 정수리에서 발바닥까지 제멋대로 경련하듯 피가 돈다. 이것은 계획에 없던 일이고 미처 준비하지 못한 일이다. 소년은 달아오른 얼굴로 다시 배낭을 둘러멘다. 손바닥이 얼얼

하고 어깻죽지가 화끈거린다. 새로운 세상, 날이 어두워지고 있다.

　지난해 가을을 지나 겨울 내내, 소년은 다른 사람이 된다는 생각에
골몰했다. 어떤 계기가 찾아왔다. 소년은 열일곱, 기말고사를 앞두고
늦게까지 학교 자습실에 남아 있던 12월 초의 어느 날이었다. 열한시
쯤 자습실을 나와 집으로 향했다. 학교에서 집까지는 버스로 세 정거
장 거리, 곧잘 걸어 다니기도 했지만 늦은 밤 급격히 기온이 떨어지고
있었다. 소년은 곧바로 버스에 올랐다. 버스에는 승객이 몇 되지 않았
다. 뒤쪽 창가 자리에 앉으려는 순간, 소년은 의자 안쪽 구석에 처박
히듯 놓여 있는 지갑을 발견했다. 바지 뒷주머니에 꽂혀 있던 모양대
로 네 귀퉁이가 둥글게 휜 갈색 남자 지갑이었다. 소년은 의자에 앉았
다. 다음 정거장에 도착할 때까지 움직이지 않았다. 다른 승객들과 운
전기사의 뒤통수를 천천히 살폈다. 시선을 그들에게 고정한 채로 조
심스레 손가락을 움직여 예의 지갑을 제 패딩 점퍼 주머니에 넣었다.
가슴이 몹시 두근거렸다.

　새벽 한시가 넘어 소년은 방문을 잠그고 감춰두었던 갈색 지갑을
꺼냈다. 지갑 안에는 현금 이만칠천원, 은행 체크카드, 휴대폰 통신
사의 멤버십 카드, 커피 전문점과 PC방의 할인 쿠폰, 증명사진 넉 장,
명함 두 장, 영수증 한 장이 들어 있었다. 그리고 주민등록증과 인천
에 있는 한 사립대학교의 학생증이 있었다. 소년보다 세 살 위인 스
무 살, 대학 신입생으로 지난 일 년을 보냈을 검정 뿔테안경의 기계공
학도. 주민등록증상의 주소는 경기도 화성, 생일은 9월이었고, 성姓은
강姜씨였다. 학교는 인천, 집은 화성, 왜 서울 강남 일대를 순환하는

노선의 버스를 탔을까. 왜 지갑 안에 교통카드나 신용카드는 없을까. 소년은 지갑을 잃어버려 어지간히 기분이 상해 있을 '그'의 이름을 조그만 소리로 발음해보았다. 소년은 열일곱, 좀처럼 잠이 오지 않았다. 소년은 다른 사람이 된다는 것에 대해 생각했다.

그보다 앞서 '그 사건'이 있었다. 11월 하순 고3 남학생이 제 어머니를 살해한 사건이 세상에 알려졌다. 열아홉 소년은 잠을 자고 있던 엄마를 칼로 찔러 죽였다. 그리고 팔 개월 동안 시체를 안방에 방치한 채 밥을 먹고 잠을 자고 학교를 다녔다. 종종 친구들을 집으로 데려와 함께 놀았다. 여자친구도 사귀었다. 수능 시험도 치렀다. 결국 오랫동안 별거중이던 아버지가 이상한 낌새를 눈치채고 집에 찾아와 잠긴 안방 문을 열기 위해 119를 불렀다. 경찰도 함께 왔다. 방문 틈새를 메웠던 공업용 본드가 떨어져나가자 지독한 썩은 내가 순식간에 집안을 뒤덮었다. 열아홉 소년은 거실 바닥에 주저앉아 아버지의 손을 잡고 부들부들 떨었다. 무슨 일이 있어도 절대 나 안 버릴 거지. 팔 개월간 죽어 있던 엄마가, 달걀이나 치즈처럼 흐물흐물 썩어 있던 엄마가 모습을 드러냈다.

소년은 열일곱, 홀리듯 그 사건에 빠져들었다. 소년은 그 사건을 다룬 모든 기사를 검색해 읽었다. 거의 모든 매체에 빠짐없이 기사가 실렸다. 각 기사에 달린 모든 댓글을 읽었다. 각종 게시판마다 셀 수 없는 댓글이 달렸다. 소년은 멈출 수 없었다. 엄마를 죽인 아들이 어느 학교 학생인지 알아낼 수 있었고, 모자의 지인들의 반응과 증언을 접할 수 있었다. 시간이 지나자 사건 전후를 상세히 취재한 기사들이 뒤를 이었다. 수감중인 아들을 직접 면회한 기자도 있었다. 명문 대학 진학 종용, 성적 조작, 살인적 체벌, 비뚤어진 모성, 핵가족 시대의 비극 등의 단어가 기사를 메웠다. 엄마와 아들은 세상과 섞일 수 없는 둘만의 세상에 살았다. 서로 외의 다른 관계란 존재하지 않았다. 남편과 사이가 좋지 않아 오랜 기간 별거를 거듭했던 엄마는 아들에게 집착했다. 외가와 친가 모두 왕래가 끊긴 지 오래였다. 아들은 중학생 때까지 뛰어난 성적으로 수재 소리를 들었다. 외고 진학에 실패한 뒤 급격히 성적이 곤두박질쳤다. 어린 시절부터 시작된 엄마의 체벌은 갈수록 정도가 심해졌다. 온갖 것을 빌미로 섬뜩한 폭언과 무자비한 폭행이 이어졌다. 엄마는 아들을 때리기 위해 새로 야구 배트를 주문했다. 아들에게는 매맞을 때 입는 솜바지가 따로 있었다. 터진 살에 피가 멎지 않아 엉덩이에 수건을 댄 채 교복을 입고 절룩거리며 등교하기도 했다. 아들은 성적표를 조작했다. 엄마는 밤새 잠을 자지 않고 골프채로 아들을 때렸다. 주로 7번 아이언을 사용했다.

아들에게 죽은 엄마는 아들을 사랑했다. 거실 전체를 아들의 공부방으로 만들었다. 매일 새벽 한두시까지 공부하는 아들 곁을 지켰다. 거실 책장에는 공부에 필요한 온갖 교재와 진학 자료가 꽂혀 있었다. 아들에게 죽은 엄마는 아들을 사랑했다. 하굣길에 친구들과 어울려 농구를 하느라 아들이 제시간에 귀가하지 않자 학교로 전화를 걸어 울며불며 소동을 벌였다. 아들의 컴퓨터에서 포르노 동영상을 발견하고는 곧바로 학교로 달려가 교사와 학생들이 보는 앞에서 아들의 뺨을 때렸다. 아들에게 죽은 엄마는 아들을 사랑했다. 다른 여자와 살기 시작한 남편과 정식 이혼 절차에 들어가자 아들에게 이제 네가 가장으로서 더 큰 책임감을 가져야 한다고 말했다. 네가 명문대에 들어가야 나를 버린 인간들이 굽실거리며 내게 돌아올 거라고 말했다. 아들에게 죽은 엄마는 아들을 사랑했다. 단연코 아들의 성적이 전국 일등이 될 수 있다고 믿었다. 약해빠진 정신력으로는 제대로 공부를 할 수 없다며 아들에게 자주 단식을 시켰다. 아들에게 죽은 엄마는 아들을 사랑했다.

엄마를 죽인 아들은 엄마를 사랑했다. 어려서부터 엄마의 바람대로 글짓기, 암산, 영어, 웅변, 동화 구연, 합기도, 스케이트, 골프를 배웠다. 각종 경시대회에 나가 좋은 성적을 거뒀다. 아들은 엄마에게 피아노와 클라리넷 연주를 들려주기도 했다. 엄마를 죽인 아들은 엄마를 사랑했다. 내겐 너밖에 없어라는 엄마의 말에 저도 그러기 위해 노력했다. 엄마가 묻는 모든 질문에 거짓말일지언정 모두 답했다. 자전거 뒤에 엄마를 태우고 동네 이곳저곳을 달리기도 했다. 엄마를 죽인 아들은 엄마를 사랑했다. 엄마의 바람대로 전국 일등이 되고 싶었다. 제가 매를 피하면 엄마가 칼을 당신 가슴에 대고 죽어버리겠다고 악을 썼기에 매를 피하지 않고 모두 맞았다. 엄마를 죽인 아들은 엄마를 사랑했다. 엄마를 죽인 뒤 밤마다 엄마의 꿈을 꾸었다. 거실을 난장판으로 만들며 폐인처럼 지내면서도 엄마의 사진이 담긴 액자는 치우지 않았다. 엄마가 계속 저렇게 가만히 누워 있다면 좋을 텐데라고 생각했다. 엄마를 죽인 아들은 엄마를 사랑했다.

씨발년들, 그렇게 서울대가 좋으면 지들이 공부해서 가면 될 거 아냐, 왜 자식들 보고 대신 가래, 같은 학교의 어떤 아이가 말했다. 다른 아이가 이웃에 사는 특목고생 아이와 그 엄마의 재수없는 행태를 온갖 욕설을 동원해 묘사했다. 또다른 아이는 제가 알고 있는 강남 엄마 괴담 시리즈를 이것저것 늘어놓았다. 어떤 애가 본드를 자기 집 벽 한쪽에 완전 떡칠을 해놓고 밖에서 지 엄마를 불렀대, 본드? 엄마가 방문을 열고 나오는 순간 다짜고짜 벽으로 확 밀쳐, 헐, 쥐새끼처럼 벽에 패대기를 팍, 씨발 구라 치고 있네, 진짜야 새꺄, 벽에 찰싹 붙어버렸대, 대박, 본드로 지 엄마를, 쩐다, 졸라 웃기지 않냐, 아이들은 허리를 굽히고 킥킥대며 웃었다. 그래서 죽었대? 본드에 붙었다고 죽냐 병신, 떼내느라 죽었겠다 씨발, 팔다리 다 들러붙고, 얼굴 완전 엉망, 성형수술 장난 아니게 해야 되는 거지, 119에서 와서 뗐나, 개황당했겠다, 신고받고 왔더니 벽에 웬 아줌마가 붙어 있어, 아이들은 계속 웃었다. 살가죽 뜯겼을까, 레알 좀비 같았겠다, 씨발 징그러워, 진짜 구라 아냐? 아니라니까 미친놈아, 전에 화서학원 다녔던 애들 알지, 걔네 아는 애들 학교 애가 그랬대, 헐, 진짜 볼만했겠다. 특목고 입학시험에 떨어져 서초구의 한 일반 고등학교 신입생이 된 소년은 열일곱, 학기초 학교 매점 구석자리에 앉아 이온음료를 마실 때면 등뒤에서 그런 이야기가 들려오곤 했다. 걘 어떻게 됐대, 뭘 어떻게 돼, 이제 좀비같이 생긴 지 엄마랑 살아야 되는 거지, 존나 소름 끼쳐, 암만해도 구라 같아, 좆 까 새꺄 죽을래.

소년은 열일곱, 제 엄마를 칼로 찔러 죽인 열아홉 소년을 생각하며 열여덟이 되었다. 엄마를 죽인 소년은 감옥 안에서 겨울을 맞고 스무 살이 되었을 터였다. 소년은 인터넷 게시판에 엄마를 죽인 아들을 옹

호하는 댓글을 달았다. 사람들은 엄마를 죽이고 팔 개월 동안 시체를 방치한 채 평소와 다름없이 지낸 아들을 향해 뻔뻔하고 엽기적이란 반응을 보였다. 소년은 억울해했다. 제가 아들의 변호사라도 되는 양 댓글을 달았다. 엄마를 죽인 아들은 결코 평소와 다름없이 지내지 않았다. 학교에 숱하게 결석을 했고, 자살 충동에 시달렸고, 악몽을 꿨다. 모든 건 상황을 감당하지 못한 현실도피였을 뿐이다. 수능 시험을 치른 것은 대학에 가고 싶어서가 아니라, 아들이 수험표를 받아가지 않았다는 학교 쪽 통보를 받은 아버지에게 꾸지람을 들었기 때문이다. 소년은 파렴치한, 존속살인범, 패륜아 등의 단어에 맞서 부지런히 댓글을 달았다. 사건의 재판 과정도 수시로 확인했다. 그런 한편 버스에서 주운 지갑을 비밀스럽게 보관했다. 버스에서 지갑을 잃어버린 대학생은 스물한 살이 되었을 터였다. 소년은 열여덟, 다른 사람이 되는 것에 대해 생각했다. 하나하나 계획을 세우고 차근차근 준비를 시작했다.

소년은 열여덟, 베스트고시텔 9호실의 문을 닫는다. 잠금 버튼도 누른다. 전철 1호선 동인천역과 도원역 사이의 어디쯤, 결국 이 9호실이 사흘 전 집을 나온 후 최종적으로 도착한 곳이 된다. 시간은 어느덧 밤 아홉시에 가깝다. 소년은 배낭과 생활용품 매장의 비닐봉투를 바닥에 내려놓는다. 이내 바닥에 내려놓은 배낭과 비닐봉투 때문에 자신이 움직일 수 없다는 것을 깨닫는다. 소년은 비닐봉투를 책상 위로 올리고, 침대 위에 걸터앉는다. 작은 방이다. 작은 침대, 작은 책상, 작은 의자, 작은 창문, 작은 냉장고, 작은 텔레비전, 작은 서랍, 작은 형광등. 제 몸도 이 방에 최적화된 크기로 작게 줄여야 할 것 같다. 소년은 앉은 채로 점퍼와 양말을 벗는다. 점퍼와 양말을 어떻게 해야 할지 잠시 막막하다.

이 고시원은 미리 후보로 정한 세 곳 중 한 곳이다. 처음 찾아간 고시원은 기대에 미치지 못했다. 낡고 불결한 시설에 퀴퀴하고 쿰쿰한 냄새가 곳곳에서 풍겨왔다. 인터넷 사진만으로 가늠할 수 없는 것이 바로 냄새였다. 두번째 고시원에서도 의외의 상황을 맞았다. 소년이 자신을 근처 대학의 휴학생이라 소개하자, 고시원의 주인 여자는 제 조카도 같은 대학에 다닌다며 과한 친근감을 표했다. 소년은 적당히 핑계를 대고 그곳을 빠져나왔다. 세번째 고시원에 도착해 방을 둘러본 후 입실 계약서를 작성했다. 소년은 버스에서 주운 지갑 주인의 인적 사항을 계약서 공란에 적었다. 신분증을 확인한 고시원 총무는 어쩌면 정말 고시생일 것 같은 인상을 풍겼다. 한 달 치 입실비를 내고 9호실의 열쇠를 받았다. 열쇠 보증금이란 것도 있었다. 소년은 곧바로 근처 생활용품 매장으로 가 이것저것 필요한 물건을 사왔다. 편의점에 들러 라면과 과자도 샀다.

노트를 펼쳐놓은 크기의 작은 창문으로 네온사인 불빛이 비쳐 들어온다. 교대로 어른거리는 분홍색과 하늘색 빛은 맞은편 건물 이층 PC방의 간판 불빛이다. 소년은 크고 무거운 안경을 벗는다. 눈두덩이 시큰거리고 콧대가 아프다. 늦은 저녁을 먹어야 하지만, 짐 정리를 하고 돈 계산을 하고 계획들을 하나하나 점검해야 하지만, 소년은 불을 끄고 침대 위로 몸을 누인다. 낯선 감각들이 거미줄처럼 펼쳐진다. 소년은 열여덟, 작은 방의 작은 어둠 속에서 작은 불빛을 바라본다. 꼭 배를 타고 있는 것만 같다. 좁고 낮은 침대 아래엔 허물처럼 벗어놓은 후드 티와 청바지. 네온사인이 어른거리는 벽과 천장으로 오늘 하루가 흘러간다. 머리를 염색한 의정부의 미용실, 1호선 전철 안, 차이나타운의 짜장면과 삼국지, 자유공원, 포춘 쿠키, 야구연습장의 헛스윙. 그리고 스물한 살의 신분증으로 얻은 9호실 작은 방. 빛과 소리가 다르게 보이고 다르게 들린다. 맡아보지 못한 냄새, 느껴보지 못한 온도. 작은 뗏목 위에 누워 밤바다를 떠가는 것 같다. 바다는 무섭도록 넓고 깊을 테지만, 지금 이 순간만은 고요하고 잔잔하다.

가차없이 목을 조르는, 목소리, 네가 어떻게 나한테 이래. 그녀, 그러니까 소년의 엄마. 날카롭게 막을 찢는, 그녀의 목소리, 어떻게 이래. 소년은 다리를 버둥거려 되는대로 발치의 이불을 펼친다. 옆구리가 당기듯 아프다. 있는 힘껏 야구 배트를 휘두른 탓이다. 네가, 어떻게, 나한테. 이불을 목덜미까지 끌어올린다. 소년은 그녀의 개, 파도가 넘실댄다. 소년은 그녀의 도둑, 배가 흔들린다. 소년은 돌아눕는다. 아니야, 난, 다른 사람이야. 몸을 잔뜩 웅크린다. 그녀가 발을 동동 구른다. 어쩜 좋아, 개를 잃어버렸어요, 내 강아지, 착하고 예쁜 우리 아가, 어디 있니, 찾아줘요, 제발, 개를 잃어버렸어요. 소년은 열여덟, 더는 그럴 수 없을 만큼 발기한다. 그녀가 발작처럼 악을 쓴다. 이 도둑놈, 사기꾼 새끼, 어디서 그런 나쁜 짓을 배워먹었어, 용서 못해, 감쪽같이 날 속이고 돈을 훔쳐 달아났지, 가만두지 않을 거야, 이 도둑놈의 새끼, 꼭 붙잡고 말 거야. 소년은 팬티를 내리고 잔뜩 부풀어 오른 제 성기를 움켜쥔다. 아니야, 난, 개가, 도둑이, 아니야. 뜨겁고 단단한 것을 다급하게 흔들어댄다. 소년은 열여덟, 네온사인이 번쩍이는 작은 창 너머를 노려보며 있는 힘껏 수음을 한다. 그녀의 개, 그녀의 도둑. 어두운 밤바다, 배가 뒤집힐 것만 같다.

　다음날 아침, 열여덟의 소년은 스물하나가 되고자 노력한다. 이른 시간 일어나 공용 욕실에서 샤워를 하고, 공용 세탁기로 빨래를 한다. 양쪽 렌즈를 꼼꼼히 닦은 다음 다시 검정 뿔테안경을 쓴다. 작은 창을 열어 환기를 시키고, 차곡차곡 짐 정리를 한다. 고시원의 생활 수칙 안내문을 주의깊게 읽고, 장난감처럼 작은 텔레비전을 켜 오랜만에 뉴스를 본다. 수첩의 메모를 살피고 지난 사흘간의 지출 내역을 계산한다. 우선 중고 노트북과 차명 휴대폰을 마련해야 한다. 미리 알아둔 것이 있다. 그 금액을 제하면, 한 달 반쯤 버틸 수 있는 돈이 남는다. 소년은 열여덟, 스물하나처럼 거리로 나선다. 고시원에서 얼마쯤 떨어진 곳에 오래된 재래시장이 있다. 소년은 차이나타운에서처럼 활력을 찾고 싶다. 소년은 시장 구경에 나선다. 제가 알지 못하는 방식으로 존재하는 빛과 소리와 냄새와 감촉과 맛. 만두와 찐빵을 쪄내는 솥이 기세 좋게 수증기를 뿜어댄다. 바구니에 담긴 고구마는 제멋대로 생겨 같은 것이 하나도 없다. 바다가 가깝기 때문인지 해산물의 종류가 많기도 하다. 제각각 소년이 알지 못하는 이름을 갖고 있다. 생선 이름만큼이나 나물 이름도 아는 것이 없다. 앞으로 속옷과 양말은 이 집에서 사는 게 좋겠다. 하루종일 한자리에 앉아 마늘을 까며 한 달을, 일 년을 보낸다는 것은 어떤 느낌일까. 조그만 어항에 검정 금붕어를 키워보면 어떨까. 갖가지 반찬을 만들어 파는 가게를 발견한 것이 가장 반갑다. 소년은 간판이 없는 빵집에서 팔뚝에 문신이 있는 제빵사가 구워낸 빵을 산다. 티브이에 소개된 적이 있다는 즉석 어묵도 종류별로 산다. 그런대로 살아갈 수 있으리라. 그러나 갑자기, 여름처럼 세찬 비가 쏟아진다. 꽃샘추위, 겨울처럼 찬바람이 불어온다.

그날 오후, 열여덟의 소년은 스물하나가 되고자 애를 써보지만, 좁고 어두운 고시원 방안에서 그만 열 살 아이처럼 의기소침해진다. 춥다, 소년은 이불을 둘러쓴다. 배가 고프다, 시장에서 사온 것들을 되는대로 입안에 욱여넣는다. 무력하고 막막하다, 장난감 같은 티브이 속 예능 프로그램에 정신을 빼앗긴다. 비가 내린다. 찬바람이 분다. 싸늘한 습기가 좁고 어두운 방안으로 뱀처럼 파고든다. 계획에 없던 일이, 준비하지 못한 일이 일어날 것이다. 일자리를 구하지 못할 수도 있다. 모든 것이 들통날 수도 있다. 결국 도망쳐 나온 곳으로 제 발로 돌아가게 된다면. 춥고 배가 고프고 무력하다. 소년은 싸구려 이불을 여미고 게걸스레 음식을 삼키고 티브이에서 눈을 떼지 않는다. 졸음이 밀려온다. 최선을 다해 잠 속으로 도망친다. 어지럽고 얕은 잠, 비바람을 맞으며 자는 것 같다. 잠에서 깬 소년은 다시 눈을 감는다. 얼마나 시간이 지났는지 궁금하지만 알게 되는 것이 두렵다. 다시 눈을 뜬다. 어두워진 창밖으로 네온사인이 번쩍이고 있다. 여전히 춥고 여전히 배가 고프고 여전히 무력하다. 소년은 이불을 둘러쓰고 누운 채로 남은 음식을 모조리 먹어치우고 딴생각이 떠오르지 않을 만한 채널을 집요하게 찾아낸다. 다시 졸음이 밀려온다. 작은 뗏목이 잠수함처럼 바닷속으로 가라앉는다.

소년은 두통에 잠을 깬다. 집을 나와 처음 가본 많은 곳들, 처음 가본 곳에서 처음으로 보고 듣고 알게 된 모든 것들, 역시 처음 경험하는 지독한 현기증이 소년을 짓누른다. 하수구 속으로 빨려들어가듯 작은 방이 통째로 소용돌이친다. 너무 많이 먹은 걸까, 음식이 상한 걸까, 너무 오래 누워 있었던 걸까, 감기에 걸린 걸까, 그 모두일까. 춥고 열이 나고 어지럽고 메스껍고 뱃속이 부글거린다. 머릿속 여기저기 유리 파편을 박아놓은 것 같다. 소년은 간신히 몸을 일으켜 9호실의 문을 열고 밖으로 나온다. 맨발로 휘청휘청 좁은 복도를 걷는다. 참을 수 없이 구역질이 치민다. 소년은 고시원 공용 화장실 변기에 머리를 박고 뱃속으로 들어갔던 모든 걸 게워낸다. 걷잡을 수 없이 열여덟이 쏟아지는 소리. 시큼한 위액이, 매운 콧물이, 쓰린 눈물이 솟는다. 누군가가 화장실에 들어오려다 뒤틀리는 신음 소리에 다급히 문을 닫고 사라진다. 소년은 9호실과 화장실을 몇 번이나 오가며 구토와 설사를 반복한다. 소화제도 진통제도 해열제도 없는 소년은 다시 작은 침대 위로 몸을 누인다.

지난 3월, 엄마를 죽인 아들의 재판이 열렸다. 재판은 이틀에 걸쳐 스무 시간 가까이 진행됐다. 검찰은 징역 십오 년을 구형했지만, 국민참여 재판으로 선고된 형량은 삼 년 육 개월이었다. 사건 당일 아침, 밤새 아홉 시간 동안 다섯 차례에 걸쳐 골프채로 이백 대를 맞은 아들은 칼을 들고 안방으로 들어갔다. 아들은 기나긴 매질을 끝내고 잠들어 있던 엄마의 얼굴을 칼로 찔렀다. 왼쪽 눈을 제일 먼저 찔렀다. 너왜 이러는 거니, 이러면 인생을 잘못 사는 거야. 엄마가 숨진 것을 확인하고 아들은 제 방으로 돌아가 잠을 잤다. 그러지 않을 수 없었다.

열여덟 살이 된 직후, 소년은 다용도실의 상자를 떠올렸다. 그것을 활용하는 것은 아주 그럴듯한 아이디어였다. 다용도실 구석에 커다란 종이 상자 다섯 개가 쌓여 있었다. 그 안에는 그, 그러니까 소년의 아빠, 그의 물건들이 들어 있었다. 그녀, 그러니까 소년의 엄마는 저에게서 도망친 그의 물건들을 그를 대신해 그곳에 가두었다. 벌을 주는 셈이기도 했고, 인질을 잡고 있는 셈이기도 했다. 그녀는 따로 치워놓은 물건들을 와서 가져가라 큰소리치는 것으로 분노를 과시할 수 있었고, 동시에 제가 그 물건들을 보관하고 있는 이상 그가 완전히 떠난 것은 아니라고 자위할 수 있었다. 소년은 그가 제 물건을 가지러 오지 않을 것을 알고 있었다. 어쩌면 그녀도 알고 있었다. 상자들은 이 년째 그곳에 그대로 쌓여 있었다. 소년은 예의 상자를 가출 준비를 위한 비밀 금고로 이용하기 시작했다. 변장을 위해 새로 산 야구 모자와 뿔테안경을 상자 안에 몰래 감추었다. 그녀가 단번에 알아보지 못할 아웃도어 점퍼와 캠핑용 배낭은 그가 오래전 사용하던 것이었다. 인터넷에서 수집한 이런저런 자료들을 저장한 USB 메모리 역시 상자 깊숙한 곳에 보관했다. 버스에서 주운 지갑도 상자 안에 감추면 안심이었다.

지금쯤 그녀는 정말 소년을 찾는 전단지를 만들어 붙였을지 모른다. 잃어버린 애완견을 애타게 찾듯이, 지명수배 절도범을 집요하게 쫓듯이, 탐문 수사, CCTV 분석, 휴대폰 통화 내역 조회, 컴퓨터 IP 추적, 그녀라면 충분히 그럴 수 있을 거라 생각했다. 상자의 주인인 그는 여전히 도망칠 궁리를 하고 있을 것이다. 그는 도망치는 것으로 살아가고 있었다. 이 일에서 저 일로, 이 여자에서 저 여자로, 돈에서 술로, 술에서 돈으로, 이 비겁함에서 저 나약함으로, 다시 다른 것으로. 소년은 가출 준비를 하며 자신이 사라졌을 경우 그녀와 그가 할 수 있는 모든 반응을 예상해 대응책을 강구했다. 소년은 치밀한 계획을 세우고 완벽한 준비에 몰두했다. 그 일에 매달리는 것으로 소년은 많은 것을 견딜 수 있었다. 그녀가 소년에게 말했다. 내겐 너밖에 없어. 소년은 말하지 못했다. 빌어먹을, 내겐 아무도 없어. 그가 소년에게 말했다. 숨막힌다 네 엄마. 소년은 말하지 못했다. 씨발, 난 안 막히겠냐. 잠깐만 그래보는 것이 가능하다면, 소년은 열여덟, 그녀와 그를 죽여보고 싶었다. 소년이 집요한 것은 물론 그녀를 닮아서였고, 소년이 충동적인 것은 의심할 것 없이 그를 닮아서였다.

소년은 열여덟, 꽃샘추위 속에서, 고시원의 좁은 침대 위에서 꼬박 이틀을 앓는다. 어느 순간, 잠에서 깨어난 소년은 몸을 일으킨다. 옷과 시트가 흥건히 젖어 있다. 전부 제 땀이라는 것이 믿기지 않는다. 잠 속인 듯 꿈속인 듯 현실감이 없다. 소년은 팔을 뻗어 어둠 속을 더듬는다. 작은 방의 불을 켜고 시계를 보고 달력을 본다. 마른세수를 하고 머리칼을 쓸어넘긴다. 축축한 옷을 벗는다. 창밖은 또다시 네온사인. 커다란 스펀지에 감싸인 듯 모든 감각이 무디기만 하다. 소년은 옷을 갈아입고 고시원을 나선다. 기운이 없어 많은 것을 생각할 수 없다. 어느 골목길 입구에서 막 장사를 접으려던 과일 행상 트럭을 발견한다. 소년은 작은 플라스틱 대야에 수북이 담아 파는 딸기를 산다.

한밤중, 9호실 작은 방에서 소년은 딸기를 먹는다. 이틀 동안 먹은 것은 물뿐이다. 소년은 탐스럽게 익은 딸기를 탐스럽게 먹는다. 부지런히 손을 놀려 잇새의 꼭지를 떼낸다. 과즙이 입가로 턱으로 흘러내린다. 어떤 의식을 치르듯 온 신경을 딸기에 집중한다. 소년은 딸기를 먹는다. 최선을 다해 먹는다. 텅 비어버린 몸속을 달콤하게 풀어진 붉은 과육으로 가득 채우겠다는 듯이, 제 전부를 사용해 딸기를 먹는다. 딸기를 먹으며, 소년은 엄마를 죽인 아들을 생각한다. 아들은 곧 소년원이 아닌 성인 교도소로 이감될 것이다. 아들은 감옥에서 무얼 먹고 있을까. 소년은 아들이 출감하게 되는 나이를 셈해본다. 딸기를 먹으며, 소년은 지갑을 잃어버린 대학생을 생각한다. 지난겨울 소년은 고교 동창회를 사칭해 그의 대학 학과 사무실로 전화를 걸었다. 그리고 그가 휴학을 했다는 것, 곧 입대 예정이란 것을 알게 되었다. 어쩌면 지금 이 순간 그는 신병 훈련소에서 점호를 받고 있을지도. 소년은 제 속을 온통 딸기로 채우며, 최선을 다해 딸기를 먹으며, 엄마를 죽인 아들과 지갑을 잃어버린 대학생을 생각한다. 그들은 저와 얼마나 다른 사람인가. 병이 지나갔음을 느낀다.

집을 나온 건 월요일, 인천에 도착한 건 수요일, 며칠을 앓은 뒤, 소년은 일요일 정오 무렵 버스를 타고 월미도에 도착한다. 블로그에서 인천을 검색하면 가장 많이 등장하는 곳. 4월 중순으로 향하는 첫번째 일요일, 모처럼 날이 맑고 화창하다. 막 피기 시작한 꽃과 이내 부드러워진 바람과 겨우 겨울을 넘긴 사람들. 월미도에 이런저런 놀이기구를 갖춘 유원지가 있다는 것을 알고 있지만, 소년의 발걸음은 우선 월미산 쪽으로 향한다. 야트막한 산책로를 오르며 소년은 섬의 숲을 바라본다. 소년은 열여덟, 뺨이 해쓱하고 눈 밑이 검다.

　이 작은 섬은 오랫동안 군사기지였다. 예로부터 무장한 외국 선박이 이 섬 부근에 출몰했다. 종종 전투가 벌어졌다. 소년은 삼국지와 연합군 사령관과 검도를 생각하다 훌쩍 길가의 낮은 목책을 넘어선다. 소년은 숲속으로 걸어들어간다. 아직 잎이 무성하지 않다. 초록은 간신히 모습을 드러냈을 뿐이다. 왜 그런 기울기를 가졌는지 알 수 없는 나뭇가지들, 겨울 동안 오직 부식만을 거듭한 낙엽 더미. 소년은 편평한 돌덩이를 발견하고 그곳에 앉는다. 표면이 고르지 않은 그루터기에 배낭을 얹는다. 잠시 햇빛을 쪼인다. 최선을 다해 딸기를 먹듯, 온전히 햇빛을 빨아들인다. 소년은 배낭에서 생수병을 꺼낸다. 물을 마시고 다시 배낭 속을 뒤적인다. 손목시계와 만년필과 나침반이 있다. 건전지를 넣어 사용하는 구식 미니 라디오와 가느다란 손전등도 있다. 모두 다용도실 상자 속에서 찾아낸 그의 물건들이다. 스위스 아미 나이프라 불리는 주머니칼도 있다. 상황이 여의치 않을 때 팔아 쓸 수 있겠다 싶어 챙겨온 것들이다. 낡고 오래된 것이지만 손목시계와 만년필과 나침반은 고가의 빈티지임이 분명해 보인다. 소년은 로마식 숫자가 표시된 시계를 제 손목에 두른다. 분명 사용했던 흔적이 있지만, 그가 이 시계를 차고 있는 걸 본 적은 없다. 시곗바늘은 물론 멈춰 있다. 아직 이걸 팔아야 할 상황은 아니다. 그런 상황이 오지 않도록 해야 한다. 소년은 시계에 약을 넣어야겠다 생각한다. 소년은 만년필의 뚜껑을 연다. 묵직하고 뻑뻑한 뚜껑을 열자 검은 잉크 얼룩이 남아 있는 날카로운 펜촉이 드러난다. 소년은 한 번도 만년필로 글을 써본 적이 없다. 그는 이것으로 무슨 단어와 문장을 적었을까. 나침반은 얼핏 금빛 회중시계처럼 보인다. 그러나 버튼을 눌러 뚜껑을 젖히자 시곗바늘 대신 가느다란 자석 바늘이 예민하게 몸을 떨고 있다. 소년은 E, W, S, N 둥근 글자판을 이리저리 돌려 바늘 끝을 북쪽에 맞춘다. 바다가 있는 곳은 서쪽이다. 이번엔 스위스 아미 나이프. 소년은 빨간색 몸체 속에 접혀 있는 것들을 하나하나 펼쳐본다. 칼, 톱날, 가위, 드라이버, 핀셋, 깡통 따개, 와인 오프너, 새끼손톱만한 작은 돋보기도 있다. 소년은 발치의 나뭇가지를 주워 그의 칼로 그것을 깎아보고 썰어보고 찔러보고 후벼파본다. 여러 개를 한참이나 그래본다. 작은 날들은 예상외로 무디지 않다. 그녀는 이 물건들을 도둑맞았다 생각할 것 같고, 그는 이 물건들을 기억조차 못할 것 같다.

소년은 월미산 전망대에 오른다. 전망대는 철골구조물과 투명한 유리벽을 두른 둥그런 복도, 그 중심부로 몇 층의 나선계단이 이어져 있다. 소년은 자신이 맑은 하늘 아래 푸르게 펼쳐진 바다를 보러 이곳에 왔다고 생각했다. 그러나 정작 바라보게 되는 것은, 하늘과 바다가 아니다. 소년이 홀리듯 바라보게 되는 것은 파도를 가르는 크고 작은 배다, 복잡하고 거대한 항만 시설을 갖춘 항구다, 육지와 섬을 잇는 기나긴 다리다, 국제공항이 있는 섬에 자리잡은 신도시의 빌딩숲이다. 소년은 열여덟, 홀리듯, 정밀한 체계와 단호한 질서를 바라본다. 커다란 화물선이 작은 예인선의 도움을 받으며 갑문을 빠져나와 넓은 바다로 향한다. 부두에는 선적을 기다리는 수출용 컨테이너가 병사들처럼 반듯하게 늘어서 있다. 그 사이를 바퀴가 열두 개나 되는 대형 트레일러들이 부지런히 오간다. 바다 한가운데 솟은 여러 대의 타워 크레인이 육중한 몸을 천천히, 그러나 유연하게 움직인다. 그리고 바다 저편, 소년이 태어나 본 것 중 가장 크고 길고 견고한 다리 위로 자동차들이 달린다. 제각각 위태롭고 위압적인 존재들이 이상하리만치 태평하고 정연하게 느껴진다. 소년은 4월의 햇빛과 바람을 맞으며 도수가 없는 검정 뿔테안경을 쓰고, 바늘이 멈춘 오래된 손목시계를 차고, 하염없이 그 모습을 바라본다. 멀리 섬의 공항을 이륙한 비행기가 구름을 향해 가뿐한 직선으로 날아오른다.

소년은 열여덟, 지금 제 눈앞에 펼쳐진 것들 속에 속하고 싶다는 생각을 한다. 처음으로 그런 생각을 한다. 배와 항구와 다리와 트레일러와 크레인과 미처 이름을 알지 못하는 크고 정교한 설비들. 집을 떠나온 소년이 제 발로 와 닿은 곳, 어떤 발견, 어떤 가능성.

해가 기우는 오후, 소년은 월미도 유원지의 거리를 걷는다. 방파제 옆 도로를 따라 음식점과 카페가 길게 늘어서 있다. 그 뒤로 번쩍이는 색전구와 화려한 그림으로 치장한 놀이기구들, 요란한 음악 소리와 비명소리가 귓전을 메운다. 그 뒤편에 숙박업소들이 자리잡고 있다. '시크릿 호텔 대실 3만원'이라 적힌 대형 플래카드가 모텔 건물 한 층을 덮고 있다. 스물한 살의 신분증을 가진 소년은 몇 군데 횟집에 들러 서빙 아르바이트 자리를 문의한다. 항구를 제대로 살펴보려면 연안 부두 근처에서 일을 구하는 게 나을 것 같다는 생각을 한다. 어쩌면 항구에서 허드렛일이라도 할 수 있지 않을까.

바다에 몇 발자국 더 가까운 방파제 계단참에 젊은 부부와 어린아이가 있다. 그들은 갈매기에 둘러싸여 있다. 야구 모자를 쓴 젊은 아빠가 손에 든 봉지에서 과자를 꺼내 공중의 갈매기에게 던진다. 너무나 당연하고 익숙한 일이라는 듯 갈매기들이 덥석덥석 과자를 낚아챈다. 과자를 손에 쥔 젊은 아빠의 목과 어깨가 움찔움찔한다. 어우 씨, 이거 무섭다. 갈매기들의 움직임은 과연 날렵함을 넘어 위협적이다. 아빠에게 환한 미소를 지어야 하는 아이는, 저도 한번 과자를 던져봐야 하는 아이는 조금 떨어진 곳에서 젊은 엄마의 다리에 바싹 매달려 있다. 잔뜩 겁을 먹은 아이는 겨우 서너 살쯤 됐을 법하다. 저거 봐, 갈매기, 저거 봐, 아빠가 맘마 주네. 젊은 엄마는 아이와 갈매기와 제 남편을 한 컷의 사진에 담고 싶어 애가 탄다. 간절히 단란함의 순간을 원한다. 그러나 어우 씨, 이거 무섭다. 젊은 아빠가 과자를 채 공중으로 던져올리기도 전에 갈매기들이 마구잡이로 달려든다. 젊은 엄마는 아이를 안아올려 갈매기를 보게 한다. 아이는 눈앞을 가득 메우는 어지러운 날갯짓에 엄마의 목을 끌어안고 고개를 돌린다. 갈매기들은 무엇도 개의치 않는다. 젊은 아빠의 발치에 흰 똥이 떨어진다. 이제 그만 가자. 소년은 열여덟, 아주 오래전 그녀와 그와 함께 이곳에 왔었던 어느 하루가 비로소 생각난다.

9호실의 새벽, 소년은 꿈을 꾸고 있다. 거대한 트레일러를 몰고 바다 위에 놓인 기나긴 다리를 달린다. 쿵쿵쿵, 어디선가 날개를 곧게 펴고 갈매기떼가 몰려온다. 너무나 당연하고 익숙한 일이라는 듯 소년에게 달려든다. 소년은 다급히 팔을 휘젓는다. 어우 씨, 이내 말을 할 수 없다. 소년은 제가 과자 부스러기가 되어 공중으로 던져졌음을 깨닫는다. 갈매기들이 소년을 노린다. 덥석 먹이를 낚아채려 쏜살같이 날아든다. 제게는 없는 날개와 부리와 갈퀴가 소년은 무섭기만 하다. 쿵쿵쿵. 과자 부스러기가 된 소년은 검도 목검을, 야구 배트를, 주머니칼을 휘둘러야 한다고 생각한다. 난, 아니야, 난 다른 사람이야. 갈매기들이 흰 똥을 갈겨댄다. 컨테이너를 가득 실은 화물선이 항구의 갑문을 통과하려 하고 있다.

쿵쿵쿵, 문을 두드리는 소리. 누군가가 9호실의 문을 두드리고 있다. 소년은 열여덟, 제 이름을 부르는 소리를 듣는다. 누군가가 다급한 목소리로 소년의 이름을 부른다. 갈매기처럼 끼룩대며 부른다. 그 이름은 엄마를 죽인 아들의 이름도 아닌, 지갑을 잃어버린 대학생의 이름도 아닌, 일주일 전 집을 나온 소년의 이름이다. 쿵쿵쿵, 소년은 결코 그 이름에 대답할 수 없다. 잠긴 문고리가 덜컥대며 움직인다. 난, 아니야, 난 다른 사람이야. 쿵쿵쿵, 포춘 쿠키 속 새로운 세상, 이내 9호실의 문이 열릴 것이다. 소년은 열여덟, 문밖으로 나온 사람은 다른 사람이어야 한다. 반드시 그래야 한다고 소년은 생각한다.

B구역에 내리는 비

이윽고, 비가 내리기 시작했다. 지방도로변의 작은 주유소, 미리는 낡은 건물 옆 후미진 곳에 차를 세우고 날이 어두워지길 기다리고 있었다. 아무도 없었다. 사무실의 문은 잠겨 있었고, 두 개의 주유기 모두 계기판이 꺼져 있었다. 주유소의 입간판이 비와 어둠에 젖어들었다. 시동을 끈 차 안에서 미리의 시선은 왕복 이 차선의 도로를 향해 있었다. 아무도 없었다. 한적한 시골의 지방도로라고는 해도 한 시간이 넘도록 자동차도, 오토바이도, 자전거도, 사람도, 개나 고양이도, 그 무엇도 지나가지 않았다. 이 이전의 한 시간, 이 이후의 한 시간도 마찬가지일 게 분명했다.

미리는 차에서 내렸다. 트렁크에서 우비를 꺼내 입고 방수포를 덧씌운 크고 무거운 백팩을 짊어졌다. 특수한 소재의 장갑과 마스크도 착용했다. 머리에 헤드 랜턴을 두르고, 우비의 모자를 덮어썼다. 그리고 주유소를 빠져나와 도로 위를 걷기 시작했다. 아무도 없었다. 텅 빈 산과 들판, 어둠 속에 비가 내리고 있었다. 미리의 모습은 얼핏 야간 트레킹에 나선 산악회의 회원쯤으로 보였다. 4월 중순을 넘긴 어느 봄날 저녁이었고, 비가 내리고 있었다. 비, 방사능에 오염된 비였다.

미리는 헤드 랜턴의 스위치를 켰다. 지난 몇 주간 수없이 인터넷 위성 지도를 확인했으므로, 미리는 자신이 B구역 안으로 들어섰다는 것을 알 수 있었다. 십 분쯤 더 걸으면 왼쪽으로 임업도로의 좁다란 진입로가 나타날 터였다. 어둠이 짙어졌다. 추월 금지 표지판에 반사된 불빛 안으로 빗줄기가 바늘처럼 쏟아졌다. 아무도 없었다. 당연한 일이었다. 이곳은 방사능이 유출되어 출입 통제구역으로 선포된 B구역이었다.

미리는 지방도로를 벗어나 임업도로의 비포장길을 걷기 시작했다. 비와 어둠과 거친 흙길 탓에 차츰 보폭이 좁아졌다. 두려움 때문이 아니라고 미리는 믿고 싶었다. 지난 두 달 남짓, 미리는 자신의 감각이나 감정이 제 것이 아닌 양 낯설어지는 순간을 숱하게 경험했다. 두려움과 마찬가지로 충격도 실망도 고통도 슬픔도 그전까지 알고 있던 것과는 다른 무엇이 되어 있었다. 집은 무너진 집이었고, 다리는 끊긴 다리였고, 나무는 뿌리 뽑힌 나무였고, 길은 갈라지고 뒤틀린 길이었다. 무너지지 않은 집, 끊기지 않은 다리, 뿌리 뽑히지 않은 나무, 갈라지고 뒤틀리지 않은 길에 대한 기억은 흐릿해져갔다. 미리는 헤드 랜턴 불빛이 둥근 핀 조명처럼 떨어지는 세 걸음 앞에 의식을 집중했다. 좁아진 보폭을 의식하며 발걸음을 빨리했다. 빗줄기는 차가웠고 등줄기에는 땀이 솟고 있었다.

정확히 53일 전, 지진이 있었다. 역사상 최대 규모라는 대지진이었다. 진앙지는 S시 인근의 한 골프장이었다. 인구 사백삼십만의 S시는 속수무책 파괴되었다. 수많은 사람이 죽거나 다쳤고, 거의 모든 것이 부서지고 망가졌다. 영원히 끝날 것 같지 않은 기세로 여진이 이어졌다. 첫 지진이 발생한 다음날, S시에서 자동차로 한 시간 거리에 위치한 해안가의 원자력발전소에서 폭발 사고가 일어났다. 그리고 방사능이 유출되었다. 원자력발전소 인근 이십 킬로미터 이내가 출입 통제구역인 'B구역'으로 지정되고 소개령이 내려졌다. 지진과 방사능으로 갑작스레 삶이 훼손된 사람들이 마땅한 대책도 없이 살던 곳을 떠나 여기저기로 난민처럼 흩어졌다.

산속의 길, 미리는 갈림길에서 왼쪽을 택했다. 비에 젖은 흙과 나무껍질과 풀잎의 진한 내음, 그 모두에 방사능 물질이 스며 있을 거라고는 좀처럼 믿기지 않았다. 미리는 잠시 멈춰서 호흡을 골랐다. 그러고 나서 백팩에서 또다른 손전등을 꺼내 스위치를 켰다. 다시 걸음을 재촉했다. 얼마 후 두 개의 불빛 앞에 숨이 막히도록 캄캄한 숲길의 입구가 모습을 드러냈다. 미리는 지난 늦가을 이 숲을 한참 거닐었다. '보스'와 함께 보스의 '별장'을 나서 낙엽이 깔린 뒷산의 숲에 한참을 머물렀다. 발끝에 도토리가 채었다. 그때 보스가 무심히 도토리를 주어들며 "이 오솔길을 따라 한참을 걸어가면 수십 년 전부터 벌목꾼들이 사용하던 임업도로가 나오지"라고 말했던 것을 미리는 기억하고 있었다. 미리는 빨려들어가듯 어두운 숲길로 걸음을 내디뎠다. 두 개의 불빛이 어지럽게 일렁였다. 이 오솔길을 따라 한참을 걸어가 보스의 별장에 도착해야만 했다. 검은 숲의 빗줄기, 미끌거리는 진창의 흙길, 흡사 어두운 동굴 속을 걷고 있는 기분이었다. 미리는 어둠 너머를 향해 눈을 깜빡였다.

보스는 지진 발생 닷새 후 무너진 건물 더미에서 시체로 발견되었다. 압사로 위장한 살인이었다. 등과 배에 '전문가의 솜씨'가 분명하다는 깊은 자상이 있었다. 출혈이 상당했을 거라고 했다. 함몰된 두개골은 건물 파편에 의한 것이 아니라 둔기에 의한 것일 가능성이 높다고 미리를 조사한 형사는 말했다. 보스의 공식적인 직함은 '회장'이었다. 보스는 S시에 두 개의 호텔과 카지노를 소유하고 있었다. 번화가 곳곳의 유흥업소와 파친코에도 지분이 있었다. 보스의 실질적인 직함은 폭력 조직의 '두목'이었다. S시 경찰 중 보스의 존재를 모르는 사람은 없었다. 경찰은 대략적인 수사 방향을 정한 듯했다. S시에서 보스의 조직과 이권 다툼으로 경쟁관계에 있는 다른 두 조직, 그리고 과거 보스와 큰 갈등을 빚었다는 K시의 어느 조직이 용의선상에 올랐다. 그러나 엄청난 지진 피해와 방사능 유출로 S시는 물론 나라 전체가 대혼란에 빠진 상황에서 수사가 본격적으로 진행되기란 요원해 보였다. 보스의 젊은 정부情婦였던 미리를 내내 묘한 눈길로 바라보던 형사는 조사를 마칠 무렵 "어떤 놈들인지, 마침 이런 때를 노린 거지"라고 혼잣말처럼 중얼거렸다.

미리는 미끄러운 숲길 위로 넘어졌다. 크고 무거운 백팩이 머리 위로 쏠리자 몸이 앞으로 고꾸라졌다. 아프게 무릎을 찧었고 바닥을 짚은 두 손은 진흙투성이가 되었다. 쥐고 있던 손전등이 땅에 떨어지며 불이 꺼졌다. 우비 틈새로 새어든 빗물이 차갑게 옷을 적셨다. 아무도 없는 검은 숲속이었다. 춥고 덥고 숨이 가빴다. 미리는 손목시계를 보았다. 주유소를 떠난 지 얼추 한 시간이 지나 있었다. 미리는 헤드 랜턴을 고쳐 쓰고 몸을 일으켰다. 나무 아래 작은 바위를 발견해 그곳에 간신히 엉덩이를 붙였다. 연기처럼 번지는 현기증, 미리는 이상한 충동에 헤드 랜턴의 불을 껐다. 검은 물속에 잠기듯, 완벽한 어둠이 찾아왔다. 쉬지 않고 비가 내리고 있었다. 비, 방사능에 오염된 비였다.

지진이 발생하던 순간, 미리는 보스와 함께 호텔 십이층에 위치한 그들의 방에서 브런치를 먹고 있었다. 기습적이고 격렬한 흔들림, 예사롭지 않은 진동이었다. 진동이 뱀처럼 두 사람의 척추를 타고 올라 정수리에 똬리를 틀었다. 차갑게 목이 졸리는 듯한 공포. 스탠드의 전등갓이 목을 베인 사람처럼 고개를 떨구는 동시에, 벽걸이 시계가 바닥으로 떨어졌다. 흰 테이블보 위로 쏟아진 뜨거운 커피는 대륙의 지도처럼 번졌고, 미리가 카펫 위로 떨어뜨린 잼 나이프에는 마멀레이드가 듬뿍 묻어 있었다. 삼 년 전 완공된 십오층짜리 호텔이 최신의 내진 설비를 갖추었다고는 해도, 확실히 강력하고 위협적인 진동이었다. 시나브로 진동이 멎자, 바닥에 웅크렸던 두 사람은 엉거주춤 몸을 일으켰다. 미리가 리모컨을 찾아 티브이를 켜는 사이, 보스는 창가로 다가가 밖을 살폈다. 미리가 뉴스 속보의 볼륨을 크게 높였지만, 보스는 티브이 앞으로 오지 않았다. 미리가 보스 곁으로 다가갔다. 십이층 아래로 호텔 앞 공원이 보였다. 쓰러진 나무들과 갈라진 산책로, 잔디밭 위에서 우왕좌왕하는 사람들이 보였다. 공원 건너편, S시의 다운 타운 곳곳에서 검은 연기가 치솟고 있었다. 겨울이 물러가며 맑고 부드러운 햇빛이 내리쬐는 2월 하순의 오전이었다. 아득히 사이렌 소리가 들려왔다. 구불거리며 다가오는 뱀처럼, 이내 여진이 시작됐다.

보스는 나갈 채비를 서두르며 여기저기 전화를 걸었다. 전화는 통화와 불통을 반복했다. 미리는 얼룩진 테이블보를 걷어내고, 카펫 위 마멀레이드를 티슈로 닦았다. 전등갓이 꺾인 스탠드와 부서진 시계는 어찌해야 좋을지 알 수 없었다. 혼자가 된 미리는 티브이에 시선을 고정한 채 여진을 견디며 한나절을 보냈다. 주저앉은 고가도로, 탈선한 기차, 기울어진 신호등, 아슬아슬하게 매달린 간판, 무력하게 파손된 집과 건물들, 화재와 누수, 매몰된 아이와 피를 흘리는 노인. 끝도 없이 혼란스러운 장면들이 뉴스 화면을 채웠다. 지진 피해는 전국적인 규모였고, S시의 상황은 특히 심각했다. 저녁 무렵, 미리는 십이층의 방을 나와 호텔 로비로 내려갔다. 그제야 호텔 직원을 통해 엘리베이터 하나가 고장을 일으켜 두 시간 넘게 사람들이 갇히는 소동이 있었다는 것과 집을 나와 대피소 대신 호텔을 찾은 사람들로 객실이 모두 동이 났다는 것을 알게 되었다. 호텔 밖으로 나가볼 엄두는 나지 않았다. 미리는 식당의 주방에서 음식 몇 가지를 포장해 십이층으로 돌아왔다. 엘리베이터에서 내려 방으로 향하는 복도에서, 미리는 다시 진동을 느꼈다. 그런데 그것은, 지진으로 인한 진동이 아니었다. 미리는 분명 자신이 지진이 아닌, 다른 흔들림을 느꼈다고 생각했다.

헤드 랜턴 불빛에 언뜻 별장의 지붕이 보였다. 비는 계속되고 있었지만, 빗줄기는 다소 약해진 상태였다. 미리는 미끄러지지 않으려 안간힘을 쓰며 내리막길을 내려갔다. 혼자 빗속을 헤치고 밤의 숲길을 통과해 별장에 도착했지만, 몽롱한 꿈속처럼 실감이 나지 않았다. 보스의 별장은 철조망을 얹은 돌담에 둘러싸여 있었다. B구역 일대는 전기가 끊긴 지 오래였다. 자동 방범 장치가 작동하지 않는 건 분명했지만, 육중한 철제 대문을 여는 시도는 무모한 짓이었다. 미리는 한 달 가까이 보스의 별장행을 치밀하게 계획했다. 차를 몰고 검문을 피해 B구역 안으로 진입하는 것이 1단계, 차를 숨겨두고 밤의 산길을 걸어 보스의 별장에 도착하는 것이 2단계, 무사히 별장 안으로 들어가는 것, 이제 3단계 차례였다.

미리는 산의 경사면과 맞닿아 있는 별장의 뒤편으로 향했다. 빽빽한 나무들 사이를 비집고 들어서자 나뭇잎 가득 맺혀 있던 빗방울이 폭우처럼 쏟아졌다. 미리는 나무와 바위가 뒤엉킨 불규칙한 경사면을 올랐다. 절벽을 지나듯 조심스레 전진해 어느 지점에 다다르자, 한결 낮아진 별장의 돌담이 팔을 뻗으면 닿을 정도가 되었다. 미리는 백팩의 측면 지퍼를 내리고 커다란 펜치 모양의 절단기를 꺼냈다. 이미 여러 차례 굵은 철사나 쇠사슬을 자르는 연습을 해둔 터였다. 미리는 헤드 랜턴의 불빛으로 돌담 위에 목표점을 조준하고, 한껏 팔을 뻗어 철조망을 군데군데 잘라냈다. 그런 다음 철조망이 잘려나간 부분을 절단기로 꺾고 휘어 몸을 통과시킬 수 있을 만큼의 공간을 만들었다. 절단기를 어렵사리 다시 백팩 속에 집어넣은 미리는 심호흡을 한 뒤 힘껏 발을 굴러 돌담 위로 올라섰다. 긴장과 피로로 녹초가 된 몸이 위태롭게 균형을 잡았다. 미리는 먼저 백팩을 돌담 안쪽으로 던졌다. 그리고 자신도 그 아래로 뛰어내렸다.

보스의 별장, 미리는 세 차례 이곳에 왔었다. 작년 봄과 가을에는 사흘씩, 여름에는 일주일간 이 별장에 머물렀다. 미리는 다시 백팩을 짊어지고 뛰듯이 뒤뜰을 지나, 별장 뒤편의 어느 문 앞에 다다랐다. 아무도 없었다. 방사능에 오염된 비가 내리고 있었다. 미리는 우비 속에 입은 점퍼 안주머니에서 열쇠꾸러미를 꺼냈다. 열쇠를 움켜쥔 손가락은 무뎠지만, 구멍 속으로 들어간 열쇠는 뜻밖에도 매끄럽게 회전했다. 미리가 들어선 곳은 별장의 창고였다. 접이식 사다리, 외발수레, 잔디깎이, 천장까지 쌓아올린 난로용 장작, 별장의 정비와 보수에 필요한 이러저런 도구들이 지난가을에 보았던 모습 그대로 창고 안을 채우고 있었다. 창고 구석에 또다른 문이 있었다. 또다른 열쇠가 필요한 창고의 지하 내실, 미리는 그 문을 열었다. 그리고 두 개의 불빛으로 무겁게 고여 있던 어둠과 습기를 헤치며 일곱 칸의 계단을 내려갔다. 붉은 벽돌로 마감된 오래된 지하실, 꽤나 으스스하다고밖에 할 수 없는, 어쩐지 이 세상에 속하지 않은 듯한 곳. 지하실 한쪽에는 수십 병의 와인이 보관되어 있었다. 그리고 혼자서라면 몇 달쯤은 버틸 법한 각종 저장 식품들이 있었다. 낚시 도구며 캠핑용품도 대형 선반을 가득 채울 만큼 많았다. 계절을 달리해 사용하는 잡다한 물건들, 흰 천에 덮여 있는 여분의 가구들, 모두 죽은 보스의 것이었다.

지진이 발생했던 날, 보스는 밤늦게 호텔로 돌아왔다. 보스가 소유한 다른 호텔의 지하 카지노는 침수 피해를 입었고, 구시가의 파친코 두 곳은 붕괴 위험으로 건물이 폐쇄되었다. 부상을 당한 직원도 여럿이라고 했다. 크고 작은 여진이 발작처럼 계속되었다. 미리는 시간을 확인하려 버릇처럼 벽을 보았다가 부서진 벽걸이 시계가 쓰레기통 속으로 들어갔다는 것을 번번이 상기해야 했다. S시는 다시는 전과 같을 수 없는 첫 밤을 보내고 있었다. 미리는 종일 켜두었던 티브이를 껐다. 보스는 섹스 없이 잠이 들었다. 평소와 마찬가지로 거구의 몸을 잔뜩 웅크린 자세로 잠을 잤다. 그 곁에 누운 미리는 저녁때 복도에서 경험한 '지진이 아닌 흔들림'의 감각을 반복해 떠올렸다.

다음날 아침, 보스는 일찍 호텔을 나섰다. 미리는 다시 혼자가 되었다. 막 정오가 지났을 즈음, S시로부터 약 육십 킬로미터 거리에 위치한 원자력발전소에서 폭발 사고가 발생했다는 뉴스가 보도됐다. '방사능 유출'이란 단어가 들어간 속보의 자막은 티브이마저 폭발시킬 것처럼 위협적이었다. '지진 피해'와 '자연재해'란 말은 '최악의 참사'와 '공포의 재앙'으로 표현이 격상되었다. 미리는 보스와 짧은 문자 메시지를 주고받았다.

패닉의 뉴스가 쉴새없이 이어지는 사이 서서히 날이 저물었다. 미리는 창가에 서서 십이층 아래를 바라보았다. 이틀간의 집요하고 끈질긴 여진은 S시의 공기 속에 어떤 마비의 입자를 퍼뜨린 것만 같았다. 소금 기둥처럼 단단하게 굳어가는 어둠. 미리는 저녁을 먹기 전 보스에게 문자 메시지를 보냈다. 식사를 마치도록 답이 없었다. 한 시간쯤 후 미리는 보스에게 전화를 걸었다. 보스는 전화를 받지 않았다. 문득 '지진이 아닌 흔들림'이 찾아왔다. 미리는 화장실로 가 저녁식사로 먹은 것을 모조리 토해냈다. 어지럽고 메스꺼웠다. 쓴침을 뱉고 또 뱉었다. 티브이 앞으로 돌아온 미리는 참사와 재앙의 소식이 나오지 않는 채널을 찾아 빠르게 리모컨 버튼을 눌렀다. 제대로 시청해본 적 없는 해외 뉴스 채널에서 방사능 유출 소식을 전하고 있었다. 미리 는 '방사능'이나 '피폭'에 해당하는 외국어 단어를 알지 못했다. 그럼에도 그 뉴스는 다른 무엇일 수 없었다. 미리는 보스에게 다시 전화를 걸었다. 긴 신호음이 여진처럼 이어질 뿐이었다. 메스꺼움과 두통도 이어졌다. 다시 전화를 걸었고, 다시 문자 메시지를 보냈다. 답은 없었다. 자정이 되어도 보스는 돌아오지 않았다.

티브이를 켜둔 채 몇 시간쯤 잠이 들었던 미리는 자신을 흔들어 깨우는 진동에 놀라 침대에서 몸을 일으켰다. 아직 동이 트기 전인 새벽이었다. 미리는 다급히 휴대폰을 확인했다. 잠들었던 사이 아무것도 수신되지 않은 휴대폰으로 보스에게 전화를 걸었다. 이번에는 신호음조차 울리지 않았다. 미리는 티브이의 전원을 끄고 창가로 다가갔다. S시는 새벽안개에 잠겨 있었다. 다시는 그전과 같을 수 없다는 것. 미리는 자신을 깨운 진동이 예의 '지진이 아닌 흔들림'임을 알고 있었다. 미리는, 호텔을 떠나야 한다고 생각했다. 지난 십일 개월 남짓, 미리는 이 호텔에서, 이 십이층 방에서 살았다. 부서진 시계, 이제 이 '집 아닌 집'을 떠나야 할 시간이었다. 반드시 그래야만 한다는 것을 미리는 알 수 있었다.

별장의 지하실, 창고에서 지하실로 내려온 계단과 대각선 위치에 의 또다른 계단이 있었다. 역시 일곱 칸인 그 계단을 올라 또다른 잠긴 문을 열면, 별장의 주방이었다. 미리는 그렇게 별장 안으로 들어왔다. 주방과 연결된 식당, 식당을 나서면 넓은 거실이었다. 미리는 시계를 보았다. 주유소를 출발한 지 두 시간 칠 분 만에 비로소 별장에 '도착'한 셈이었다. 실내는 어둡고 서늘하고 조용했다. 한결 옅어진 빗소리가 들려올 뿐이었다. 미리는 백팩을 바닥에 내려놓았다. 빗물이 가득한 우비를 벗었다. 불을 켜둔 채로 헤드 랜턴을 백팩 위에 조명처럼 올려놓았다. 진흙투성이인 등산화도 벗었다. 점퍼를 벗었다. 몸은 비와 땀으로 축축해져 있었다. 체온이 빠르게 식었다. 미리는 손전등으로 거실 구석구석을 비췄다. 팔 인용 가죽소파와 대리석 테이블, 벽난로, 커튼이 드리워진 큰 창, 무사의 투구와 진짜 사슴 머리 박제 같은 마초 취향의 장식품들, 미리는 이층으로 향하는 계단을 올랐다. 이상할 정도로 두렵지 않았다. 어쩐지 별장이 내내 자신을 기다리고 있었던 것만 같은 느낌이 들었다.

미리는 이층의 침실로 들어갔다. 침대, 티 테이블과 의자, 화장대 모두 지난 늦가을에 미리가 보았던 모습 그대로였다. 전등 스위치는 작동하지 않았다. 미리는 침실 안쪽의 드레스 룸으로 들어갔다. 문을 열고 안으로, 안으로, 별장이 커다란 미로 같다는 생각이 들었다. 드레스 룸 선반에는 수건과 시트, 계절별 침구가 수납되어 있었다. 그리고 보스와 미리의 옷이 있었다. 별장에 머무는 동안 여벌로 구입했거나 두고 간 옷들이었다. 미리는 선반에서 수건을 꺼내 젖은 머리칼과 얼굴을 닦았다. 입고 있던 옷을 벗고 수건으로 몸을 닦았다. 그런 다음 제 것인 잠옷을 입고 그 위에 보스의 것인 나이트가운을 걸쳤다. 크고 헐렁한 나이트가운 차림으로 미리는 침실의 창가에서 별장의 정원을 내려다보았다. 뭔가 이상한 실루엣을 발견한 미리는 창문을 열고 그곳을 향해 손전등을 비췄다. 비와 어둠 속에 정원 장식용 석탑이 바닥에 쓰러져 돌무더기를 이루고 있었다. 담장 안쪽 서너 그루의 나무는 뿌리가 반쯤 들린 채 같은 방향으로 기울어져 있었다. 땅이 갈라진 곳은 보이지 않았지만, 이곳 역시 뱀처럼 꿈틀대는 지진이 어김없이 스쳐간 것이었다.

미리는 침실의 침구를 일층 거실의 소파 위로 옮겼다. 그다음으로 지하실과 창고를 오가며 필요한 물건들을 별장 안으로 들여왔다. 페트병에 담긴 생수 묶음, 통조림 따위의 즉석식품, 휴대용 버너와 코펠 같은 캠핑용품 등등. 미리는 장작을 가져와 벽난로에 불을 지폈다. 보스가 불을 피울 때면 번번이 옆에서 조수 노릇을 했고, 지난가을에는 혼자 불을 피우는 것에 처음으로 성공했다. 미리는 장작불이 일렁이는 벽난로 앞에 앉아 인스턴트 수프와 통조림 햄과 말린 과일을 먹었다. 식사를 마친 미리는 욕실로 향했다. 욕실의 수도꼭지에서는 전과 다름없이 맑고 차가운 물이 흘러나왔다. 그러나 이곳 지하수에도 방사능 물질이 스며들었을 터였다. 세수를 하고 물에 적신 수건으로 몸을 닦은 미리는 다시 벽난로 앞으로 돌아왔다. 비는 계속되고 있었다. 타들어가는 장작과 일렁이는 불꽃을 한참 동안 바라보던 미리는 소파 위에 펼쳐놓은 이불 속으로 들어가 몸을 뉘었다. 비 내리는 검은 숲속에서 눈을 감았던 일이 아득히 오래전 일처럼 느껴졌다.

호텔을 떠나기 진 미리는 최대한 간난히 짐을 꾸렸다. 소형 캐리어에 옷가지를 넣었고 숄더백에 소지품을 넣었다. 최신 사양의 태블릿 PC와 적지 않은 양의 액세서리는 꽤나 값비싼 것들이었지만, 모두 보스로부터 받은 선물이니 문제될 건 없을 터였다. 몇 가지를 제외한 옷과 구두와 화장품 등은 다시 돌아와 입고 신고 사용할 것처럼 그대로 두었다. 미리는 보스의 물건에는 일절 손을 대지 않았다. 딱 하나, 보스의 책상 서랍에서 별장의 열쇠꾸러미를 꺼내 가방 깊숙한 곳에 넣었다. 잠시 외출을 나서는 모양새로 미리는 이른 아침 호텔을 떠났다. 그리고 수많은 것이 파괴된 S시의 거리를 걷기 시작했다.

거의 모든 대중교통이 운행을 중단한 상태였다. 한 시간쯤 걸어 미리가 도착한 곳은 구시가에 위치한 술집이었다. 카운터 테이블에 좌석 일곱 개가 전부인 아주 작은 바였다. 엇비슷한 술집들이 좁은 골목골목 어깨를 맞댄 듯 모여 있는 곳이었다. 군데군데 무너지고 주저앉은 가게들이 있었고, 깨진 간판 조각들이 골목길에 아무렇게 버려져 있었다. 번개를 그려놓은 것처럼 벽에 금이 가 있었지만, 미리가 일했던 바는 비교적 멀쩡한 모습으로 제자리를 지키고 있었다. 문은 잠겨 있었다. 미리는 마담에게 전화를 걸었다. 길게 신호음이 울리고 잠기운 가득한 목소리가 전화를 받았다. 몇 초 후, 술집 이층의 작은 창문이 열리고 부스스한 머리채의 마담이 얼굴을 내밀었다. "어쩐 일이야! 이렇게 일찍?" 마담은 술집 이층에 살았다. 작은 방과 작은 부엌과 작은 욕실이 전부인 좁은 집이었다. 마담이 문을 열어주었다. 어두컴컴한 바 안으로 들어서자 지독한 술냄새가 코를 찔렀다. 구역질이 치밀어 미리는 마담이 왼팔에 깁스를 한 채 어깨에 보호대를 걸치고 있는 모습을 바로 알아보지 못했다. 카운터 뒤편 술병이 가득했던 선반은 텅 비어 있었다. "한 사오십 병은 깨진 것 같아. 나는 위층에서 자다가 서랍장이 쓰러지는 바람에 팔이 부러졌고."

보스와 함께 호텔에 살기 전, 미리는 마담의 작은 바에서 넉 달쯤 일했다. 마담이 이곳에 술집을 연 것은 팔 년 전, 오래도록 혼자 장사를 해왔지만 여러 가지가 힘에 부쳐 '보조'를 구해야만 하는 형편이 되었다고 했다. 마담의 손님들은 대부분 오랜 단골이었다. 늦은 밤 귀갓길에 혼자 술을 마시러 오는 양복 차림의 중년 남자들이 주요 고객이었다. 미리는 흰색 블라우스에 검정색 스커트를 입고 카운터 안에서 주문받은 술을 내주거나 손님들과 몇 마디 말을 섞었다. 그리고 가게를 열고 닫기 전 마담의 지시에 따라 이런저런 준비와 정리를 도왔다. 버릇처럼 나이 탓을 하며 농담 섞인 신세한탄을 늘어놓는 마담이었지만, 마담은 자신의 작은 술집을 완전히 장악하고 있는 여왕이었다. 마담은 유머러스했고 눈치가 빨랐고 수완이 좋았다. 너스레를 너스레 같지 않게, 핀잔을 핀잔 같지 않게 능수능란 구사하며 손님들을 즐겁게 했다. 옷차림과 화장도 나름의 멋스러움이 있었다. 마담의 손님들은 고주망태가 되도록 취하거나 매춘을 원하는 치들이 아니었다. 술과 섹스만을 원한다면 그것을 탐할 수 있는 곳은 얼마든지 있었다. 그런 충동이 아주 없는 것은 아닐 테지만, 그들은 적당한 선에서 긴장을 풀고 다시 다음날의 팍팍한 일상을 지속해야 하는 남자들이었다. 마담의 손님들은 제 기호에 맞는 위스키나 코냑을 온더록스나 스트레이트로 천천히 두세 잔쯤 마셨다. 마담이 선곡하는 음악에 두서없는 품평을 늘어놓거나, 실제 있었던 일인지 알 수 없는 무용담을 과시하거나, 마담의 재치 있는 입담을 관객처럼 즐기다 비교적 얌전하게 자리를 떴다.

보스는 마담의 술집을 한 달에 한두 번 정도 찾는 손님이었다. 유난히 말수가 적은 손님인 보스를 마담은 근처 파친코의 사장 정도로 알고 있었다. 미리가 일한 지 두 달째로 접어들었을 즈음, 보스는 일주일에 서너 번이나 바를 찾는 손님이 되어 있었다. 이미 몇 차례 짓궂은 농을 걸며 미리에게 추파를 던지는 손님들이 있었다. "저기 강 건너 사립대 알지? 거기 휴학중인 학생이야. 학비 벌러 아르바이트하는 학생이라고. 거기 대학에서 외국 문학 전공하는 학생!" 그때마다 마담은 능청스럽게 훼방을 놓으며 적절히 분위기를 전환시켰다. 마담의 말은 사실이었다. 그러나 두번째 장기 휴학, 미리는 이 년째 학교로 돌아가지 못하고 있었고, 점점 자신이 학비를 모으고 있다는 생각을 할 수 없게 되었다. 보스는 미리에게 농을 걸지도 추파를 던지지도 않았다. 보스는 미리 앞에서 더욱 말이 없었다. 행동은 부자연스러웠고 표정은 굳어 있었다. 그 모습에 마담 역시 눈치를 보며 보스에게는 너스레를 떨지도 핀잔을 주지도 않았다. 보스가 미리에게 꽤나 심각하게 빠져 있다는 것은 누가 보아도 알 수 있을 정도였다. 미리는 스물다섯 살이었고, 보스는 쉰 살이었다. 다섯번째 요청 만에 처음 함께 식사를 하게 된 곳은 카지노가 있는 보스의 호텔 스카이라운지 식당이었다. 식사 도중 보스는 차례로 포크와 나이프를 바닥에 떨어뜨렸다. 보스는 스물다섯 살의 미숙한 남자처럼 낭패한 표정을 지으며, 자신이 평소에는 결코 손을 떨지 않는다는 사실을 미리에게 몹시 어필하고 싶어했다.

지진이 일어난 지 54일째, 별장의 거실 소파에서 잠이 깬 미리는 불이 꺼진 벽난로를 물끄러미 바라보다 자리에서 일어나 커튼을 열었다. 비는 완전히 그쳐 있었다. 비현실적이라 느껴질 만큼 푸른 하늘

아래 투명한 아침햇살이 정원을 가득 채우고 있었다. 미리는 정원으로 나갔다. 무너진 석탑의 돌무더기와 뿌리가 들린 채 기울어진 나무들 가까이로 다가갔다. 미리는 뒤돌아 별장을 보았다. 비와 어둠과 숲과 방사능을 통과해 기어이 찾아온 보스의 별장을 환한 빛 속에서 오래도록 바라보았다. 상쾌하고 부드러운 바람이 불어왔다. 날씨가 무척 좋은 하루일 것 같은 예감. 그러나 이곳은 B구역이었다.

어젯밤과 비슷한 음식들로 끼니를 때운 미리는 별장의 차고로 갔다. 차고 안에는 보스의 지프와 모터사이클이 주차되어 있었다. 그리고 그 옆에 지난여름 미리의 소유가 된 스쿠터가 있었다. 크림빛이 도는 핑크색 몸체에 동그란 은색 사이드미러가 달린 스쿠터. 연료는 반쯤 채워져 있었다. 미리는 차고 구석 커다란 플라스틱통 속에 들어 있던 여분의 가솔린을 주름진 호스를 이용해 스쿠터 주유구에 주입했다. 미리는 헬멧을 쓰고 운전석에 올라 시동을 걸었다. 천천히 정원을 한 바퀴 돌았다. 출입문의 방범 장치는 전원이 끊긴 상태였다. 미리는 수동으로 문을 열고 별장 밖으로 나왔다. 별장의 진입로를 따라 미리의 스쿠터가 달렸다.

별장에서 도보로 십 분쯤 거리에 오래된 온천장이 있었다. 미리가 보스와 함께 별장을 찾을 때면 보스의 부하 두셋이 동행했고, 그들은 매번 이 온천장에 묵었다. 온천장을 운영하는 육십대 초반의 부부는 오래전부터 보스와 인연을 맺은 사이라고 했다. 그들 부부가 조용히 별장을 드나들며 청소와 정원 관리 등을 맡고 있었다. 남편은 보스의 주문을 받고 아침마다 아내가 만든 음식을 별장으로 가져왔다. 보스는 "온천장집 아들이 우리 호텔 관리부에서 기술자로 일하고 있지"

라고 말했다. 미리는 온천장 입구에 스쿠터를 세웠다. 아무도 없었다. 출입구의 나무문은 굳게 닫혀 있었다. 미리는 온천장 이층 테라스에 온천장의 이름이 적힌 푸른 깃발이 멋스럽게 펼쳐져 있던 것을 기억했다. 푸른 깃발은 보이지 않았다. 정성껏 가꾼 화단이 있던 마당은 웃자란 잡초들에 뒤덮여 있었다. 온천장 부부가 어디로 갔는지, S시의 아들과 함께일지, 그들이 보스의 죽음을 알고 있을지, 무엇도 알 수 없었다. 미리는 다시 스쿠터의 시동을 걸었다.

미리는 메스꺼움을 참으며 마담이 미처 치우지 못한 깨진 술병들을 내다버리고, 술냄새가 가실 때까지 바의 바닥을 여러 차례 닦아냈다. 오후에는 깁스를 한 마담과 함께 지진 부상자들을 위해 마련된 진료소를 찾았고, 피해 신고 서류를 접수해야 하는 관공서에도 들렀다. 교통편을 이용하기란 불가능에 가까웠다. 부서지고 무너진 것들을 피해 거리를 걸어 다니는 것조차 쉽지 않았다. 식료품을 사러 미리와 마담은 여기저기 헛걸음을 했고 오래 긴 줄을 서야 했다. 두 사람이 다시 술집 이층의 작은 집으로 돌아왔을 때는 어느덧 날이 저물고 있었다. 그사이 미리는 보스에게 몇 번이나 전화를 걸었지만 신호음은 여전히 울리지 않았다. 보스의 연락 두절에 대해 마담이 자신의 불길한 예감을 애써 말하지 않으려 한다는 것을 미리는 알 수 있었다.

지진 발생 닷새째, 경찰서에서 걸려온 전화가 보스의 죽음을 알렸다. 몇 시간 뒤, 형사가 미리를 찾아왔다. 미리의 알리바이에 미심쩍은 구석이 없었음에도 형사는 참고인 조사를 핑계로 동행을 요구했다. 형사는 미리의 진술을 들으며 경찰서 컴퓨터의 자판을 두드렸다.

지진이 계속되는 와중에 보스가 연락 두절이 되자 호텔에 혼자 있기가 겁이 났고, 평소 자매처럼 가깝게 지낸 지인의 안부를 확인할 겸 직접 지인의 거처를 찾았고, 지진으로 팔을 다친 지인을 도우며 이틀을 보냈고, 그사이 계속 보스에게 연락을 취했지만 묵묵부답이었다, 라는 내용의 조서가 작성되었다. 형사는 미리의 물건 대부분이 십이층 호텔방에 그대로 남아 있다는 것과, 신용카드와 골드바를 비롯해 보스의 물건 중 없어진 것이 없다는 사실을 이미 알고 있었다.

그후 열흘 남짓, 여러 결정이 내려졌다. '지진이 아닌 흔들림'으로 걷잡을 수 없이 구역질 증상이 심해지자, 마담은 미리의 임신 사실을 애써 확인하려 들지도 않았다. S시 당국에 의해 마담의 술집이 위치한 일대가 전면 철거 지역으로 지정되었다. 철거 개시까지는 한 달의 기한이 주어졌다. 미리는 보스로부터 선물받은 목걸이와 귀고리 세트를 마담에게 건넸다. 당장 현금화하는 것이 쉽진 않겠지만, 헐값을 받을 물건은 아니었다. 마담은 낡은 수첩을 뒤적여 전화번호를 찾고 목소리를 낮춰 몇 차례 긴 통화를 했다. 수술 날짜는 일주일 뒤로 정해졌다. 일주일 뒤, 미리와 마담은 어렵게 S시 외곽에 위치한 어느 개인 산부인과를 찾아갔다. 마취가 시작되고 미리는 잠이 들듯 의식을 잃었다. 그리고 '지진이 아닌 흔들림'은 중단됐다. 마취에서 깨어난 미리는 찌르는 듯한 통증 속에 자신의 아랫도리에 성인용 기저귀가 채워져 있는 것을 보았다. 링거 수액을 맞은 후, 미리는 왼팔에 깁스를 한 마담과 함께 다시 작은 술집으로 돌아왔다. 하혈은 예상보다 길게 이어졌다. 미리는 마담의 침대에서 잠이 들었다. 문득 잠에서 깨어나 눈을 떴을 때, 희미한 여진이 미리의 몸을 관통하고 있었다. 미리는 몸을 웅크리고 이불을 뒤집어썼다. 깊은 밤이었다. 어둠 속에 나란히 누워 있던 마담이 잠긴 목소리로 말했다. "오래전에 나도 같은 선택을 한 적이 있어. 그때 아이를 낳았다면 지금 네 나이쯤 됐겠지." 깁스를 한 탓에 자세를 편히 할 수 없는 마담이 몸을 뒤척이며 다시 말했다. "어떤 선택을 해도 잘못일 수밖에 없는 일이 있어. 그런 일이야."

　미리는 스쿠터를 타고 B구역의 지방도로를 달렸다. 아무도 없었다. 더없이 화창한 봄날이었다. 어젯밤 내린 비를 양껏 빨아들인 나무와 풀, 산과 들판이 봄의 기운을 한껏 발산하고 있었다. 그러나 방사능, 이곳은 원전 사고가 발생한 B구역이었다. 방사능 수치가 높다는 것과 아무것도 달라진 게 없다는 듯 나무와 들판이 이토록 멀쩡해 보이는 것과의 상관관계를 미리는 알지 못했다. 물론 피폭은 나무나 들판만의 문제가 아니었다. 어제오늘 자신의 몸속에 스며들었을 방사능 물질에 대해, 문제가 있다는 것과 문제가 있음을 문제삼지 않는다는 것에 대해 미리는 그다지 많은 생각을 할 수 없었다. 미리는 속도를 올렸다. 지금 당장은 모든 것이 거짓말처럼 싱그럽고 평온할 뿐이었다. 그러나 도로 주변으로 버려진 건물들이 나타나면, 환한 봄날의 풍경은 날카롭게 금이 가듯 깨어졌다. 몇 달 전만 해도 그 건물들 안에서 누군가가 물을 끓이고, 채소를 다듬고, 라디오의 볼륨을 높이고, 신용카드 영수증을 챙겼으리라. 아득히 믿을 수 없는 일이 되어버린 일들. 멀리 대형 광고판이 미리의 눈에 들어왔다. "번영의 에너지, 신뢰의 에너지, OO원자력발전소"라는 글귀와 함께, 안전모를 쓴 작업복 차림의 남자가 꼬마 아이를 공중으로 높이 들어올리며 웃고 있었다. 그 곁에 남자의 아내이자 아이의 엄마일, 아니 아내 겸 엄마의 역할을 맡은 여성 모델이 환한 미소를 짓고 있었다. 광고판 바로 아래 "○○원자력발전소 13Km"라는 표지판이 부착되어 있었다.

B구역 해안가에 원자력발전소가 들어선 것은 이십여 년 전, 평범한 농촌과 어촌뿐이던 지방에 거액의 보상금이 뿌려졌고, 단기간에 B구역은 '발전소 타운'으로 변모했다. 많은 사람이 안정적인 대우를 받는 원자력발전소의 노동자가 되었고. 경기는 호황이었고, 인구와 기반 시설과 상점가는 급속도로 증가했고, 지역 전통 행사는 전국적인 규모로 성황리에 개최되었다. B구역은 보스의 고향이었다. 보스가 고향을 떠나 S시로 온 것은 원자력발전소가 들어서기 훨씬 전이라고 했다. 고향집은 흔적도 없이 사라졌고, 고향에 대한 좋은 기억이 전무하다면서도, 보스는 B구역 외딴곳에 별장을 지은 이유를 미리에게 제대로 설명하지 못했다. 신호등이 작동하지 않는 교차로에서 미리는 발전소와 반대 방향으로 달렸다. 보스는 고향의 지인들이 살고 있을지 모른다는 발전소 타운에는 발을 들여놓지 않았다. 미리의 스쿠터는 Y읍을 향하고 있었다. Y읍은 보스와 함께 별장에 머무는 동안 종종 외식이나 쇼핑을 했던 곳이었다.

주민들이 모두 떠난 Y읍은 유령도시가 되어 있었다. 줄지어 늘어선 벚나무 가로수에서 무심히 꽃잎이 흩날렸다. 고요함과는 거리가 먼, 거칠고 딱딱한 침묵이 Y읍 전체를 투명한 사슬처럼 옥죄고 있었다. 미용실도, 약국도, 부동산도, 은행도, 세탁소도 강제로 재갈이 물린 듯 침묵 그 자체가 되어 있었다. 증발하듯 삶이 통째로 사라져버렸다는 것, 뱀의 허물처럼 흐릿한 시간의 껍질만이 남겨졌다는 것. 무덤

처럼 고인 먼지. 전봇대도, 우체통도, 자판기도, 마네킹도, 과속방지
턱도 만지면 그대로 바스라질 것만 같았다. 따스한 햇빛에 기온이 오
르고 있었다. 횡단보도 앞에는 아무도 나타나지 않았다. 온통 금이 간
유리문과 쓰러진 철망 펜스와 파헤쳐진 보도블록. 미리는 속도를 줄
였지만, 스쿠터를 멈추지 않았다. 보스와 몇 차례 동행했던 한 마트
근처에 다다랐다. 그곳에서 미리는 어디에서도 본 적 없는 장면과 마
주쳤다. 마트 앞 주차장에 검은 소 세 마리가 서 있었다. 반듯하게 구
획이 나뉜 주차장의 하얀 실선 위에 자동차 대신 귀에 노란 플라스틱
표찰을 단 검은 소 세 마리가 서성대고 있었다. 온통 막막한 당혹감으
로 가득찬 공기. 소들은 귀와 꼬리를 연신 이상한 손짓처럼 흔들며 미
리를 바라보았다. 미리는 스쿠터를 멈췄다. 도저히 영문을 모르겠다
는 듯, 소 한 마리가 미리를 향해 기이한 울음소리를 냈다.

　철거 개시를 보름 앞두고 마담은 오랜 시간 자신의 모든 것이었던
작은 술집을 떠났다. "여동생이 사는 A시로 가기로 했어. 중장비 운
전사였던 동생의 남편이 작년에 사고로 죽었는데, 보상금에 대출금
보태 식당을 차린 모양이야. 음식 장사가 처음이니 도와달라고 연락
을 해왔어. 사실 그건 핑계고 지진으로 내가 이 꼴이 됐으니, 제가 나
를 거두려는 거겠지. 나야 술장사 말고는 해본 적이 없고, 당장은 팔
도 성치 않아 별 도움이 안 되겠지만, 그래도 이제는 그렇게 하는 게
맞는 거 같아. 여동생에게 마음의 빚이 많아. 평생을 있으나 마나 한
언니로 살았지. 부모님 돌아가실 무렵, 동생 부부가 아프신 분들을 내
내 보살폈어. 조카 둘은 벌써 고등학생인데, 이모라고 뭐……" 미리

는 자신이 호텔을 나올 때 그랬던 것처럼 마담이 최대한 간소하게 짐을 싸는 것을 도왔다. 그리고 가장 먼저 복구되어 정상 운행을 시작한 S시 기차역까지 마담을 배웅했다.

미리는 일주일쯤 더 마담의 술집 이층에 머물렀다. 깊은 밤 주인이 두고 떠난 침대에 누워, 낡고 허술한 술집 건물이 이대로 무너져내린다면 어떨까 하는 상상을 했다. 지속되는 여진 속에서 상상은 점점 바람이 되어갔다. 미리는 대학 입학을 위해 A시만큼이나 먼 곳에서 아무도 아는 사람이 없는 S시로 왔다. 미리는 시장에서 옷 수선점을 하는 할머니 밑에서 자랐다. 미리는 엄마를 알지 못했다. 젊은 아버지는 갓난아기인 미리를 제 어머니에게 맡기고 먼 곳으로 떠났다. 몇 년에 한번쯤 발걸음을 하던 아버지는 미리가 열한 살이 된 후로 다시는 돌아오지 않았다. 대학 1학년을 마칠 즈음 할머니가 세상을 떠났다. 미리는 할머니로부터 멀리 떨어진 곳의 대학을 선택한 것을 후회했다. 미리는 튀어오르듯 침대에서 몸을 일으켰다. 그리고 B구역에 있는 보스의 별장으로 가야 한다고 느꼈다. 보스의 호텔을 떠나야 한다고 생각했을 때처럼, 갑자기, 그러나 분명하게 미리는 S시를 떠나 B구역의 보스의 별장으로 가야 한다고 생각했다. 자신이 있어야 할 곳은 바로 그곳이었다. 미리는 그곳을 자신의 장소라고 여겼다. 처음 보스가 자신을 별장으로 데려간 이래, 그것은 온전한 확신이었다. 이곳은 나의 장소다, 별장에 머물며 미리는 그렇게 느끼고 생각했다. 별장 때문에라도 미리는 보스의 아이를 낳고 싶었다. 미리는 마담의 침대를 벗어났다. 그리고 B구역에 위치한 보스의 별장에 갈 준비를 시작했다.

Y읍 외곽의 작은 마을, 전형적인 모습의 농가들이 모여 있는 곳이었다. 이 마을 역시 환한 봄 햇살과는 무관하게 거칠고 딱딱한 침묵에 감겨 텅 빈 껍질처럼 버려진 모습이었다. 무너진 담장, 뒤집힌 수레, 찢긴 비닐 천막이 그 모습 그대로 언제까지나 그 자리를 지킬 것만 같았다. 미리는 스쿠터를 타고 마을 안쪽으로 들어갔다. 좁다란 진입로 끝자락에 축사가 있었다. 마트 주차장의 검은 소들은 이곳에서 도망쳐 나온 것일까, 미리는 스쿠터에서 내려섰다. 몇 걸음 걷지 않아 미리가 처음으로 본 것은 깊은 수로에 빠져 죽은 젖소였다. 붉은빛이 도는 더러운 갈색 물이 고인 농수로, 얼룩무늬 젖소가 통째로 그 안에 잠겨 있었다. 과연 이곳은 B구역이었다. 십오만 명쯤 되는 사람들이 원전 사고 직후 모든 것을 버리고 하루아침에 난민처럼 떠나버린 B구역이었다. 냄새와 울음소리, 죽음의 냄새와 죽음 직전의 울음소리, 미리는 등줄기에 경련을 느끼면서도 빨려들어가듯 축사 쪽으로 향하는 발걸음을 멈추지 못했다. 거미줄처럼 늘어진 정적이 흩어지고, 기운 없이도 맹렬할 수 있는, 무섭도록 절박한 소의 울음소리가 귓속을 메웠다. 그것은 분명 미리의 인기척에 의한 것이었고, 미리의 인기척을 향한 것이었다. 미리는 숨을 멈췄다. 축사 안은 거대한 죽음의 구덩이가 되어 있었다. 사오십 마리쯤 되는 젖소들이 진흙과 배설물과 병과 죄악과 비참함에 뒤범벅이 되어 있었다. 절반 이상은 이미 죽어 있었다. 확고한 죽음의 덩어리가 되어 있었다. 간신히 숨이 붙어 있는 소들은 제각각 기괴한 형태로 널브러진 채 헐떡이고 있었다. 공포스럽기까지 한 악취가 났다. 축사 바닥은 똥오줌과 썩은 지푸라기와 구더기와 파리 천지였다. 부러진 듯 관절이 꺾인 소의 다리, 병든 발굽과

더러운 꼬리, 지독한 굶주림으로 적나라하게 드러난 뼈, 그 위로 볼품 없이 늘어진 얼룩무늬 가죽. 미리가 서 있던 근처, 죽은듯 움직임이 없던 소 한 마리가 갑자기 고개를 번쩍 쳐들고 크고 긴 울음을 토해냈다. 간절한 구조 요청이자 분노에 찬 항의, 그토록 검게 젖은 소의 눈 동자와 입가에 맺힌 불길한 흰 거품을 미리는 언제까지고 기억할 것만 같았다. 소들의 귀에는 어김없이 세 자리 숫자가 적힌 노란 플라스틱 표찰이 달려 있었다. 소들은 미리를 향해 버둥대고 들썩이며 아귀다툼처럼 울어댔다. 처참한 죽음의 구덩이, 가혹한 저주의 늪, 자기들을 버리고 도망친 인간의 죄를 오롯이 뒤집어쓰고 소들이 고통스럽게 울부짖었다.

미리는 축사를 빠져나왔다. 어느 방향인지 알 수 없는 쪽으로 휘청대며 걸어가던 미리는 다시 걸음을 멈췄다. 아까와 반대편 수로에 젖소 두 마리가 빠져 있었다. 소들은 살아 있었다. 죽은 거나 다름없이 살아 있었다. 좁고 깊은 수로 속에서 다리 아래가 물에 잠긴 채 몸뚱어리가 하나로 합쳐진 듯 엉겨붙어 있었다. 용케 축사를 빠져나온 녀석들이었다. 얼마나 목이 말랐을지, 다짜고짜 뛰어들었을 수로에 몸이 잠긴 채로 얼마나 시간이 흐른 것일지 상상조차 할 수 없었다. 오랫동안 차가운 물속에 잠겨 있는 다리의 피부가 붉게 변색되어 있었다. 소들은 미리를 바라보았다. 어젯밤에 내린 비를 한 방울도 피하지 못하고 모두 맞았을 터였다. 미리가 먼저 소리를 질렀다. 소들이 놀라 버둥대자 더러운 물이 튀어올랐다. 소들을 꺼내야 했다. 꺼낼 수가 없었다. 미리는 소리를 질렀다. 소들이 울부짖었다. 죽음이 차오르고 있었다. 물이 고인 수로에 갇혀, 죽은 거나 다름없이 벌을 받듯 살아 있는 소들을 수로에서 꺼내야 했다. 꺼낼 수가 없었다.

미리는 뛰었다. 멈출 수가 없었다. 둔덕을 내려가자 평지의 풀밭이 나왔다. 원전 사고가 일어나기 전 소들은 분명 이곳에 부려져 부지런히 풀을 뜯었을 터였다. 미리는 있는 힘껏 뛰었다. 문득 '지진이 아닌 흔들림'이 찾아왔다. 그럴 리가 없음에도. 미리는 풀밭 위로 쓰러졌다. 어지럽고 메스꺼웠다. 주먹으로 땅을 내리쳤다. 손아귀 가득 풀을 잡아 뜯었다. 주먹으로 땅을 마구마구 내리쳤다. 구역질이 치밀었다. 발작처럼 뱃속에 있던 것들이 쏟아져나왔다. 토악질은 차츰 비명으로, 고함으로 바뀌었다. 끝내 요란한 오열로 바뀌었다. 아무도 없었다. 더러운 토사물과 뜨거운 눈물이 방사능 물질처럼 풀밭에 스며들었다. 환한 햇살이 쏟아지는 봄날이었고, 이곳은 B구역이었다. 미리는 풀밭 한가운데 주저앉아 죽음의 구덩이 속에 버려진 소들처럼 들썩이며 오래도록 울음소리를 냈다.

"솔직히 말해줬으면 하는 게 있어요."

미리가 말했다.

"전처 둘, 자식은 셋, 모두 다른 도시와 외국에 살고 있어."

보스가 말했다.

"아뇨, 그런 거 말고요."

"그럼 뭐지?"

"사람, 죽인 적 있어요?"

"……직접, 한 번, 간접, 한 번."

"벌을 받았나요?"

"아니."

"언젠가 받아야 한다고 생각해요?"

"그래……"

미리는 별장의 지하실로 뛰어들어갔다. 건전지를 넣은 램프로 어둠을 밝히고, 낚시 도구와 캠핑용품이 가득한 선반 앞에 섰다. 그리고 다짜고짜 선반 속의 물건들을 마구잡이로 끄집어내기 시작했다. 침낭과 텐트를 담은 커다란 가방이 바닥으로 떨어졌다. 미리는 거칠게 물건을 잡아챘다. 값비싼 낚싯대들을 함부로 밀쳤다. 미리는 자신의 몸에서 땀과 눈물과 침과 토사물의 냄새가 난다는 걸 알고 있었다. 아무래도 좋을 일이었다. 미리는 죽어가는 소들의 냄새를 맡고 있었다. 무언가를 움켜쥔 미리의 손이 갑자기 정지했다. 직육면체의 짙은 갈색 수납함이었다. 낚시에 사용하는 찌와 바늘과 추 따위를 칸칸이 수납하는 상자였다. 미리는 램프 가까이 수납함을 가져갔다. 그런 다음 잠금장치를 젖혀 뚜껑을 열었다. 보스가 자신에게 그것을 보여줬을 때처럼, 미리는 색색의 길쭉한 찌들을 모두 빼냈다. 바늘과 추도 모조리 쏟아냈다. 그런 뒤 수납함 바닥 부분의 가장자리 틈새를 손톱 끝으로 벌려 들어올렸다. 수납함 아래 감춰진 공간에 현금 다발이 들어 있었다. 고액권이었고, 모두 여덟 묶음이었다. 미리는 돈을 전부 꺼냈다. 보스가 숨겨둔 첫번째 물건이었다. 미리는 다시 선반을 뒤졌다. 이번에는 송곳과 드라이버, 펜치와 니퍼와 스패너 따위가 들어 있는 철제 공구함이었다. 공구함 바닥에도 숨겨진 공간이 있었다. 미리는 공구들을 역시 아무렇게 바닥에 쏟아버리고 그 안에 감춰둔 것을 꺼냈다. 검정색 벨벳 천에 둘둘 감싸인 그것, 권총이었다. 스무 발의 실탄도 함께였다. 미리는 보스가 숨겨둔 두번째 물건인 권총을 손아귀에 쥐었다. 고액권의 현금 다발과 22구경 자동 권총. 지난가을 별장에 머물다 S시로 돌아가기 전날 밤, 보스는 이 지하실로 미리를 이끌었다. 그러더니 수납함의 돈과 공구함의 총을 보여주었다. 보스가 왜 돈과 총을 별장의 지하실에 숨겨두었는지, 왜 돈과 총을 미리에게 보여주었는지, 미리는 알지 못했다. 정작 궁금한 것은 자기 자신이었다. 미리는 보스의 별장행을 준비하며 수도 없이 이 순간을 상상했다. 돈과 총, 자신이 어떤 선택을 하게 될지, 미리는 그것이 무척 궁금했다. 이 돈으로 자신을 다시 시작할 수 있었다. 이 총으로 자신을 완전히 끝낼 수 있었다. 미리는 보스의 별장을 자신의 장소라고 여겼다.

미리는 다시 스쿠터를 몰고 B구역의 지방도로를 달렸다. 둘러멘 백팩 속에는 총알이 장전된 권총과 생수 몇 병이 담겨 있었다. 그것들로 죽음의 구덩이에 파묻힌 소들의 고통을 그치게 할 수 있을지, 미리는 알지 못했다. 그저 부질없고 어림없는 일일지 몰랐다. 축사에 갇힌 소들의 입에 생수병을 물려줄 수 있을지, 수로에 갇힌 소들의 머리에 총알을 박아넣을 수 있을지, 어떻게 그럴 수 있을지, 어떻게 그러지 않을 수 있을지, 알지 못하면서도 알고 있는 일들, 어떻게 해도 잘못일 수밖에 없는 일들, 미리는 스쿠터의 속력을 높였다. 이대로 다시 보스의 별장으로 돌아가, 고액권의 돈다발을 모두 챙겨 다시 숲을 통과해 B구역을 빠져나갈 수도 있었다. 다시 벽난로에 장작불을 피우고 그 앞에 앉아 할머니와 마담과 보스와 제가 죽인 태아를 생각하다

권총을 입에 물고 방아쇠를 당길 수도 있었다. 환한 봄 햇살이 서서히 기울어가는 오후였다. 문득 도로 전방에서 미리는 움직이는 무언가를 보았다. 그것은, 개였다. 개, 흰 개 한 마리가 제게로 다가오는 스쿠터를 보고 도로 한가운데 멈춰 섰다. 개는 형편없이 야위어 있었고, 털은 이루 말할 수 없이 더러웠고, 다리를 절었고, 목에는 빨간 목줄이 감겨 있었다. 한 시간쯤 뒤 B구역 어딘가에서 총소리가 들렸다. 방아쇠를 당긴 것은 물론 미리였다. 미리는 그토록 커다란 총소리를 자신 말고는 아무도 듣지 못했을 거라 생각했다. 이곳은 모두가 떠나버린 B구역이었으므로.

*

노인이 총소리를 들은 것은 이틀에 걸쳐 모두 세 차례였다. 노인은 총소리를 들은 사실을 B구역 검문소에 신고하지 않았다. 세번째 총소리를 들은 다음날, 노인은 Y읍 근처의 도로변 휴게소 앞에서 고양이 두 마리에게 생선 통조림을 먹이고 있는 젊은 여자를 발견했다. 크고 무거워 보이는 백팩을 멘 여자의 옆에는 스쿠터가 세워져 있었다. 설명할 수 없는 이상한 직감으로 노인은 여자가 총을 쏜 장본인이라는 것을 알 수 있었다. 노인은 여자가 자신의 낡은 SUV 차량을 발견하고는 굳은 듯 동작을 멈추는 것을 보았다. 노인이 차를 멈추고 차창을 내리자, 여자는 태어나 처음 사람을 보는 듯한 표정으로 노인을 바라보았다. 생선 통조림을 먹던 고양이 두 마리가 휴게소 뒤쪽으로 모습을 감추었다.

노인은 B구역의 한 중학교에서 칠 년 전 정년퇴직을 한 전직 교장이었다. 은퇴 후 노인은 B구역 경계 바깥에 있는 실버타운에 살았다. 노인은 이 년 전 아내를 암으로 잃었다. 원전 사고가 난 보름 후부터 노인은 매일 B구역을 드나들며 버려진 동물에게 먹이를 주고 있었다. 통행 출입증을 받기 위해 과거 교장 시절의 인맥을 동원해 이곳저곳에 로비를 하고, 모두 아홉 종류의 서류에 허가를 받아야 했다. B구역에 드나든다는 사실 때문에 노인은 실버타운에서 퇴거 명령을 받았다. 노인은 B구역의 피난민들이 모여 사는 임시 주택단지로 거처를 옮겼다. 노인은 자신의 차에 자비로 마련한 개와 고양이의 먹이를 싣고 매일 B구역으로 왔다. 지난 한 달 가까이 노인은 숱하게 많은 동물의 죽음을 보았다. 인간의 죄가 아닌 것이 없었다. 동물 보호 단체나 환경 단체 회원들 혹은 관련 공무원과 다큐멘터리 제작자들이 극도의 까다로운 절차를 거쳐 B구역에 드나들고 있었다. 당연히 모두 피폭의 위험으로부터 자유롭지 않았다. 소나 돼지나 말 같은 동물들은 단계적으로 살처분이 이뤄지고 있었다. 노인은 하루종일 개나 고양이들을 찾아다니며 물과 먹이를 주었다.

노인은 여자와 한 시간쯤 시간을 보냈다. 여자는 노인에 대해서 이런저런 것들을 물었다. 상세히 많은 것을 물었다. 그러나 자신에 대해서는 아무 말도 하지 않았다. 여자는 메고 있던 백팩에서 작은 권총과 고액권의 돈다발을 꺼냈다. 그리고 그것을 노인에게 주었다. 고통을 줄이는 방식으로 총과 돈을 사용해달라고 말했다. 노인은 태어나 처음 사람을 보는 듯한 표정으로 여자를 바라보았다. 노인이 그것을 받아들자 여자는 스쿠터에 올라 시동을 걸었다. 여자의 스쿠터가 도로

위를 달렸다. 아주 잠깐의 시간이 흐르는 사이, 여자의 스쿠터는 노인의 시야에서 사라졌다. 문득 노인의 콧등에 빗방울이 떨어졌다. 하늘이 어두워지고 있었다. 이윽고, B구역에 비가 내리기 시작했다.

그림자 가이드

태은이 서울에서 기차를 타고 Y시의 Y역에 도착한 것은 정오 무렵이었다.

  기차를 타는 것이 꽤나 오랜만의 일이었으므로, 태은은 부러 KTX 대신 무궁화호를 선택했다. 8월의 마지막 수요일, 차창 밖으로 늦여름의 풍경이 리본처럼 풀어졌다. Y시에 도착하기까지 세 시간 남짓, 옆 좌석은 내내 비어 있었다.

  기차에서 내린 태은은 캐리어를 끌고 승강장을 벗어나 에스컬레이터에 올랐다. Y시를 다시 찾은 것이 십육 년 만이란 사실이 새삼스러웠다. 대학 2학년 여름방학, 태은은 스무 명쯤 되는 동아리 회원들과 함께 Y시에 왔었다. 같은 과 친구의 권유로 가입한 동아리는 유적지로 짧은 답사 여행을 다니는 역사 탐방 동아리였고, 여러 대학의 학생들로 구성된 연합 동아리였다. Y시는 태은의 첫 답사지였다. 천 년 전 융성했던 어느 왕조의 유적이 Y시 곳곳에 남아 있었다. 이박 삼일의 일정을 따라 태은은 박물관, 성터, 왕릉, 사찰 등을 순례했다. 친구가 짝사랑중이던 남자가 동아리의 부회장을 맡고 있었다. 3학년이 시작된 직후 친구는 그 남자와 사귀게 되었고, 3학년을 마칠 즈음 그 남자와 헤어진 뒤 동아리를 탈퇴했다. 4학년이 되고는 태은도 자연스레 동아리 활동을 접었다. 태은이 답사 여행에 참여한 것은 고작 세 번뿐이었다. 그중 Y시에 왔던 일을 비교적 또렷하게 떠올릴 수 있는 이유는 자신에게 동아리 가입을 강권한 친구 때문이었다.

십육 년 전, 태은이 Y시에서 보았던 것들 중 가장 인상 깊었던 것은 바로 친구의 얼굴이었다. 친구는 표정과 몸짓과 태도와 말투로 사랑에 빠진 스물한 살의 전형을 보여주었다. 도무지 종잡을 수 없는 감정 기복과 모순과 비약이 가득한 엉뚱한 사리 판단. 그러나 친구의 얼굴은 천 년 동안 비바람을 맞으며 윤곽선이 희미해진 절벽의 돌부처나 죽은 왕과 함께 무덤 속에 묻혔다 아파트 공사중 발굴되었다는 금 장신구 못지않은 존재감을 뿜어냈다. 한껏 달뜬 얼굴로 친구는 쉴새없이 태은에게 제가 좋아하는 남자에 대해 말했다. 쉴새없이 그 남자의 이름을 들었음에도 동아리 부회장이었던 그의 이름은 십육 년이 지난 지금 전혀 기억나지 않았다. 졸업 후 몇 년간 드문드문 안부를 주고받던 친구와도 연락이 끊긴 지 오래였다. 친구도 자신처럼 서른일곱 살이 되었을 터였다.

태은은 Y역 대합실로 들어섰다. 조화로 장식된 화단 앞 의자에 수향이 앉아 있었다. 수향은 '그림자 가이드'였다.

"아, 오셨군요."

자신을 향해 다가오는 태은을 발견하고는 수향이 자리에서 일어섰다. 가벼운 목례와 가벼운 미소. 육 개월 만의 재회, 세번째 만남이었다. 태은도 수향에게 인사를 건넸다.

수향은 리넨 소재의 흰색 여름 재킷에 연한 카키색 원피스를 입고 있었다. 단정한 모양새의 검정 숄더백과 검정 플랫 슈즈는 고상하게 절제된 분위기를 풍겼다. 유독 눈길을 끄는 남성용 고급 메탈 시계는 이번에도 변함이 없었다. 처음 만났을 때도, 그다음 만났을 때도 수향은 그 시계를 차고 있었다. 정교한 디자인의 커다란 손목시계는 수향의 가는 팔목에 당연하다는 듯 잘 어울렸다. 태은은 수향에 대해 개인적으로 아는 것이 없었다. 지난겨울 두번째 만남에서 태은은 수향에게 조심스레 나이를 물어보았다. 수향은 대수롭지 않다는 듯 웃으며 자신이 태은보다 열 살쯤 많을 거라 일러주었다. 선뜻 동의하기 어려웠지만, 애써 부정하기도 어려웠다. 물론 수향을 단순히 '나이든 여자'로 규정하기란 불가능했다. 어쨌거나 수향은 그림자 가이드였고, 태은은 수향의 고객이었다.

Y역 주차장에 수향이 렌트한 은색 SUV가 주차되어 있었다. 태은은 트렁크에 캐리어를 싣고 조수석에 올랐다. 선글라스를 꺼내 쓴 수향이 시동을 걸었다. 주차장을 빠져나온 차는 시내의 도로를 달렸다.

"먼저 식사를 하죠. 숙소 가는 길에 예약을 해두었어요. 바닷가 쪽이에요."

수향의 말에 고개를 끄덕이고 태은은 차창 밖의 거리를 바라보았다. 스물한 살에 보았던 Y시 거리의 모습이 어렴풋이 떠오르는 듯도 했다.

세번째 만남이었으므로, 수향에게 처음 '그림자 코스'를 의뢰했을 때만큼의 의구심이나 긴장감은 느껴지지 않았다. 그러나 태은의 몸과 마음은 분명 평소와는 다른 방식으로 작동하고 있었다. 며칠 전부터 무의식적인 준비가 이뤄지는 듯했다. 첫번째와 두번째 그림자 코스를 거치면서는 의식하지 못한 일이었다.

Y시 외곽으로 삼십 분쯤 달리자 도로 건너편으로 언뜻언뜻 바다가 보이기 시작했다. 대기 가득 늦여름의 햇살이 반짝였다. 수향이 예약한 식당은 해물 요리 전문점이었다. 두 사람은 식당의 창가 자리에 앉아 해물을 넣어 만든 죽과 샐러드를 먹었다. 흡사 오랜 지인을 만나 이즈음의 날씨와 주변 경치를 화제 삼아 담소를 나누는 듯한 여유로운 점심식사. 음식의 맛도 대화의 질감도 사려 깊고 마침맞았다.

수향이 안내하는 그림자 코스는 예컨대 숙박, 식사, 교통편 등을 모두 제공하는 패키지 여행 상품과 비슷했다. 다른 점은 '단체'로는 불가능하다는 것, 코스의 내용과 일정을 미리 알 수 없다는 것, 그리고 가이드가 가이드 이상의 존재라는 것이었다. 그림자 코스는 결코 '관광'이나 '답사'가 아니었다. 작년 가을 태은이 경험한 첫 코스는 어느 수목원 내 펜션에서 이뤄졌다. 지난 2월 두번째 코스가 진행된 곳은 항구에서 배편으로 두 시간 거리에 위치한 어느 작은 섬이었다. 두 차례 모두 이박 삼일 일정이었다.

근처 해안가의 콘도미니엄이 이번 그림자 코스의 숙소였다. 여름 휴가철이 지난 탓인지 콘도 주변은 한산한 모습이었다.

태은은 수향을 따라 콘도 사층의 객실로 올라갔다. 거실과 주방과 욕실, 두 개의 침실이 딸린 사 인 가족용 객실이었다. 수향이 발코니로 향하는 거실의 유리문을 열었다. 푸른 하늘과 흰구름, 그래도 아직은 여름을 간직한 바다가 보였다. 태은은 잠시 주변 풍경을 눈에 담았다.

"바다도 좋지만, 콘도 뒤편의 숲이 꽤 근사해요."

수향이 말했다.

"차를 준비할게요. 태은씨 방은 욕실 왼쪽이에요."

예의 손목시계를 들여다보며 수향이 다시 말했다.

태은은 방으로 들어가 짐 정리를 했다. 캐리어에서 옷가지와 소지품을 꺼내 붙박이장에 넣었다. 지갑과 전원을 끈 휴대폰은 캐리어 속에 넣고 잠금장치를 채웠다. 특별한 장식 없이 퀸 사이즈 침대와 사이드 테이블을 겸한 화장대가 전부인 수수한 방이었다. 방을 나서려던 태은은 침대 시트 위에 반짝이는 삼각형의 쇠붙이가 놓여 있는 것을 발견했다.

"트라이앵글?"

태은은 저도 모르게 중얼거렸다.

수향은 식탁 앞에 앉아 티 포트에 차를 우려내고 있었다. 품이 넉넉한 흰 셔츠와 데님 진으로 옷차림이 바뀌어 있었다. 태은의 손에 트라이앵글이 들려 있는 것을 본 수향은 트라이앵글 채를 건네주었다. 물잔을 건네듯, 거스름돈을 내주듯 자연스러운 동작이었다. 차향이 부드럽게 공기 중으로 번졌다. 채를 받아든 태은은 수향이 뜨거운 차를 조심스레 보온병에 담는 모습을 지켜보았다. 여러 종류의 허브를 블렌딩했다는 수향의 차, 수목원의 펜션에서도 마셨고, 작은 섬의 바닷가에서도 마셨던 그림자 가이드의 차. 사무실 전체가 서서히 가라앉는 것 같은 무거운 오후가 되면 종종 그 차맛이 떠올랐다. 태은은 트라이앵글을 쳤다.

단단하고 투명한, 외롭게 아름다운 소리가 났다. 태은은 숨을 고른 다음 다시 트라이앵글을 쳤다. 어떤 멜로디나 리듬도 연상시키지 않았다. 그 점이 새삼스레 마음에 들어 태은은 다시 한번 트라이앵글을 쳤다. 쇠를 울리는 소리가 몸속으로 스며들었다. 바야흐로 그림자 코스가 시작된 것이었다.

"주변을 좀 둘러볼 거예요. 차는 숲에 가서 마시는 걸로."

수향이 캔버스 천으로 만든 에코 백에 보온병을 넣으며 말했다. 태은에게도 같은 모양의 가방을 건네주었다. 태은은 트라이앵글을 그 속에 집어넣었다.

하늘은 맑고 햇빛이 강하게 내리쬐었지만, 백사장에는 이미 '수영 금지' 깃발이 나부끼고 있었다. 아닌 게 아니라 더이상 여름의 후텁지근함은 느껴지지 않았다. 바다로부터 불어오는 바람 속 어딘가에 가을의 입자들이 섞여 있었다. 태은과 수향은 천천히 바닷가를 벗어나 콘도 뒤편 야트막한 산자락과 이어진 산책로로 접어들었다.

소나무 군락을 지나자 키 큰 활엽수들이 산책로를 따라 이어졌다. 경사가 조금씩 높아졌다. 숲이 조금씩 깊어졌다.

산책로 맞은편에서 누군가가 다가오고 있는 것이 보였다. 태은과 수향보다 훨씬 어린 여자였다. 포니테일로 묶은 긴 머리칼과 손수건을 두른 가는 손목, 그리고 새것임이 분명한 등산화를 신고 있었다. 어린 여자가 태은과 수향의 곁을 조용히 스쳐갔다. 챙이 넓은 모자 아

래 화장기 없는 얼굴은 땀을 흘리고 있었다. 어쩐지 낯이 익어 태은은
뒤를 돌아보았다.

"아마…… 스물한 살일 거예요."

태은이 혼잣말처럼 중얼거렸다.

잠시 후, 수향은 산책로를 벗어나 걷기 시작했다. 태은은 말없이 수
향을 따랐다. 커다란 바위들 사이 제법 경사진 곳을 오르자 다시 완만
한 평지가 나왔다. 두 사람은 숲의 깊고 진한 곳으로 갔다. 시나브로
여름이 통과한 숲, 높다란 나무 위 막 쇠기 시작한 큼직한 잎들이 하
늘과 햇빛을 가려 주위를 어둑하게 만들었다. 바람이 나뭇가지를 흔
들자 잘게 조각난 그림자들이 어지럽게 흩뿌려지는 것만 같았다. 산
책로 부근과는 채도와 온도와 습도가 완연히 다른 곳이었다.

"이런 곳엔 이끼가 많죠."

가방을 널찍한 돌 위에 올려놓은 수향이 말했다. 적당한 돌을 골라
태은도 자리를 잡았다. 과연 돌의 그늘진 아랫부분이 이끼로 덮여 있
었다.

"툰드라 지역에선 어떤 종류의 이끼를 아기의 기저귀나 여자의 생
리대로 사용한다는 거 알아요?"

태은은 고개를 저었다.

"수천 년 동안, 어쩌면 그 이상 그래왔겠죠."

각자의 돌 위에 앉아 태은과 수향은 차를 나눠 마셨다. 캠핑용 스테
인리스 잔에 담긴 차는 진하고 뜨거웠다. 태은은 차를 마시다 왼손을
아래로 뻗어 이끼를 만져보았다. 가만히 쓰다듬어보았다. 아기의 기
저귀나 여자의 생리대.

"나뭇가지를 구해야 해요."

"장작으로 쓸……?"

수향의 말에 태은은 두번째 그림자 코스를 진행할 때 섬의 숲에서 나무를 주워다 바닷가에 모닥불을 피웠던 기억을 떠올렸다.

"아뇨, 나뭇가지는 딱 하나만. 둥글게 휠 수 있는 유연한 걸로 하나만 찾으면 돼요."

자리에서 일어난 수향이 허리를 굽히고 주위를 두리번거렸다. 바닥에 떨어져 있는 가지 몇 개를 차례로 살피더니, 그중 하나를 골라 들었다. 그리고 펜싱을 하듯 경쾌하게 허공을 그었다. 그 굵기나 길이가 회초리로 사용하면 딱 알맞겠다고 태은은 생각했다. 태은은 수향이 자신에게 시범을 보이고 있음을 알고 있었다. 수향은 나뭇가지를 둥글게 구부렸다. 부러질 듯 부러지지 않았다.

"이렇게, 원형으로, 얼굴만하게."

수향은 가방에서 꺼낸 끈으로 둥글게 휜 나뭇가지의 양끝을 하나로 묶어 단단히 고정시켰다. 말 그대로 얼굴만한 나무 원이 만들어졌다.

"북을 만들 거예요. 그러니까 이건, 틀이 되는 거죠."

수향이 마저 가방에서 꺼낸 것은 공예용 바늘과 굵은 실 뭉치, 그리고 얼굴 크기로 오린 동물의 가죽이었다. 수향은 바늘에 실을 꿰어 원형으로 고정시킨 나무틀에 가죽을 잇대기 시작했다.

"팽팽하게 꿰매져야 소리가 잘 나겠죠?"

수향은 실과 바늘과 가죽을 태은에게 건네주었다.

태은도 허리를 굽히고 북틀로 사용할 나뭇가지를 찾기 시작했다. 펜싱 검이 아닌, 회초리가 아닌, 부드럽게 휘면서도 단단하게 모양을 잡아줄 나무가 필요했다. 서늘한 바람이 불어왔다. 수천수만 장의 풀잎과 나뭇잎이 소란스레 수런대며 몸을 뒤척였다. 잎맥과 씨앗과 뿌리는 이미 다음 계절에 골몰하고 있었다. 오후의 햇빛이 금이 가듯 갈라졌다.

태은은 제가 만든 북을 손가락 끝으로 두드려보았다. 팽팽하게 당겨진 가죽이 몸을 떨며 미세하게 진동했다. 어쩐지 노크를 한 기분이었다. 기척이 있든 없든 안으로 들어가봐야 할 것 같은. 얼굴만한 나무틀에 삐뚤빼뚤 붉은색 굵은 실로 꿰매 잇댄 작은 가죽, 어떤 동물의 가죽인지 궁금했으나 애써 확인하고 싶은 마음은 일지 않았다.

먼저 북을 완성한 수향은 손바닥으로 기세 좋게 북을 두드렸다. 마치 제 북소리를 숲에 들려주겠다는 듯이, 강하고 빠르게, 약하고 느리게, 북을 쳤다. 방금 전까지 세상에 존재하지 않았던 소리가 거친 나무껍질 틈새로, 작은 새의 깃털 위로 가닿았다. 바느질하는 태은을 지켜보던 수향은 예의 손목시계를 가리키며 잠시 자리를 비워야겠다고 말했다. 이내 숲속 어딘가로 사라진 수향이 다시 돌아오리라는 건 분명했지만, 어쨌거나 태은은 온전히 혼자가 되었다.

북을 완성한 태은은 가방에서 트라이앵글을 꺼냈다. 두 악기를 물끄러미 바라보았다. 문득 창과 방패, 한 세트의 무기 같다는 생각이 들었다. 그러나 어떤 싸움을 위한…… 어딘가로 사라지기 전, 트라이앵글 채를 건네줄 때처럼 수향은 태은에게 립 펜슬 한 자루를 건네주었다. 그리고 싶은 것을 북에 그려넣으라는 것이었다.

태은은 좀더 힘껏 북을 두드려보았다. 당, 그런 소리를 내며 북이 울렸다. 당, 당, 다발성 자궁근종을 제거하기 위해 수술실에 누워 마취가 시작되기를 기다리던 두 달 전 어느 아침이 떠올랐다. 당, 당, 당, 금식, 관장, 자신의 음모를 면도기로 밀던 누군가의 무표정한 얼굴, 소변 줄을 끼고 뺄 때의 통증과 신음. 당, 당, 당, 당, 뱃속을 휘젓는 창과 방패, 근종은 이 센티미터짜리 하나, 삼 센티미터짜리 둘, 오 센티미터짜리 하나, 모두 네 개였다. 당, 태은은 북을 쳤다. 방금 전까지 세상에 존재하지 않았던 소리가 희미하게 숲의 공기를 울렸다.

립 펜슬에는 '버건디'라는 색상명이 인쇄되어 있었다. 수술 후 한 달간의 병가가 끝나고도 태은은 회사로 돌아가지 않았다. 지난해 여름 어머니의 장례를 치렀을 때는 다른 직원들과 마찬가지로 일주일 휴가를 사용했고, 그 몇 주 전 이혼 수속이 마무리된 날은 점심시간 직후 출근했다. 태은은 립 펜슬로 북의 가죽 표면에 동그라미를 그렸다. 이 센티미터짜리 하나, 삼 센티미터짜리 둘, 오 센티미터짜리 하나, 모두 네 개를 그렸다. 펜슬 심이 부드럽게 뭉그러지면서 어두운 붉은색 원이 생겨났다. 돌멩이 같기도 했고, 새알 같기도 했다. 태은은 한 기업의 총무부에서 십이 년간 근속했다. 총무부 산하 비서실에서 접대와 의전을 담당한 것은 구 년째였다. 보름 전 전화를 걸어온 비서실의 책임자는 아직 태은의 사표가 수리되지 않았음을 짐짓 선심 쓰듯 일러주었다. 당, 태은은 북을 쳤다. 당, 당, 세게 쳤다. 당, 당, 당, 돌멩이 같기도 하고 새알 같기도 한 검붉은 원이 얼룩처럼 번졌다. 당, 당, 당, 당, 태은은 북을 제 얼굴 가까이 가져갔다.

숲을 벗어나 산책로를 걸어 다시 숙소인 콘도로 돌아오기까지, 가

눌 수 없이 졸음이 밀려왔다. 수향은 몽유병자처럼 휘청대는 태은의 팔을 잡고 부축하듯 걸었다. 고약한 잠투정을 하는 아이처럼 태은은 수향을 뿌리치고 싶었다. 걷잡을 수 없이 졸린 것이 수향이 끓여준 차 때문이란 생각이 들었다. 수향이 만들게 한 북 때문이란 생각이 들었다. 그림자 가이드 좋아하시네, 한껏 성을 내고 짜증을 부리며 트라이앵글 따위 바닷속으로 던져버리고 싶었다. 속수무책 잠이 밀려왔다.

콘도의 침실에서, 트라이앵글이 놓여 있던 침대에서 태은은 반복해 꾸었던 꿈을 다시 꾸었다. 그러나 그것은 실제의 재현이었으므로, 꿈이라 부르는 것은 적절치 않을지도 몰랐다. 그러나 한편 그 실제가 얼마나 꿈처럼 느껴졌는지, 그 실제가 꿈으로 재현된 실제를 또다른 실제라 불러도 되는 것인지, 그 실제와 실제의 재현인 꿈을 실제에서 반복해 떠올린 것은 또 무어라 불러야 할지, 무엇보다 그 실제가 실제로 있었던 일인지, 태은은 확신할 수 없었다.

두번째 그림자 코스를 진행했던 작은 섬에서의 첫날밤, 태은은 수향과 함께 야간 산행용 헤드 랜턴을 착용하고 작은 섬의 작은 산에 올랐다. 2월의 차가운 바닷바람이 갈퀴질을 하듯 산등성이를 거칠게 훑어대고 있었다. 숨겨놓은 주머니처럼 작은 동굴이 나타났다. 태은은 하릴없이 그럴듯하다는 생각을 하고 말았다. 입구는 허리를 굽혀야 간신히 들어갈 수 있을 만큼 좁았다. 그러나 안쪽에 제법 큰 공간이 있으리란 걸 예상하기란 어려운 일이 아니었다. 동굴 입구에서 수향이 태은에게 건네준 것은 칼날이 반으로 접힌 잭나이프였다. 수향은 예의 손목시계를 가리키며 고개를 끄덕였고, 태은은 헤드 랜턴을 고쳐 쓰고 동굴 안으로 들어갔다.

얼마나 더, 얼마나 더 깊이 들어가야 하나, 두려움이 목을 죄는 지점에 '그것'이 놓여 있었다. 낮은 제단처럼 생긴 바위 위, 누워 있는 시체가 아닌, 죽어버린 동물이 아닌, 그저 커다란 덩어리 같다고 말하고 싶은 그것이 광택이 도는 은빛 천에 덮여 있었다. 헤드 랜턴, 머리가 빛을 뿜고 있었다. 흔들리는 불빛은 몸이 떨리고 있음을 말해주었다. 밝아지는 불빛은 가까이 다다가고 있음을 말해주었다. 차마, 천을 들출 수는 없었다. 눈을 감아 불빛이 사라진 순간, 태은은 칼을 움켜쥐었다. 습한 냉기와 탁한 적막이 야비한 공모자처럼 태은을 부추겼다. 그것은 죽어 있는 것이 아니었다. 오랫동안 이곳에서 태은을 기다리고 있었다. 태은은 접혀 있던 칼날을 바로 폈다. 그리고 그것을 찔렀다. 이내 은빛 천 위로 붉은 것이 번졌다. 태은은 다시 그것을 찔렀다. 칼을 내리꽂을 때의 감각, 칼을 뽑아올릴 때의 감각, 더욱더 힘껏 찌르고 싶다는 감각, 그런 감각이 있는지조차 알지 못했던 감각, 쉼 없이, 발작처럼, 태은은 그것을 찔렀다. 칼질이 반복될수록 비로소 깊은 잠에서 깨어나 그것이 꿈틀거리기 시작했다는 착각이 들었다. 끈적한 붉은 것이 천을 가득 적셨다. 태은은 그것의 숨통을 완전히 끊어놓고 싶었다. 땀이 솟고 숨이 가빴다. 태은은 최선을 다해, 아니 최악을 다해 있는 힘껏 칼을 꽂았다. 랜턴의 불빛이 어지럽게 요동쳐 동굴 속 제 그림자가 유릿조각처럼 깨어지고 있다는 사실을 태은은 알지 못했다. 그토록 강렬한 실제는 아득한 꿈 같았다.

태은은 침대에서 몸을 일으켰다. 꿈이라는 것을 알았지만, 분명히 동굴 밖으로 빠져나왔다는 것을 확인하고 싶어 주위를 두리번거렸다. 실제의 꿈, 꿈이라는 실제, 꿈처럼 날이 어두워져 있었다. 배가 고팠다. 몹시 고팠다. 잠기운이 사라진 자리에 배고픔이 가득 들어찼다. 한 번도 느껴본 적 없는 강렬한 식욕이 일었다. 이제는 내 차례라는 듯 거대한 허기가 파도처럼 태은을 덮쳤다. 태은은 견딜 수 없이 배가 고팠다. 짐짓 애절하고 비통하기까지 한 배고픔. 기다렸다는 듯 침실 문이 열리고 수향이 손목시계를 가리키며 저녁식사를 권할 것만 같았다. 이내 그 예상은 실제가 되었다.

태은이 잠을 깬 것은 저녁 일곱시가 넘어서였다. 수향의 차가 다시 Y시 시내의 한 식당에 도착했을 때는 이미 여덟시 무렵이었다.

"Y시에서 제일 크고, 제일 손님이 많은 고깃집이에요."

수향의 말에 태은은 무력하게 고개를 끄덕였다. 그저 배가 고플 뿐이었다.

평일 늦은 저녁시간이었음에도 식당 안은 거의 만석이었다. 테이블마다 석쇠 불판을 올려놓고 고기를 굽고 있었다. 왁자지껄 떠들며 술을 곁들인 사람들의 흥청거림, 뿌옇게 피어오르는 연기와 동물의 살점이 익어가는 냄새, 태은은 배고픔에 정신이 혼미해질 지경이었다. 수향이 고기를 주문했다. 테이블 가운데 숯불 화로와 동근 석쇠 불판이 놓였다. 수향은 집게와 가위로 솜씨 좋게 고기를 굽고 잘랐다. 태은은 허겁지겁 고기를 먹기 시작했다.

한바탕 격렬하고 요란한 전투 같은 식사였다. 태은은 오직 먹는 데만 집중했다. 게걸스럽게 고기를 씹어 삼키는 제 모습이 얼마나 우악스럽게 보일지 따위는 전혀 신경이 쓰이지 않았다. 수향은 부위가 다른 고기를 추가로 주문했다. 석쇠 불판을 세 번이나 갈았다.

어느새 식당 내 손님이 확연히 줄어 있었다. 꺼질 듯 사그라드는 숯불처럼 식욕이 잦아들었다. 태은은 낯선 포만감에 젖어 제 앞에 놓인 빈 접시들과 음식 찌꺼기를 바라보았다.

"오늘의 마지막 일정이 남았어요."

수향이 말했다.

"이 식당 바로 뒤예요. 배불리 먹었으니 힘이 날 거예요."

수향은 그림자 가이드였고, 태은은 그림자 코스를 진행중이었다. 태은은 수향을 따라 자리에서 일어섰다.

식당 뒤편, 전구를 밝힌 비닐 천막 아래 고무장갑을 낀 여자들이 배추를 손질하고 있었다. 크고 억센 배춧잎들이 낙엽처럼 바닥을 뒹굴고, 소금물에 절인 배추가 겹겹이 봉분처럼 쌓여 있었다. 그 옆으로 목장갑을 낀 남자들이 커다란 고깃덩어리를 짊어지고 냉동 창고를 들락거리고 있었다. 창고 문이 여닫힐 때마다 어두운 냉기가 거북이처럼 고개를 내밀었다 움츠렸다. 비닐 천막 뒤편의 작은 마당에선 머리가 벗어진 노인이 고기를 구울 때 사용한 화로와 숯을 정리하고 있었다. 타다 남은 숯과 재가 바닥으로 수북이 쏟아져나왔다. 노인은 긴 꼬챙이로 연신 화로 속을 긁어댔다. 대형 플라스틱 바구니에 담긴 엄청난 양의 숟가락과 젓가락, 온갖 음식 얼룩이 묻은 행주 더미, 무엇을 담았던 것인지 알 수 없는 스티로폼 상자들, 그 모든 것 사이를 미끄러지듯 지나쳐 수향은 태은을 구석의 컨테이너로 데려갔다. 안으로 들어서자 독한 표백제 냄새가 코를 찔렀다. 조도가 낮은 전구 불빛 아래 부자연스럽게 어른거리는 습한 실내, 바닥에는 새카맣게 그을음이 엉겨붙은 석쇠 불판이 무너진 건물 더미처럼 쌓여 있었다. 세제와 물을 섞은 커다란 갈색 고무 대야마다 석쇠들이 가득 담겨 있었다.

수향은 선반에서 이런저런 것들을 가져다 태은에게 내밀었다. 태은은 수향에게 건네받은 순서대로 고무장화를 신고 고무 앞치마를 두르고 고무장갑을 꼈다. 마지막으로 수향은 고무줄로 태은의 머리칼을 하나로 묶어주었다.

"저 아주머니가 하는 대로 따라 하면 돼요."

수향은 구석에서 고무호스로 고무 대야에 물을 받고 있는 여자에게 알은체를 했다. 여자와 몇 마디 대화를 주고받은 후 수향은 컨테이너 밖으로 나갔다. 손목시계를 들여다보는 것을 잊지 않았다. 컨테이너의 문이 닫혔다. 표백제 냄새가 안개처럼 자욱하게 피어올랐다. 실내에 바람이 불고 있을 리 없음에도, 전구 불빛이 어지럽게 흔들리고 있다는 착각이 들었다. 흡사 화물선의 짐칸에라도 숨어든 느낌이었다. 파도가 심상치 않은 밤바다를 건너야 하는.

여자가 고무 대야에서 한가득 석쇠를 꺼내 바닥에 부려놓았다. 석쇠가 바닥에 쏟아지며 모조리 깨지고 부서지는 소리가 났다. 그러나 무엇도 깨지거나 부서지지 않았다. 바닥이 미끄러웠다. 태은은 주춤주춤 여자에게 다가갔다. 여자는 손잡이가 달린 솔과 뻣뻣한 수세미를 태은에게 건네주었다. 흐릿하게 어른거리는 불빛 아래 고무장화를 신고 고무 앞치마를 두르고 고무장갑을 낀 여자의 나이를 짐작하기란 쉬운 일이 아니었다. 얼추 자신과 수향의 중간쯤 되는 나이일 거라 태은은 생각했다.

여자는 쭈그려앉아 석쇠를 닦기 시작했다. 태은도 쭈그려앉아 여자를 따라 석쇠를 닦기 시작했다. 세제에 불려놓은 검댕을 솔로 긁어 낸 다음, 수세미로 문질렀다. 시커먼 거품이 타일 바닥으로 흘러내렸다. 재와 그을음과 고깃기름이 뒤섞인 검댕이 점점이 흩어졌다. 여자의 솔질은 거침이 없었다. 태은도 힘껏 솔질을 하고 수세미를 문질렀다. 그러나 끈끈하게 눌어붙은 검댕은 말끔히 벗겨지지 않았다. 여자는 한 차례 닦아낸 석쇠를 다시 끌어안듯 집어올려 물을 받아둔 고무 대야에 넣었다. 그런 다음 커다란 플라스틱통에 담긴 표백제를 그 안에 콸콸 쏟아부었다. 태은의 눈과 귀와 코와 피부는 평소와는 다른 감각을 받아들이느라 버거웠다.

두번째 고무 대야 속 석쇠를 반쯤 닦았을 즈음, 여자가 입을 열었다.

"난 북에서 왔어요. 새터민이라고, 알죠? 탈북자."

태은은 솔질을 멈추고 여자를 바라보았다.

"한국 온 지 오 년 됐어요. 이번 겨울에는 꼭, 북에서 애들을 데려 와야 해요. 이번에는 꼭, 애들을 못 본 지 육 년 됐는데……"

여자의 말투와 억양, 부어 있음에도 해쓱한 얼굴, 주름과 반점과 부스스한 염색 머리칼. 머릿속을 둔하게 마비시키는 표백제 냄새, 태은은 자신이 Y시 어느 고깃집에 딸린 세척 작업용 컨테이너에서 중년의 탈북자 여성과 탄 고기가 엉겨붙은 석쇠 불판을 닦고 있음을 상기했다. 여자는 수세미로 석쇠를 문지르며 말을 이었다. 딱히 태은의 반응을 살피지 않으면서도, 마땅히 태은에게 들려줘야 한다는 듯 말을 이었다.

"중국에 나가 노동일을 하던 남편이 육 년 전에 사고로 죽었지요. 남편 대신 일을 해보겠다고 중국으로 갔다 어찌어찌 한국으로 넘어왔어요. 미얀마, 캄보디아 거쳐, 태국 거쳐, 몇 번이나 죽을 고비 넘기고. 두고 온 애들이 이제 열여섯, 열넷이 됐는데, 난 정말 돈이 필요해요. 새벽부터 밤까지 하루에 다섯 군데서 일을 해요. 이번에 알게 된 브로커는 정말 믿을 만한 사람이라, 그 사람이 한 달 뒤에 중국으로 가요. 그 사람이 꼭, 애들을 데려올 수 있게 해야 하니까, 일하는 틈틈이 돈을 빌리러 다니고 있어요. 돈이 꼭 있어야 돼요. 그 사람이 올봄에 애들 소식을 제대로 알아왔는데……"

여자가 콸콸콸 표백제를 부었다.

"열여섯이 된 큰딸은, 제 외삼촌 집에서 구박을 받는지 어쩐지, 다들 배를 곯으니까, 작년 겨울엔 염무를 잔뜩 먹고 염독이 올라 몸이 죄 퉁퉁 부었다고."

태은이 수세미를 둥글게 움켜쥐고 주저하듯 겨우 입을 뗐다.

"……염무?"

"소금 절인 무, 무지막지 짜고 쓴 무."

태은은 석쇠에서 흘러내리는 검은 기름띠를 바라보며 여자의 말을 들었다.

"큰집에 맡겨놓은 둘째 놈은 열네 살인데, 열네 살인데 키가 백삼십팔 센티라고. 데려와서, 빨리 여기 데려와서, 고기를 먹여야 해요. 이런 고기를 많이, 사내애들은 스무 살까지도 키가 자란다니까. 고기를 먹여서, 빨리……"

솔질을 하는 여자의 손이 제 말처럼 빨라졌다. 태은도 서둘러 수세미를 문질렀다.

바닷가 콘도로 돌아온 것은 자정이 가까워서였다. 태은은 곧장 욕실로 향했다. 따뜻한 물이 쏟아지는 샤워기 아래 한참을 서 있었다. 욕실에서 나오니, 발코니로 향하는 거실 유리문 앞에 접이식 비치 체어 두 개가 나란히 놓여 있었다. 눈부신 백사장에서 비키니 차림으로 선탠이라도 해야 할 것만 같은. 태은이 젖은 머리칼을 말리는 동안 수향이 욕실을 사용했다. 태은은 캐리어 속에 넣어둔 휴대폰을 꺼내보려다 말았다.

잠옷 차림의 태은은 유리문을 열고 비치 체어에 앉았다. 등받이를 젖혀 편안히 몸을 기댔다. 긴 낮잠을 잤기 때문인지 잠기운은 느껴지지 않았다. 짐짓 낯설지 않은 순간이었다. 작년 첫 그림자 코스에서 밤을 맞았을 때는 펜션 안에 해먹이 걸렸었다. 작은 섬에서는 텐트를 치고 방한용 침낭 속으로 기어들어갔었다. 수향이 차를 준비해 곁으로 다가왔다. 태은은 낮에 마셨던 것과는 꽤나 다른 맛과 향을 내는 그림자 가이드의 허브차를 마셨다. 거실의 조명을 끈 다음 수향도 비치 체어에 몸을 기댔다. 발코니 너머로 밤의 하늘과 바다가 보였다. 바람도 파도도 잔잔한 밤이었다.

"오늘은 초하루예요. 삭朔, 달이 보이지 않죠."

수향의 말에 태은은 어두운 하늘을 올려다보았다.

"태양과 달과 지구가, 나란히 한 줄로 서 있는 거예요, 바로 지금."

태은은 태양과 달과 지구가 나란히 한 줄로 서 있는 모습을 그려보았다. 문득 숲에서 만든 북에 립 펜슬로 그려넣은, 돌멩이 같기도 하고 새알 같기도 한 작은 동그라미들이 떠올랐다. 태양과 달과 지구와 나란히, 보이지 않는 달을 향하고 있는 누군가의 얼굴.

"툰드라 지역에 사는 어느 종족의 소녀들에게는 초하루의 풍습이 있어요. 그해 초경을 시작한 소녀들이 이런 캄캄한 초하루 밤에 해내야 하는 미션이죠."

툰드라의 소녀들, 초경을 시작한 소녀들, 태은은 말린 이끼에 스며드는 생의 첫 생리혈을 떠올려보았다.

툰드라의 여자들은 강인하고 지혜로워요. 모두 여신처럼 신비로운 존재들이죠. 어린 소녀라고 우습게 보아선 안 돼요. 툰드라의 소녀들은 네댓 살이면 벌써 바느질을 시작해, 열 살쯤엔 순록 가죽으로 신발이나 모자, 물주머니 따위를 거뜬히 만들 수 있게 돼요. 툰드라의 여자들은 모든 걸 해내요. 너무나 부족한 것들로 너무나 많은 것을 해내죠. 누구든 살릴 수 있고, 얼마든지 살아갈 수 있고, 어디서든 살아남을 수 있는 그 모든 것. 딸은 엄마에게서 할머니에게서 그 모든 걸 배워요. 초경을 시작한 소녀는 여신에 입문하는 성스러운 존재예요. 툰드라의 짧은 여름이 물러갈 즈음의 초하루 밤, 길고 혹독한 겨울이 찾아올 즈음의 초하루 밤, 달도 보이지 않는 캄캄한 밤에 그해 초경을 시작한 소녀가 가족들이 잠들어 있는 천막집을 빠져나와 홀로 들판에서요. 할머니는 소녀의 머리에 순록 뿔 한 쌍을 이미 단단히 매어주었고, 엄마는 소녀가 찾아와야 하는 늑대 가죽을 이미 들판 어딘가에 숨겨놓았어요. 달빛도 없는 캄캄한 밤에 머리에 순록 뿔을 단 소녀가 늑대 가죽을 찾아 나서는 거예요. 늑대는 순록을 잡아먹기 때문에 툰드라 사람들의 적이라 할 수 있죠. 하지만 적은 피해야 할 존재가 아니라 제대로 이해해야 할 존재라고 소녀의 엄마는 가르쳐주었어요. 툰드라에서 함께 살아가는 순록과 늑대와 인간은 크게 다르지 않은 존재라고 소녀의 할머니는 가르쳐주었어요. 소녀는 늑대 가죽이 들판 어디에 있는지 알지 못하지만, 제가 끝내 늑대 가죽을 찾아낼 수 있다고 믿고 있어. 초경을 시작한 소녀는 이제 강인하고 지혜로운 툰드라의 여자가 되어야 하기 때문에, 그저 신비한 존재가 아니라, 신비를 알고 신비를 만들어낼 수 있는 존재가 되어야 하기 때문에, 초하루 밤 홀로 추운 들판을 걷는 거예요. 순록 뿔을 머리에 단 소녀를 진짜 순록으로 생각해 늑대가 소녀를 공격할지도 몰라요. 하지만 늑대 가죽이 어디에 있는지 어쩌면 진짜 늑대가 알려줄지도 몰라요. 엄마와 할머니는 소녀에게 애써 찾지 말고 차분히 느껴보라고 일러주었어요. 구름의 모양과 바람의 세기로 날씨를 점치듯이, 땔감을 구할 수 있는 숲의 위치를 가늠하듯이, 순록이 새끼 낳을 순간을 기다리듯이, 아픈 아기에게 무얼 먹여야 좋을지 결정하듯이, 사냥에서 돌아온 남자의 눈빛을 읽듯이, 그저 느껴서 알아채라고 말이죠. 소녀는 그렇게 늑대 가죽을 찾으려 해요. 그러다 차가운 바람 속에서 달이 보이지 않는 밤 하늘을 바라봐요. 달이 사라진 것이 아니라 그저 보이지 않을 뿐이라는 것을 느껴보는 거죠. 태양과 달과 지구와 초경을 시작한 소녀가 나란히 한 줄로, 내일 밤부터는 다시 조금씩 달이 모습을 드러낼 게 틀림없어요. 그러니까 두려움은 멀리, 끝내 늑대 가죽을 찾아 집으로 돌아오는 새벽, 툰드라의 소녀들은 캄캄한 하늘에서 달빛 대신 종종 오로라를 보게 된다고 해요.

다음날, 태은은 잠에서 깨어났다. 비치 체어에서 잠이 들었던 것 같지만, 깨어난 곳은 침실의 침대 위였다. 아침 열시 무렵이었다. 태은은 이를 닦고 세수를 했다. 수향은 주방에서 브런치를 준비중이었다. 블랙 올리브 치아바타와 크림치즈, 반숙 달걀과 매시트 포테이토, 사과와 토마토와 자몽과 바나나, 요거트와 꿀, 그리고 뜨겁고 진한 커피로 식탁이 차려졌다. 발코니 너머의 하늘이 흐렸다. 바다는 불투명하게 제 윤곽을 감추고 있었다.

"오래전에 Y시에 왔었다고 했죠?"

커피를 마시던 수향이 태은에게 물었다.

"십육 년 전, 스물한 살 때, 대학 동아리 사람들과 유적지 답사를 왔었어요. 유명한 곳을 제법 많이 갔던 것 같은데, 솔직히 기억이 잘 안 나요. 아……"

포크를 쥔 태은의 손이 멈칫했다.

"단짝이었던 친구가 짝사랑하는 남자가 그중에 있었어요. 친구는 이박 삼일 내내 그 남자에 대해서만 말했죠. 지겹고 귀찮을 정도로요. 그 남자의 말 한마디에, 손짓 하나에, 좀 이상하게 되어버린 게 아닐까 할 정도로 민감하게 반응하고 어쩔 줄 몰라했죠. 어제 Y역에 도착해서 잠깐 그 생각을 했다가, 수없이 들었던 그 남자 이름이 도통 생각나질 않더니, 지금 갑자기 떠올랐어요."

수향이 장난스러운 미소를 지으며 되물었다.

"혹시 태은씨도 그 남자 좋아했던 거 아니에요?"

"아뇨, 부러워했던 것 같아요."

"그 남자를?"

"아니, 친구를요. 누군가를 그렇게 좋아할 수 있다는 게, 유난스럽다 생각하면서도, 실은 부러웠던 것 같아요. 난 누군가를 그렇게 좋아해본 적이 없었거든요."

수향을 바라보며 태은이 말했다.

"어쩌면, 지금까지도 그래요."

활짝 열어놓은 발코니 유리문으로 거센 바람이 불어왔다.

태은은 생각했다. 스물한 살 누군가를 좋아한다는 것에 대해, 구 년간 기업의 비서실에서 일한다는 것에 대해, 칠 년간의 결혼생활이 끝난다는 것에 대해, 자기를 낳아준 여자가 죽는다는 것에 대해, 자궁에서 네 개의 혹을 떼어낸다는 것에 대해. 그리고 태은은 계속해서 생각했다. 배가 고파 염무를 먹는다는 것에 대해, 열네 살 소년의 키가 백삼십팔 센티미터라는 것에 대해, 자식을 데려오기 위해 밤마다 검댕이 엉긴 석쇠를 닦는다는 것에 대해. 그리고 늑대 가죽을 찾아 춥고 어두운 밤의 들판을 헤맨다는 것에 대해.

정오가 지나 수향과 태은은 숙소를 나서 다시 Y시로 향했다. 수향은 여유롭게 차를 몰며 태은이 오래전 가보았을 법한 Y시의 유적지 몇 군데를 순례했다. 8월의 마지막 목요일, 흐리고 바람이 부는 날씨였다. 수향과 태은은 평범한 관광객들처럼 천 년 전 천여 명의 승려가 수행했을 정도로 번성했지만 지금은 그 터만 남아 있는 사찰 주변을 걷고, 부장품을 도굴당한 왕의 무덤 속을 구경하고, 절벽에 새겨진 관세음보살을 보기 위해 삼십 분쯤 산길을 올랐다. 평범한 관광객들처럼 Y시의 명물이라는 콩으로 만든 과자와 독특하게 발효시킨 떡도 맛보았다.

수향이 마지막으로 차를 세운 곳은 Y시 어느 재래시장 부근의 주차장이었다.

"저녁식사는 태은씨가 준비하는 걸로 하죠. 이따 좀 늦은 시간에, 메뉴는 칼국수와 부침개와 겉절이."

수향과 태은은 시장에서 장을 본 뒤 바닷가의 콘도로 돌아왔다.

짧은 티타임을 가진 후, 수향은 커다란 백팩에 무언가 잔뜩 짐을 챙겨 들고 숙소를 나섰다. 손목시계를 들여다보며 꽤 시간이 걸릴 거라 말했다. 혼자 남은 태은은 시장에서 사온 저녁식사 재료를 전부 식탁 위에 올려놓았다. 머릿속으로 세 가지 음식의 레시피를 가늠해본 뒤 요리를 시작했다. 먼저 밀가루로 칼국수 반죽을 만들었다. 조금씩 물을 섞어가며 맨손으로 강하게 반죽을 치댔다. 반죽이 숙성되는 동안, 무와 대파와 다시마를 면포에 넣고 냄비에 육수를 끓였다. 새우와 바지락과 백합을 손질해두고, 애호박과 양파와 당근도 준비했다. 부침개에 넣을 부추와 오징어도 깨끗이 씻고 다듬었다. 겉절이는 얼갈이배추를 사용할 생각이었다. 거기에 고추와 마늘과 쪽파, 그리고 소금, 설탕, 식초, 참깨, 액젓, 고춧가루. 수향이 그림자 코스를 진행하며 요리를 하도록 한 것은 처음이었다. 날이 어두워지고 있었다. 태은은 칼국수 면을 내기 위해 나무 밀대로 반죽을 밀었다. 밀가루가 분분히 흩어졌다. 태은은 이따금 테라스 쪽을 바라보며 말없이 요리에 집중했다. 탄성이 생긴 반죽이 넓고 납작하게 펴졌다. 들러붙지 않도록 주의를 기울이며 반죽을 몇 차례 접은 후 반듯반듯 칼질을 시작했다. 충분한 양의 면을 준비해둔 다음, 바로 부침개 반죽을 만들었다. 부추와 오징어에 양파와 붉은 고추를 살짝 더했다. 프라이팬에 넉넉하게 기름을 두르고 한 장 한 장 둥글게 부침개를 부쳤다. 고소한 냄새와 지글거리는 소리가 주변을 가득 메웠다. 태은이 겉절이를 버무리고 있을 때 외출했던 수향이 숙소로 돌아왔다. 커다란 가방은 보이지 않았다. 어쩐지 조금 피곤한 기색이 느껴졌다. 태은은 끓는 육수에 해산물과 칼국수 면을 넣었다. 그러고 나서 면이 익을 동안 부침개에 곁들일 양념장을 만들었다. 잠시 후 칼국수와 부침개와 겉절이를 각각 알맞은 그릇에 담았다. 수향이 주문한 대로 저녁식사가 완성되었다. 어제 고깃집에서 저녁식사를 시작한 시간과 얼추 비슷한 시간에 두 사람은 식탁에 마주앉았다.

"어제 숲에서 북을 만들었던 장소, 기억해요? 먼저 거기에 가 있을 테니, 삼십 분쯤 있다 여기 꺼내놓은 이 옷을 입고, 헤드 랜턴을 쓰고 거기로 와요. 산책로를 따라 쭉 올라오다 갈림길 표지판이 있는 곳에서 왼쪽으로, 조금 아래쪽으로 내려오면 큰 바위 몇 개가 계단처럼 나오죠. 기억날 거예요. 그런데 산책로를 벗어나면서부터는 랜턴을 꺼야 해요. 절대 불을 비추면 안 돼요. 걱정할 거 없어요. 찾아올 수 있어요. 어제 북을 만들었던 장소, 거기로 오면 돼요."

태은은 주변에 인적이 없음을 확인하고 산책로로 접어들었다. 가로등 불빛이 충분히 멀어진 다음 헤드 랜턴을 켰다. 수향이 내어준 옷은 무늬가 없는 흰색 블라우스와 회색 플레어스커트였다. 모두 품이 넉넉한 것들이었다. 밤의 숲, 어둠 속으로 바람이 불고 있었다. 구름이 빠르게 흘러가고 있었다. 태은은 제 머리에서 뿜어져나오는 빛을 따라 잰걸음을 걸었다.

그러니까 이것은 이번 그림자 코스의 마지막 일정이었다. 얼마 지나지 않아 갈림길 표지판이 보였다. 태은은 잠시 숨을 고르고 산책길을 벗어났다. 그리고 랜턴을 껐다.

왼쪽으로, 아래로, 숲으로, 이내 두려움이 끈끈한 덩굴처럼 두 다리를 휘감았다. 몸이 움직여지지 않았다. 숲의 소리와 냄새와 공기가 표변하듯 달라졌다. 거센 바람에 풀잎들이 비명을 지르는 것만 같았다. 짙은 어둠에 나뭇잎들이 고함을 치는 것만 같았다. 태은은 힘겹게 눈을 감았다 떴다. 아무것도 보이지 않았다. 몸속으로 아프게 파고든 두려움이 덩굴처럼 거침없이 자라나 혀를 부풀어오르게 하고 있었다. 모든 것이 딱딱하게 굳어버릴 것 같은 순간, 문득, 단단하고 투명한, 외롭게 아름다운 소리가 났다. 어떤 멜로디나 리듬도 연상시키지 않는, 맑은 쇠의 울림, 한번 더, 트라이앵글 소리가 들려왔다. 숲의 저편, 거기, 그 소리가 서서히 몸속으로 스며들어 태은을 녹였다. 다시 두 다리가 움직이기 시작했다.

큰 바위가 계단처럼 있는 곳, 태은은 손으로 돌의 표면을 짚어가며 한 걸음씩 그 위로 올라섰다. 느껴서 알아채는 것, 애써 찾지 말고 차분히 느껴보는 것, 다시 한번, 트라이앵글 소리가 들려왔다. 한결 가깝게, 태은은 어둠 속에서 잰걸음을 걸을 수 있었다.

희미하게 빛의 무리가 어른거렸다. 나뭇가지를 둥글게 엮어, 한 땀 한 땀 가죽을 꿰매 북을 만들었던 이끼 긴 바위, 키 큰 나무들, 커다란 손목시계를 찬 수향이 태은을 기다리고 있었다. 태은은 헤드 랜턴을

벗고 하나로 묶었던 머리칼을 풀어 헤쳤다. 바람에 땀이 말랐다. 곳곳
의 돌 위에 둥글납작한 초들이 놓여 있었고, 모두 불이 밝혀져 있었
다. 그리고 그네, 그네가 있었다. 유난히 가지가 굵은 키 큰 나무에 그
네가 매달려 있었다. 바람이 그네를 조금씩 흔들고 있었다.

"줄이 좀 얇아 보여도 전혀 걱정할 거 없어요. 전문 산악 등반가들
이 쓰는 특수 로프예요. 곰 같은 남자 서넛이 매달려도 끄떡없을 물건
이죠."

수향은 그넷줄이 튼튼하다는 것만큼이나, 저 혼자 그럴듯하게 나무
에 그네를 매달았다는 것을 우쭐해하고 싶어하는 눈치였다.

태은은 잠시 주저하다 그네의 나무판 위에 걸터앉아보았다. 가볍게
두 발이 땅에서 떨어졌다. 물론 수향은 서서 탈 것을 지시할 게 분명
했다. 태은은 고개를 젖혀 그네와 자신을 매달고 있는 나무를 올려다
보았다. 어쩐지 양해를 구하고 허락을 얻어야 할 것만 같았다.

다시 땅으로 내려선 태은이 그넷줄을 잡고 그 옆에 섰다.

"자, 이제 신발을 벗고 맨발로."

수향의 말을 따라 태은은 신발을 벗었다.

"속옷도 벗어야 해요."

"위아래, 전부?"

"네."

태은은 속옷을 차례로 벗고 블라우스와 플레어스커트 차림이 되었
다. 그렇게 맨발로 그네의 나무판 위로 올라섰다. 그넷줄을 움켜쥐고
그네와 제 몸의 흔들림이 제대로 맞물릴 때까지 잠시 시간이 필요했
다. 태은은 숲의 어둠 속 반짝이는 눈동자들을 발견했다. 촛불이 아니

었다. 촛불의 빛으로 이내 그들이 고양이란 것을 알 수 있었다. 고양이들이 다가왔다. 하나씩, 둘씩, 제각각의 방향에서 족히 스무 마리쯤 될 듯한 고양이들이 느리고 부드럽게 움직이며 태은과 수향 가까이로 다가왔다. 마침 좋은 구경거리를 찾았다는 듯이, 마땅히 저희들에게 이 광경을 지켜볼 권리가 있다는 듯이, 어디 한번 시작해보라는 듯이, 제각각 자리를 잡은 고양이들이 그네 위의 태은을 올려다보았다.

　태은은 천천히 무릎을 굽혔다 폈다 반동을 주었다. 그네가 앞뒤로 움직이기 시작했다. 바람이 불었다. 그네가 공중에 시원스레 부채꼴의 곡선을 그렸다. 플레어스커트 자락이 한껏 펼쳐졌다. 블라우스 앞섶이 한껏 부풀어올랐다. 지느러미처럼 물결쳤다. 태은은 그네를 탔다. 문득, 당, 하는 소리가 났다. 수향은 나무에 기대서서 태은이 만든 북을 치기 시작했다. 당, 당, 가죽이 울리는 소리를 들으며 태은은 공중으로 높이 솟아올랐다. 바람이 태은을 연처럼 하늘로 띄웠다. 당, 당, 당, 점점이 반짝이며 흔들리는 촛불과 고양이들의 눈동자. 밤하늘의 먼 곳이 보였다. 빠르게 흘러가는 구름 사이로, 초이틀 밤, 오른쪽 둥근 부분을 깎아낸 손톱만큼 드러낸 달의 모습이 보였다. 당, 당, 당, 당, 제가 만든 북소리를 들으며 태은은 밤의 숲에서 오래도록 그네를 탔다.

비와 바람과 숲

비

도시의 광장에 비가 내리고 있다.

굉장한 기세의 폭우다. 언제쯤 시작되었는지 언제쯤 그칠지 가늠해볼 엄두조차 나지 않는 비. 무섭기까지 해서 되레 묘한 안도감을 불러일으키는 비. 그런 비가 내리고 있다. 도시가 세찬 비를 맞는다. 구석구석 흠뻑 젖어든다.

광장의 북동쪽 끝자락에 위치한 주상복합건물 로비의 한 브랜드 커피숍. 폭우가 쏟아지는 토요일 오전 열시 삼십칠분, 테이블은 대부분 비어 있다.

유리벽 가까이 구석진 자리에 두 여자가 마주앉아 있다. F와 R, 그녀들은 사촌지간이고 오늘 사 년 만에 만난 참이다.

"비가 참……"

"그러게, 참."

둘은 유리벽 너머 비 내리는 광장으로 시선을 준다.

"잘 지내지?"

R이 커피잔을 들어올리며 말한다.

"응, 나야 뭐."

F도 커피잔을 들어올리며 말한다. 이 주 전 전화 통화에서도 둘은 그렇게 말문을 열었다. 그때는 F가 먼저 묻고 R이 답을 했다.

F의 아버지와 R의 아버지는 형제다. 육 남매 중 둘째와 다섯째다. F의 아버지는 R의 큰아버지고 R의 아버지는 F의 작은아버지다. F와 R은 서른두 살 동갑내기로, F에게는 오빠가 둘 있고 R은 외동이다. F의 아버지는 오 년 전 폐암으로 사망했다. 이후 F는 미국으로 유학을 떠났고, 학위를 마치고 두 달 전 귀국했다. R의 아버지와 어머니는 십이 년 전 이혼했다. 재혼을 한 R의 아버지는 삼 년 후 다시 이혼했다. 그뒤로도 여자들이 있었지만 다시 결혼하지는 않았다. 줄곧 어머니와 함께 살다 결혼한 R은 작년에 이혼을 했고, 지금은 다시 어머니와 함께 살고 있다. 결혼생활은 십 개월간이었고, 아이는 없다.

옆자리 빈 의자에 불투명한 비닐 커버를 씌운 R의 우산이 비스듬히 세워져 있다. 뾰족한 우산 꼭지에 비닐이 뜯겼는지 빗물이 새어나와 바닥에 고인다. F는 군데군데 젖어 있는 R의 옷자락을 바라본다. R은 전철을 타고 이곳에 왔다고 했다. F는 전철역을 빠져나와 거센 빗줄기 아래 우산을 쓰고 종종걸음으로 광장을 가로지르는 R의 모습을 그려본다. 우연히 그 곁을 지나쳤다면 결코 알아보지 못했을 것이다. 다시 커피잔을 들어올리는 R의 시선이 유리벽 너머를 향한다. F도 걷잡을 수 없이 비가 쏟아지는 광장을 바라본다.

F는 우산을 가져오지 않았다. F는 제 오피스텔 지하 주차장에서 차를 몰고 나와 십 분 뒤 이 건물의 지하 주차장에 차를 세웠다. 엘리베이터를 타고 로비로 올라와 약속 장소인 커피숍에 도착했다. 비는 한 방울도 맞지 않았다. 유리벽 가까이 자리를 잡고 앉자, 우산에 비닐 커버를 씌우며 출입문 안으로 들어서는 R의 모습이 보였다.

"이거, 내 명함."

R이 자신의 명함을 F에게 건넨다. F는 그것을 받아든다.

얼마 전부터 보험회사에 다닌다더라. R과 사 년 만에 전화 통화를 했다는 사실을 전하자 F의 어머니가 들려준 얘기였다.

아직까지도 F의 어머니를 변함없이 '형님'이라 부르는 R의 어머니는 일 년에 몇 번쯤 F의 어머니에게 전화를 걸어온다 했다. 명절이나 제사 즈음의 안부, 혹은 뜬금없이 이어지는 눈물바람의 긴 신세한탄. F는 어머니로부터 R의 결혼과 이혼에 대해서도 들었다. 남자가 좀 이상한 사람이었대, 뭐가, 몰라 아무튼 좀 이상한 사람이었대, 참 나 세상에 안 이상한 사람이 어딨어. 미국에 머물렀던 사 년 동안 F는 한 번도 귀국하지 않았다. 한 달에 두세 번쯤 이뤄진 모녀간의 전화 통화에서 R의 이름이 거론된 적은 없었다. F는 R이 한 전문대학의 행정 관련 과를 졸업했다는 사실을 기억하고 있었다. F의 아버지가 죽었을 때, 장례식장에서 만난 R은 홈쇼핑 업체의 전화 상담원으로 일하고 있다 했다. 그때는 명함을 주지 않았던 것 같다.

"넌 없어?"

"나? 명함?"

"그래, 한 장 줘라."

"없는데, 명함."

F의 말에 R의 얼굴에 당혹감이 스친다.

"너 무슨 큰 미술관에 취직했다며? 아니, 박물관이던가."

"아냐, 취직이라 하긴 좀 그래. 미술관 소속이 아니라, 작품 중개하는 에이전시 쪽인데, 지금은 전시 기획사 창업 준비하는 선배들 도와주고 있어. 아직 준비 단계라 특별히 이렇다 할 게 없어. 명함도 없고……"

F는 자신의 일과 관련된 상황을 설명하는 데 어려움을 느낀다. 귀국 후 제 어머니에게도 두 오빠에게도 그랬다. 어쩌다보니 F의 어머니는 그 애매한 정보를 안부 전화를 걸어온 R의 어머니에게 전한 것이고, 다시 R의 어머니를 거쳐 R에게 건너간 F의 근황은 '큰 미술관 취직'으로 거창하게 부풀려진 것이다.

"대학에도 나간다면서? 교수님 된 거 아니야?"

"교수는 무슨, 그냥 시간강사야. 것도 다음 학기부터, 아직 시작도 안 했어."

이 주 전의 전화 통화에서 R이 한 얘기는 그저 '너무 오랜만이다, 얼굴 한번 보자'였다. 결혼, 이혼, 보험, 미술 전시나 대학 강의 같은 단어는 전혀 등장하지 않았다. F의 사정으로 약속은 한 차례 미뤄졌고, 둘은 각자의 어머니에게서 들은 애매한 정보를 바탕으로 사 년 만에 만나는 서로의 모습을 가늠하며 이 자리에 나왔다.

F는 R의 명함을 들여다본다. 진지하게 들여다보는 것처럼 보이고자 노력한다. 그러지 않을 수는 없다고 생각한다. Y생명 J영업소, R의

이름 앞에는 보험설계사의 영어식 표현인 '라이프 플래너'라는 타이틀이 붙어 있다.

실망하지 않았다는 듯 R이 짐짓 쾌활한 목소리로 묻는다.

"미국 대학에선 무슨 공부 한 거니? 설명해줘도 난 잘 모르겠지만."

"……아트 비즈니스라고."

F는 영어 발음이 유난스레 들리지 않기를 바라며 중얼거린다.

"아트 비즈니스? 야, 되게 있어 보인다. 그래, 아무튼 넌 옛날부터 공부를 잘했으니까."

F는 하릴없이 마음이 상한다. 자격지심 같기도 하고 짜증 같기도 하다. 공부를 잘했다는 것에서 아트 비즈니스로의 비약. 보험에 대해서는 아는 것이 없다. 딱히 알고 싶지도 않다. R이 보험 가입을 권하리라 충분히 예상했고, 선약을 핑계로 에둘러 거절할 마음으로 굳이 토요일 점심 전에 약속을 잡았다. 스스로가 분명 보험을 들 만한 처지도 아니라고 생각했다. 유리벽 너머의 비, 비, 비. 문득 미국에 있는 동안은 한 번도 이런 폭우를 본 적이 없다는 것을 F는 깨닫는다.

세상의 많은 사촌들이 흔히 그렇듯, F와 R 역시 어린 시절에는 꽤나 가깝게 지냈다. 명절이나 집안 행사 때면 도합 열넷이나 되는 사촌들이 한자리에 모이기도 했다. 사내아이 여덟, 계집아이 여섯, 대학 신입생부터 돌잡이 아기까지. 모두 다 한복을 차려입고 조부모 방에 걸릴 액자용 사진을 찍은 적도 있다. 아주 오래전의 일이다.

빗줄기는 좀처럼 약해질 기미를 보이지 않는다. 거센 비를 맞고 있는 우산, 벤치, 자동차, 가로등, 빌딩의 유리창과 대형 간판 들이 속수무책 녹아내리기라도 하는 것은 아닐지.

F는 커피잔을 거의 다 비운 상태다. R이 입을 연다.

"최근에 사촌들을 여럿 만났어."

"그래?"

"너처럼 그동안 외국에 있던 것도 아닌데, 다들 왜 그렇게 얼굴 보기가 힘든지……"

"다들? 전부 만나려고?"

"아니, 어떻게 그래. 내 처지가…… 결국은 아쉬운 소리 하러 만나자는 건데. 나 특히 오빠들은 이상하게 다 어렵더라."

그래도 보험계약은 안정된 생활을 하는 기혼자들이 낫지 않겠니, F는 말하지 못한다.

"참, 너 B언니, 쌍둥이 낳은 거 알아?"

R이 계속 말을 잇는다.

"Z는 해병대에 자원입대했대. 어휴, 그 꼬맹이가 벌써 어른이 다 됐어."

F는 R로부터 큰집의 막내딸인 B와 셋째 고모의 아들 Z의 얘기를 듣는다. 성악을 전공한 B는 결혼 전 방송국의 합창단원으로 일했고, 유난히 병약했던 Z는 어려서 여러 차례 큰 수술을 받아 주위를 안타깝게 했다. F가 B와 Z를 떠올린 것도 R을 만난 것만큼이나 오랜만의 일이다. F는 휴대폰을 열어 시간과 수신 메시지를 확인한다. N은 잠에서 깨었을까.

문득 나직해진 목소리로 R이 말한다.

"Q 얘기는 알고 있지?"

F가 고개를 끄덕인다.

"미국 있을 때, 들었어. 이 년쯤 전인가."

"그래, 벌써 이 년이 다 됐다."

Q. 큰고모의 딸, 사촌들 중 F와 R과 Q는 동갑이었고, 어린 소녀였던 셋은 곧잘 살갑게 어울렸다. 방학 때면 함께 유원지의 풀장에 가거나, 서른 개나 되는 손톱에 봉숭아물을 들이거나, 핫케이크나 라볶이 같은 간식을 해 먹고, 종일 소녀잡지를 보고, 서로의 방학 숙제를 베꼈다. 소곤소곤소곤, 절대 비밀이야 절대, 별것 아닌 것들을 숨겨두었던 오르골 상자, 비명소리 같은 웃음소리, 빨리 문 잠가 빨리, 웃음소리 같은 비명소리. 운동화, 단발머리, 라디오 리퀘스트, 브로마이드, 소곤소곤소곤. Q는 이 년 전 자살했다.

"……어렸을 땐, 우리 셋이 아주 비슷하다고 생각했었는데."

R의 얼굴에 옷깃에 스민 빗물처럼 희미한 미소가 번진다. F는 Q의 얼굴을 떠올린다. 기울어진 커피잔 바닥에 열세 살 Q의 얼굴이 고인다. 오래전 그때는 생각하지 못했다. 아트를 비즈니스 할 수 있다거나 라이프를 플랜 할 수 있을 거라곤 생각하지 못했다.

F의 휴대폰에 문자 메시지 수신음이 울린다.

Q는 죽기 전 몇 년간 학습지 방문 교사로 일했다고 했다. 오래전 그때, Q는 F와 R보다 반 뼘쯤 키가 컸고, 카레와 포도를 좋아했고, 셋 중에 종이인형의 옷을 가장 정교하게 잘 오렸다.

─좀전에 깼어, 언제 올 거야, 배고프다…

F는 커피잔을 내려놓고 휴대폰을 집어든다. N은 F의 오피스텔 침대에 누워 담배를 피우며 문자 메시지를 보냈을 것이다.

"오늘 비, 정말 장난 아니게 온다."

R이 다른 말을 하며 말한다. 그래 뭐 할 수 없지, 아무튼 오랜만에 반가웠어, 그만 일어나도 좋아.

문득 F의 머릿속에 떠오른 것은 열세 살의 어느 여름밤이다. F와 R과 Q는 열대야를 핑계로 R의 집 옥상에 텐트를 치고 잤다. R의 어머니는 반대했지만 R의 아버지가 흔쾌히 텐트를 쳐주었다. 텐트 속은 후텁지근했고, 모두 모기에 물렸고, 잠을 잘 생각이 없었다. Q가 손전등의 스위치를 눌렀다. 딸깍딸깍 불을 껐다 켰다. Q가 딸깍딸깍 소리보다 작은 소리로 말했다. 있지, 나 시작했어 생리. F와 R은 눈을 크게 뜨고 손으로 입을 막고 드디어라는 감탄사를 삼켰다. 비명소리도 웃음소리도 내지 않았다. Q는 작은 목소리로, 그러나 엄중한 선언처럼 말했다. 지금 하고 있어, 배가 아파. 셋은 오래전부터 과연 셋 중 누가 먼저 시작하게 될 것인가를 진심으로 궁금해했다. 보여줘, F가 말했다. 보여줘, R이 바로 거들었다. 목소리가 커졌다. 안 돼, Q가 손전등을 껐다. 아무것도 보이지 않았다. 보여줘, 안 돼, F가 Q의 손에서 손전등을 빼앗으려 했다. 보여줘, 안 돼, Q가 몸을 비틀었을 때 R이 손전등을 빼앗아 스위치를 눌렀다. 딸깍, 보여줘, 보여줘, 보여줘, 보여줘, 딸깍딸깍, 아, 알았어 알았어, 불 좀 잠깐 꺼봐.

딸깍딸깍, 손전등이 몇 차례 켜졌다 꺼졌다 했던 밤. 새벽에 폭우가 쏟아졌다. 바로 오늘처럼 걷잡을 수 없이 세찬 비였다. F와 R과 Q는 잠시 소리를 지르며 소란을 피우다 텐트를 버려둔 채 옥상에서 내려왔다. 셋은 R의 방에서 다시 함께 잠들었다.

F는 스스로도 예상치 못한, N이 결코 달가워하지 않을 답 문자를 보낸다. 그리고 R에게 말한다.

"어디 가서 뜨거운 국물, 먹지 않을래? 비가 와도 너무 많이 온다."

F와 R은 서로의 열세 살 얼굴을 본다. F와 R은 Q에게 보여주지 못한 것이 있다. 영영 보여줄 수 없게 된 것이 아주 많다.

"근처에 아는 데 있어, 전골집. 근데 좀 매워."

"너, 점심 약속 있다며……"

"명함도 없는 주제에 보험은 아직 좀 그렇고, 오늘은 대신 밥 살게."

도시의 광장에 비가 내리고 있다.

굉장한 기세의 폭우다. 언제쯤 시작되었는지 언제쯤 그칠지 가늠해볼 엄두조차 나지 않는 비. 무섭기까지 해서 되레 묘한 안도감을 불러일으키는 비. 그런 비가 내리고 있다. 도시가 세찬 비를 맞는다. 구석구석 흠뻑 젖어든다.

바람

소녀는 문고리를 동여매고 있는 가죽끈의 매듭을 푼다. 매듭이 다 풀리기도 전에 거센 바람이 천막집의 허술한 문틈을 들썩이게 한다. 소녀는 짐짓 문을 열기가 망설여진다. 매듭을 푼다. 문을 연다. 소녀는 바람 속에 선다.

이른 아침, 벌판의 동쪽 지평선 끝에서 부릅뜬 눈동자 같은 해가 떠오르고 있다. 빠르게 어둠이 걷혀가는 하늘에는 아직 별이 남아 있다. 해가 빛나고 별이 빛난다. 다르게 빛난다. 그리고 바람이 분다. 어떤 재촉이나 추궁처럼, 바람이 분다. 건기가 시작되고는 단 하루도 쉬지 않고, 단 한순간도 멈추지 않고 바람이 불어온다. 벌판에 사는 사람들은 건기를 '바람의 계절'이라 부른다.

소녀는 종종걸음으로 집 주변을 살피기 시작한다. 밤새 바람에 시달린 외딴 천막집은 가까스로 무사한 듯싶다. 비어 있는 목책, 비어 있는 벌판. 소녀의 눈 속에서 별이 사라진다. 해가 차오른다.

소녀가 다시 천막집 안으로 들어서자, 문 옆에 매어둔 염소가 발을 구르며 '매애' 하고 운다. 밖으로 나가고 싶다는 것이다. 소녀는 고개를 가로젓는다. 그러곤 염소에게 다가가 한동안 목덜미와 등줄기를 쓰다듬어준다. 따뜻하고 보드랍다. 염소는 얌전히 체념한다. 소녀는 염소의 배설물을 치우고 먹이통에 마른풀을 넣어준다.

불을 피울 차례다. 소녀는 천막집 한가운데 땅을 파 만든 화덕에 불을 지핀다. 연료는 발효시켜 바싹 말린 염소똥과 말똥이다. 소녀의 동작은 제법 능숙하고 노련하다. 환기구를 여는 것도 잊지 않는다. 소녀는 끝이 갈고리처럼 생긴 장대를 높이 쳐들어 천막 꼭대기의 환기구를 젖힌다. 키와 손이 작은 탓에 이 동작만은 그다지 능숙하지 못하다. 소녀의 얼굴만한 크기의 작은 환기구가 열리고 들판의 공기가 들고 난다. 소녀는 차를 끓이기 위해 온통 검은 그을음투성이인 주전자에 조심스레 물을 채운다. 물은 언제나 부족한 것이므로 언제나 아껴야 한다. 물이 끓기를 기다리며 소녀는 다시 염소를 쓰다듬는다. 그리고 염소젖을 짜기 시작한다. 염소는 되새김질을 하며 소녀에게 순순히 부푼 젖을 내준다.

콜록콜록, 기침 소리가 들린다. 노파가 깨어난 것이다. 노파는 소녀의 할머니다. 소녀는 노파가 누워 있는 천막 안쪽의 침상으로 다가간다. 콜록콜록콜록콜록콜록, 기침이 이어진다.

노파는 병들었다. 병세가 심상치 않아지고부터는 기침 소리마저 기운이 없다. 노파는 종일 침상에 누워 있다. 잠을 자거나 기침을 하며 누워 있다. 노파가 결국 말言을 제대로 할 수 없게 되자, 다른 가족들은 약을 구하기 위해 말馬을 타고 떠났다. 그동안 노파를 돌보는 것이 소녀의 임무다. 소녀는 가족들이 할머니의 약과 맑은 물과 불룩한 식량 주머니를 가지고 돌아오리라 믿고 있다. 굳게 믿고 있다. 가족들이 떠난 지 벌써 여러 날째다. 소녀가 노파의 이마에 가만히 손을 올려놓는다. 노파가 가늘게 눈을 뜬다. 천천히 고갯짓도 한다.

어쩌면 가장 어려운 일의 차례. 소녀는 다른 침상에서 쿠션들을 가져와 노파의 머리와 등을 받친다. 노파의 상체가 반쯤 일으켜세워진다. 소녀는 신중하게 또 단호하게 움직인다. 제 일의 중요성을 분명히 알고 있는 움직임이다. 담요를 걷어내고 자신과 마찬가지로 겹겹 두꺼운 옷을 껴입은 노파의 옷섶을 하나하나 헤친다. 노파의 숨결이 불규칙해진다. 꽤나 느닷없다는 느낌으로, 숨겨져 있던 섬이나 동굴이 모습을 드러내듯, 노파의 맨살이 드러난다. 어쩌면 섬이나 동굴만큼이나 오래된 피부. 소녀가 침상 아래에서 무언가를 집어올린다. 가족 중 누군가가 낡은 플라스틱통을 납작하고 우묵하게 잘라 만든 노파의 변기다. 소녀는 그것을 노파의 둔부 아래로 밀어넣는다. 노파의 마른 입술이 한참을 달싹거린다. 소녀는 고개를 돌리거나 미간을 찌푸리거나 하지 않는다. 물큰물큰 오래된 시간의 냄새가 난다.

병들기 전, 노파는 매일 아침 동물의 뼈로 만든 빗으로 소녀의 머리칼을 빗겨주었다. 소녀는 단단한 빗살이 제 두피를 쓸고 검고 긴 머리칼 사이로 미끄러지던 감촉을 기억한다. 머리와 어깨를 더듬는 늙은 손가락들의 능숙한 움직임. 마치 지난밤의 시간을 한 올 한 올 빗어내리는 듯, 오래도록 이어지는, 하루를 시작하는 짐짓 경건한 연주. 노파는 정성껏 소녀의 머리를 빗겨주었다.

소녀는 노파에게서 많은 것을 배웠다. 염소젖을 짜는 법, 화덕에 불을 지피는 법, 색실을 엮어 허리띠나 깔개를 만드는 법, 높낮이를 달리해 휘파람을 부는 법, 고기의 포를 뜰 때 손칼을 사용하는 법, 별을 보고 날씨를 가늠하는 법, 차 찌꺼기로 점을 치는 법 등. 소녀는 벌판에서의 삶을 위한 여러 가지를 노파에게서 배웠다.

노파는 또한 '큰 나무'에 대해 소녀에게 말해주었다.

벌판의 천막집에서 태어나 벌판에서만 자란 소녀는 한 번도 큰 나무를 본 적이 없었다. 우기와 건기 사이, 벌판은 푸른 초원으로 변했다. 염소도 말도 사람도 하늘도 모두가 가장 아름다운 시간이었다. 소녀는 풀밭에 누워 쉼없이 부풀어오르는 구름을 오래도록 바라보았다. 대기를 가득 채우고 있는 알싸한 풀 향기를 깊이깊이 들이마셨다. '큰 나무'는 초원의 풀과는 아주 다른 것이라고 노파는 말했다. 초원에도 소녀의 허리춤까지 자라는 작달막한 덤불들이 있었다. 노파는 배시시 웃으며 고개를 가로저었다.

"큰 나무가 많이 있는 큰 숲에 가면, 어찌나 나무들이 높이 솟았는지 하늘이 보이지 않을 정도란다."

"하늘이 보이지 않아?"

눈이 휘둥그레진 소녀가 하늘을 올려다보았다. 넓디넓은 벌판 위엔 언제나 온통 하늘뿐이었다. 소녀가 팔을 활짝 펼쳐 보이며 말했다.

"하늘이 이렇게 많은데!"

큰 나무가 얼마나 키가 큰지 얼마나 많은 잎을 달고 있는지 얼마나 굵고 단단한 가지를 가졌는지…… 노파의 얘기에 소녀는 더이상 그럴 수 없을 만큼 귀를 기울였다.

"그런데 할머니, 큰 나무는 왜 있는 거야? 너무 높고 커서 염소나 말이 잎을 뜯어먹을 수도 없는데."

"큰 나무는 하늘로 올라가기 위해서 필요하지."

"하늘로 올라가? 누가?"

"우리 모두가. 염소도 말도 사람도, 죽으면 모두가 하늘로 올라가는 거야. 큰 나무를 사다리처럼 타고서."

소녀의 눈이 다시 한번 커졌다.

"말도 안 돼. 큰 나무가 있는 큰 숲은 여기서 아주아주 멀다며. 죽은 염소랑 말이 어떻게 거기까지 간단 말이야?"

노파는 손바닥을 둥글게 말아 귀에다 가져대고 눈을 감았다. 미소를 짓는 것도 같았다.

"……그래서 바람이 부는 거야."

"바람?"

"그래, 바람이 와서 죽은 염소와 말과 사람의 영혼을 큰 나무에게로 데려다주는 거야. 큰 나무를 타고 하늘로 올라가라고……"

소녀는 뜨거운 주전자를 화덕 옆에 내려놓는다. 주전자의 뚜껑을 열고 그 속에 찻잎을 한 움큼 집어넣는다. 매일 아침 그러하듯, 차가 우러나면 제일 먼저 따라낸 잔을 들고 천막집 밖으로 나온다. 소녀는 문을 열기 전 다시 한번 노파의 침상을 바라본다. 벌판의 바람은 여전하다. 언제나 하루의 '첫 차'는 대지의 신 몫이다. 소녀는 뜨거운 차를 세 번에 나눠 세 방향으로 벌판에 뿌린다. 노파가 가르쳐준 경구를 읊는 것도 잊지 않는다. 완전히 날이 밝아 주위가 환하다. 소녀는 혹시나 하는 마음으로 가족들이 말을 타고 떠난 방향을 바라본다.

천막집 안으로 돌아온 소녀는 뜨거운 차와 갓 짜낸 염소젖을 대접에 반반씩 섞는다. 벌판에 사는 사람들이라면 하루에 대여섯 잔씩은 마시게 되는 수프다. 소녀는 대접과 스푼을 들고 노파에게 다가간다. 소녀는 노파의 입안으로 수프를 흘려넣는다. 말을 할 수 없게 되고부터 노파가 먹을 수 있는 음식은 이것뿐이다. 대접이 채 반도 비워지지 않았지만 노파는 입을 다물고 힘없이 고개를 젓는다.

화덕에 가까이 다가앉아 소녀가 식사를 시작한다. 소녀는 예의 수프에 육포와 마른 빵을 조금 곁들인다. 소녀는 수프에 마른 빵을 적시며 빵이 얼마 남아 있지 않다는 것을 생각한다. 문득 작은 환기구의 구멍을 악기처럼 울리며 바람 소리가 천막집 안을 가득 채운다. 염소가 소녀를 보고 '매애' 하고 운다. 길고 긴 바람 소리를 들으며 소녀는 돌처럼 딱딱한 육포를 오래도록 씹는다.

작은 나무의자와 엮다 만 깔개를 들고 소녀가 천막집 밖으로 나온다. 염소도 데리고 나온다. 목줄을 놓아주자 염소는 이리저리 바쁘게 발걸음을 옮긴다. 소녀는 벌판에 나무의자를 놓고 앉아 색실로 깔개를 엮기 시작한다. 바람이 세차지만, 그래도 하루의 얼마쯤은 벌판에서 지내야만 마음이 놓이는 소녀. 소녀가 엮은 깔개에는 염소와 말이 몇 마리 수놓여 있다. 소녀는 간간 고개를 들어 지평선을 바라본

160

다. 아무도 없다. 아직 누구도 돌아오지 않는다. 세찬 바람에 쉴새없이 머리칼이 흩날리고 금세 손가락이 곱아든다. 물을 아껴야 하는 벌판에서는 매일같이 씻을 수 없다. 소녀는 식사를 마치고 자신의 볼과 손등에 꼼꼼히 말기름을 발랐다. 아무래도 초원을 수놓을 녹색 실이 부족할 것 같다. 바람이 소녀의 반들거리는 볼과 손등을 스치고 지나간다.

다시 염소를 천막집 안으로 들여놓고, 다시 젖을 짜고, 다시 차를 끓여 수프를 만들고, 다시 노파를 먹이고, 다시 육포를 먹고, 다시 노파의 변을 받아내고, 다시 깔개를 엮고, 다시 바람 속에서 지평선을 바라보고…… 어느덧 땅거미가 진다.

완전히 어두워지기 전, 소녀는 다시 한번 밖으로 나가 밤새 바람에 시달릴 천막집을 이곳저곳 살핀다. 천막집을 한 바퀴 돌아본 후 무심히 고개를 돌렸을 때, 소녀는 그만 소스라치게 놀라고 만다. 저멀리 지평선에 무언가가 있다. 어스름 속에 그 실루엣만이 선명하다. 저토록 멀리 있는데, 저토록 크고 높고 곧다. 소녀는 바람 속에서 작게 소리를 지른다.

"큰 나무다!"

소녀는 한 번도 큰 나무를 본 적이 없지만, 그것이 바로 큰 나무임을 알아본다. 틀림없이 그것은 노파가 일러준 큰 나무다. 다른 무엇일 수 없다.

소녀는 다급히 천막집 안으로 들어와 문을 닫고 문고리의 가죽끈을 단단히 동여맨다. 여러 번 매듭을 짓는다. 소녀는 두근거리는 마음을 진정시키려 애를 쓰며 염소젖을 짜고, 차를 끓이고, 노파를 먹이고,

변을 보게 한다. 다시 노파의 담요를 덮어줄 때, 노파가 소녀와 눈을 맞춘다. 그리고 손바닥을 둥글게 말아 귀에다 가져다대고 천천히 눈을 감는다. 미소를 짓는 것도 같다.

소녀는 잠자리에 누웠지만 쉽게 잠들지 못한다. 잔뜩 웅크린 온몸이 귀가 되어 바람 소리를 듣는다. 길고 긴 바람 소리를 오래도록 듣는다. 지평선 끝의 큰 나무, 바람이 불지 않았으면, 어서 가족들이 돌아왔으면. 소녀는 쉽게 잠들지 못하지만 결국 잠이 든다. 바람 부는 벌판의 밤이 지나간다.

큰 숲, 정말 하늘이 보이지 않는다. 큰 나무의 높은 가지 위에 노파가 앉아 있다. 소녀는 "할머니!" 하고 소리쳐 부른다. 노파가 꿈속에서 가볍게 발을 흔든다.

소녀가 잠에서 깨어난다. 바람 속에 몸을 일으킨다. 날이 밝아 모든 것이 속속들이 환하다. 천막집의 문이 활짝 열려 있다.

숲

여자가 걷는다, 걷는다는 것이 어떤 것이었나 기억해내려는 듯 걷는다. 발바닥이 땅을 딛는 느낌을 좀더 분명히 느껴보려 여자는 부러 밑창이 얇은 신을 신고 집을 나섰다.

여자가 걷는다, 걷는다는 것이 수영이나 자전거 타기 같다는 생각을 하며 걷는다. 물살을 가르며 수영을 할 줄 알았다 해도, 페달을 밟으며 자전거를 몰 수 있었다 해도, 그 모두가 까마득히 오래전의 일이라면, 너무나 오랜만에 물속으로 뛰어든다면, 너무나 오랜만에 자전거 페달을 밟는다면. 가라앉지 않고, 넘어지지 않고, 몸으로 배운 것은 잊히지 않는다는데, 과연 감각이 돌아올까, 기억이 날까, 여자는 걷는다는 것에 그런 의구심을 품은 채 걷고 있다.

여자가 걷는다. 수영이나 자전거 타기와는 달리 걷는 방법을 잊어버린다는 것은 좀처럼 있을 수 없는 일임에도, 여자는 허우적대며 가라앉을 것만 같은, 휘청대며 넘어질 것만 같은 불안을 느낀다. 여자가 걷는다, 걷고 또 걷는다.

무리일 수 있다. 여자는 환자다. 암환자다. 여자는 한 달 전 갑상선암 수술을 받았고, 닷새 전 방사성동위원소 치료를 위해 이박 삼일간 격리실에 입원했다. 당연히 정상적인 몸 상태라고 할 수 없다. 그러나 꼼짝없이 자리보전을 해야 할 정도라고도 할 수 없다. 제법 널리 알려진 대로 갑상선암은 발생률도 생존율도 완치율도 가장 높은 암에 속한다. 지난여름, 정기 건강검진을 받은 여자에게 갑상선 이상 소견이 통보되었다. 조직 검사 결과 갑상선암 1기였고, 수술로 제거한 종양의 크기는 팔 밀리미터였다.

여자는 아파트 단지를 빠져나와 뒷산의 산책로로 들어선다. 9월의 어느 화요일 오후, 햇살이 가득한 맑은 날이지만 공기 중에는 더이상 더위라 할 만한 기운이 남아 있지 않다. 나뭇잎 대부분은 아직 푸르다. 그러나 그것은 이미 정점을 넘겨 쇠어버린 푸름이다. 어둡고 무거운 푸름이다. 잎사귀는 이내 누렇게 말라들어갈 것이다. 가을이다.

산책로 포장은 구청에서 설치한 운동기구들이 있는 지점에서 끝난다. 한 노인이 윗몸일으키기 기구를 의자 삼아 앉아 공책 크기로 접은 신문을 들여다보고 있다. 여자는 노인 곁을 지나쳐 걷는다. 완만한 오르막, 아스팔트가 아닌 흙바닥. 여자는 걸음을 멈추고 얇은 신발 밑창 아래 땅의 질감을 느껴보려 애쓴다. 눈과 귀와 코와 혀와 손이 발바닥으로 모여든다.

여자가 걷는다, 걷는다, 걷고 또 걷는다.

발이 땅을 구를 때의 감각이란 어떤 것인지. 발바닥이 어떻게 움직이고 꺾이고 눌리고 울리는지. 발목과 발등과 발뒤꿈치와 발가락과 발톱은 어떤지, 팔과 다리의 관절이 굽는 각도, 근육의 수축과 이완, 호흡과 심박, 체온, 시선, 소리, 냄새, 걸을 때 정수리는 어떤지, 어금니는 어떤지, 배꼽은 어떤지, 음모는 어떤지, 빗장뼈는 어떤지, 췌장은 어떤지, 혈소판은 어떤지, 걸을 때 어떤지, 어떤지 걸을 때, 여자는 걸을 때의 제 모든 것을 낱낱이 되새겨보려 한다. 빠르게도 걸어보고 느리게도 걸어본다. 눈을 감고도 걸어보고 입을 벌리고도 걸어본다. 가장 작은 보폭으로도 가장 큰 보폭으로도 걸어본다.

여자가 걷는다. 그러나 까마득히 오래된 수영이나 자전거 타기 같은 걷기, 허우적대며 가라앉을 것 같은 걷기, 휘청대며 넘어질 것 같은 걷기. 여자는 걷고 있으면서도 제 걸음이 더없이 낯설고 의심스럽다. 전에는 이렇게 걷지 않았다. 분명히 다르게 걸었다. 그런데 어째서인지 그 걸음을 기억해낼 수가 없다. 지금 걷고 있는 걸음은 자신이 열흘 전, 한 달 전, 일 년 전, 십 년 전에 걸었던 그 걸음이 분명 아니다. 그게 어색하고 불안해서, 여자는 자꾸 가라앉을 것만 같고 넘어질 것만 같다. 그런 느낌을 떨칠 수가 없다. 기억이 나지 않는다면, 감각이 돌아오지 않는다면, 걸어도 걷는 게 아닌 걷기.

그저 기분 탓일지 모른다. 겪어보지 못한 병과 그에 따른 치료를 겪으며, 몸의 감각이 일시적으로 이상을 일으키고 있는지 모른다. 얼마든지 가능한 얘기다. 암환자들이 치료과정에서 겪는 이상 증세는 일일이 열거할 수 없을 정도로 다양하다. 걷는 일에 문제가 생기지 말란 법은 없다.

여자가 걷는다. 가라앉을 듯, 넘어질 듯, 자신의 걸음이 아닌 걸음으로 걷는다.

격리실 때문일까. 여자는 생각한다.

대부분의 갑상선암 환자들은 수술 후 일반적인 항암 치료 대신 방사성동위원소 치료를 받는다. 고용량의 방사성 요오드가 함유된 알약을 복용하고, 피폭을 방지하기 위해 외부와 완전히 격리된 병실에 이박 삼일간 입원한다. 치료 후 일정 기간이 지나면 평생 호르몬제를 복용해야 하지만, 악명 높은 항암 치료과정에서 그야말로 초주검이 되는 다른 암환자들에 비하면 호사를 누리는 수준이라 할 수 있었다. 인터넷에는 격리실에 입원했던 갑상선암 환자들의 경험담이 올라와 있었다. 여자도 그들처럼 '그나마 다행'식의 긍정 최면을 위안 삼으며 입원 수속을 마쳤다.

여자가 이박 삼일간 머문 격리병실은 칠층이었다. 병실에 딸린 욕실과 환자용 침대와 소형 냉장고와 채널이 여럿인 티브이. 여자는 사물함에 소지품을 정리해 넣고, 창가의 의자에 앉았다. 창문 밖으로 육차선 도로와 대형 상가와 주유소 등이 내다보였다. 벽면에 부착된 비상 호출기와 병원의 로고가 프린트된 베갯잇이 아니었다면, 어느 여행지의 작은 호텔방에 와 있다 해도 좋을 법했다.

여자는 입원 전 교육받은 지시 사항을 그대로 따랐다. 지시 사항이 적힌 인쇄물을 다시 한번 읽었다. 지시 사항대로 좁은 병실 안에서 요령껏 몸을 움직여 운동도 했다. 천장의 스피커에서는 시간에 맞춰 지시 사항을 일러주는 간호사의 목소리가 흘러나왔다.

여자가 걷는다, 걷는다, 걷다가 여자는, 산책로를 벗어나보기로 한다. 무릎 높이 목책을 넘어 얼마간 길이 아닌 곳으로 걸어들어간다. 이내 땅은 울퉁불퉁해지고 나무뿌리와 돌덩이가 발끝에 걸린다. 무수히 많은 나뭇가지와 잎사귀와 돌의 표면은 모두 제각각으로 기울어져 있다. 여자의 걸음도 기울어진다. 어둡고 무거운 푸름이 가을로 향하는 숲, 쇠어버린 숲 그늘 속으로 여자가 걷는다, 걸어들어간다.

격리실에서의 첫날밤, 여자는 잠든 지 두어 시간 만에 깨어났다. 낯선 공간에서 보내는 낯선 밤, 겨우 자정을 넘긴 시간이었다. 머릿속은 멍했지만 잠기운은 말끔히 사라져버리고 말았다. 여자는 하릴없이 티브이를 켰다. 국제 유가 전망, 맛집 탐방, 걸 그룹의 뮤직비디오, 골프 중계, 초특가 구매 찬스 전신 안마 의자, 뮤지컬 배우의 인터뷰, 세계의 오지 탐사, 바둑 대국의 복기, 그리고 2차함수 풀이. 여자는 나비넥타이를 매고 헤드세트를 착용한 교육 채널의 수학 강사가 칠판에 2차함수 그래프를 그리는 것을 지켜보았다. 여자는 중학교 수학 교사였다. 수술과 치료를 위해 한 학기 병가를 냈다. 여자가 담임을 맡았던 반에는 2학기 시작과 함께 새 담임교사가 배정되었다. 지금쯤 수학 교과서의 진도는 피타고라스의 정리. 직각삼각형의 빗변의 길이의 제곱은 나머지 변을 각각 제곱한 것의 합과 같다. 예전에도 그랬고, 지금도 그렇고, 앞으로도 그럴 것이다. 여자는 그 점이 좋았다. 여자는 티브이를 껐다. 불도 껐다. 한동안 어둠 속에 있다 다시 불을 켰다. 화장실에서 소변을 본 후 세면대 거울에 목의 아래쪽 수술 자국을 비춰보았다. 약 오 센티미터의 가로 주름, 도드라지게 이어진 피부 절개선이 제 방의 거울로 볼 때와는 어딘가 달라 보였다. 다시 티브이를 켰지만 2차함수 문제를 풀이하던 채널은 찾을 수 없었다. 대신, 골을 넣은 흑인 축구선수가 텀블링 세리머니를 선보였다. 뇌물 수수 혐의를 받고 있는 공직자를 향해 플래시 세례가 쏟아졌다. 유선형의 선체를 반짝이며 흰 요트가 푸른 물살을 갈랐다. 금발의 여자가 선글라스를 낀 남자를 향해 총알을 난사했다. 냄비 속에서 감자와 양파와 당근과 닭고기가 끓었다. 여자는 티브이를 껐다. 침대 옆 선반 위에는 여자의 것인 휴대폰과 노트북 컴퓨터가 놓여 있었다. 여자는 휴대폰을 집어들었다. 병실에 들어온 직후 남동생 부부와 차례로 통화를 했다. 몇 시간 뒤에는 동료 여교사로부터 쾌유를 바란다는 문자 메시지가 도착했다. 여자는 전화번호부에 입력된 이백이 명의 이름을 차례로 되새겨보았다. 잠은 오지 않았다. 얼굴이 기억나지 않는 이름은 그중 일곱 명이었다. 여자는 얼굴이 기억나는 세 명의 이름을 삭제했다. 노트북 컴퓨터를 켰다. 포털 사이트를 둘러보는 일은 채널이 많은 티브이를 향해 리모컨을 누르는 일과 크게 다르지 않았다. 여자는 이메일함을 열었다. 몇 달 치 신용카드 온라인 청구서의 사용 내역서를 살폈다. 석 달 전 '가인, 이만팔천원, 일시불'이란 항목이 어떤 내용의 결제였는지 끝내 생각나지 않았다. 여자는 컴퓨터를 껐다. 한동안 어둠 속에 있다 침대에서 내려와 창가로 갔다. 블라인드를 걷고 도로 건너편 주유소를 내려다보았다. 꽤 긴 간격을 두고 넉 대의 차량이 주유하는 모습을 지켜본 뒤 다시 침대로 돌아왔다. 여자는 어둠 속에서 결코 열려서는 안 되는 격리병실의 문을 바라보았다. '그나마 다행'과는 무관한 일이었다. 모든 것이 자신과 무관했다. 여자는 격리되어 있었다. 모든 것이 자신과 무관했다. 지금껏 살아온 사십삼 년 동안 한 번도 경험한 적이 없는 시간이 자신을 통과하고 있음을 여자는 알게 되었다.

여자는 숲에 있다. 계절이 변해가는 숲은 헐겁고 뒤숭숭하다. 무력한 듯 소란스럽고, 의욕을 보이지만 체념에 차 있다. 오후의 햇살이 숲의 그늘과 무언가를 긴밀히 주고받는다. 긴 협상이나 공모 같은 수런거림. 손깍지를 풀듯 나뭇잎들이 조밀했던 틈을 벌린다. 흙과 씨앗은 이미 겨울에 골몰하고 있다. 무언가를 가장 먼저 아는 것은 언제나 새와 벌레. 여자는 숲에 있다. 밑창이 얇은 신을 신은 채 천천히 발걸음을 떼고 있지만, 이제 걷는다고 할 수 없다. 여자는 숲에 있다. 짐짓 숲에 속해 있다. 숲에서 여자는, 격리실에서 보낸 이박 삼일을 생각한다. 예전에도 그랬고 지금도 그렇고 앞으로도 그럴 수식數式들을 생각한다.

격리실에서의 둘째 날. 눕는다는 것이 그때까지 누운 것과는 다르게 느껴졌다. 티브이를 본다는 것이 그때까지 본 것과는 다르게 느껴졌다. 세수를 하는 것도, 하품을 하는 것도, 양말을 신고 벗는 것도, 눈을 깜빡이는 것도, 물병의 뚜껑을 돌리는 것도 그때까지 그랬던 것과는 다르게 느껴졌다. 무엇보다 먹는다는 것이 가장 그랬다. 병실 문 밖 이중문 사이 공간으로 시간에 맞춰 식사가 배달되었다. 여자는 지시 사항에 따라 준비된 비닐장갑과 마스크를 착용하고 음식이 담긴 식판을 병실 안으로 들여왔다. 안간힘을 쓰다시피 했지만, 여자는 식사를 거의 하지 못했다. 맛이라곤 감지할 수 없는 저요오드 처방의 환자식이었기 때문만은 아니었다. 먹는다는 것이 그때까지 먹는다는 것과 다르게 느껴졌다. 맛보고 씹고 삼키는 일이 더없이 낯설고 의심스러웠다. 허우적대며 가라앉을 것 같은 먹기, 휘청대며 넘어질 것 같은 먹기. 자신이 그동안 어떻게 먹는 일을 해왔는지 기억나지 않았다. 그게 어색하고 불안해서, 여자는 식사를 거의 할 수 없었다.

여자는 숲속의 빈터에서 발걸음을 멈춘다. 숲속의 빈터, 울창한 나무들의 가지와 잎이 차양을 드리운 것처럼 머리 위를 덮고 있다. 시간은 어느덧 저물녘에 가깝다. 빛과 그늘이 물감처럼 번져간다. 여자는 머리 위의 잎들이 모두 떨어져내릴 다음 계절을 생각한다. 맞은편 나무 아래 돌무더기가 있다. 주먹만한 모난 돌들이 누군가가 함부로 부려놓기라도 한 것처럼 쌓여 있다. 오래되어 무너져내린 돌담의 일부 같기도 하고, 소원을 비는 서낭당이 되다 만 것 같기도 하다. 이 숲의 모든 나무와 새가 그렇듯, 저 돌무더기의 돌들이 언제 어디에서 어떻게 생겨났는지 누구도 알지 못한다. 언제까지나 알지 못한다. 수식과는 다른 일들, 여자는 숲속의 빈터에 있다. 어쩌면 숲이 결정한 일이다.

격리실에서 보낸 마지막 새벽, 여자는 비상 호출기를 눌렀다. 격리실에서 비상 호출기를 누른 경험이 없었기에, 그것만은 그전과 다르다 할 수 없었다. 낮게 가라앉은 목소리가 스피커에서 들려왔다. 스피커의 목소리는 여자에게 무슨 일이냐고 물었다. 재차 무슨 일이냐고 물었지만, 여자는 답할 수가 없었다. 무슨 일이냐고, 왜 전과 같지 않냐고, 무슨 일이냐고, 자신이 묻고 싶은 말이었기 때문이다. 여자는 격리되어 있었다.

돌무더기의 어느 틈새에서, 불쑥, 들이밀어진 뱀의 작은 머리. 까만 비늘과 까만 눈이 까맣게 빛난다. 여자는 이십일 년 전 여름과 가을, 자신이 임신했던 사 개월간의 시간을 기억한다. 태어나 처음으로 수술을 받은 것은 그때였다. 여자는 뱀을 본다. 뱀은 여자를 보지 않는다. 어둡고 무거운 푸른 잎 사이, 늦은 오후의 햇빛이 돌무더기를 비춘다. 돌무더기 틈새에서 뿔처럼 불쑥 머리를 쳐들고, 뱀이 빛을 쬔다. 식은 피를 데운다. 뱀은 이제 이 숲속에 더이상 더위가 남아 있지 않음을 알고 있다. 가장 차갑게 알고 있다. 전과 같을 수 없다. 여자는 자신이 예전의 발걸음을 결코 기억해낼 수 없다는 것을 알게 된다. 이십일 년 전 여름과 가을, 그뒤로 무엇도 같지 않았던 것과 마찬가지로. 수영처럼, 자전거 타기처럼, 가라앉을 듯, 넘어질 듯, 여자는 걷는 법을 다시 익혀야 한다. 걸음의 모든 것을 새로 알아내야 한다. 새로운 수식을 발견해야 한다. 뱀이 저물녘의 햇빛 한 자락을 휘감는다. 여자도 뱀도 숲에 속해 있다. 뱀의 작고 까만 눈 속에서 쇠어버린 숲이 다음 계절로 향한다.

1105호

3:34 PM

지혁은 R 레지던스 호텔의 로비로 들어섰다. 프런트 데스크를 지나 엘리베이터 쪽으로 향했다. 최대한 자연스럽게 움직이려 애썼다. 밝고 환한 조명, 깔끔하고 세련된 장식, 색색의 작은 타일을 가득 붙여 만든 대형 소조품은 꽤나 그럴듯해 보였지만, 무엇을 형상화한 것인지는 짐작이 가지 않았다. 지혁은 눈치껏 주위를 살폈다. 단정한 유니폼 차림의 호텔 직원, 쿠션 의자에 앉아 각자 휴대폰과 신문을 들여다보고 있는 젊은 남자와 젊지 않은 남자. 트렌치코트를 입고 하이힐을 신은 여자가 잰걸음으로 로비를 가로질러 출입문 쪽으로 향했다. 양손에 여러 개의 쇼핑백을 나눠 든 탓인지 회전문 앞에서 잠시 주춤거리는 여자. 아무도 지혁을 눈여겨보지 않았다.

지혁은 엘리베이터 문을 거울 삼아 복장 검사를 받는 중학생처럼 제 모습을 살펴보았다. 짧은 머리칼을 가리기 위해 쓴 스냅백과 멋스러운 빈티지라 하기엔 그저 낡아빠진 스니커즈. 샹들리에가 달린 천장 구석에 CCTV가 설치되어 있었다. 사람들 대신 지혁을 눈여겨보고 있는 것은 CCTV의 작은 렌즈였다. 당연한 일이었다.

(문제없어. 내가 세시에 바로 체크인할 거야. 어디 가냐고 하면 1105호 투숙객이라고 해.)

지혁은 몇 시간 전 예슬에게 받은 문자를 다시 읽으며 엘리베이터에 올랐다. 엘리베이터 안에 설치된 CCTV를 향해 살짝 묵례를 하고 제가 1105호 투숙객이라 말하는 것은 분명 이상한 일이리라. 거수경례를 하고 관등성명을 대고 행선지를 보고하는 것은 더욱 이상한 일이리라. 어제 오전 삼박 사일의 휴가를 받고 부대를 나올 때 바로 그러했음에도.

수십 개의 방이 반듯하게 늘어선 십일층 복도. 문, 수십 개의 문, 당장이라도 벌컥 열릴 것 같은 문, 언제까지라도 굳게 닫혀 있을 것 같은 문, 문이 열린다는 기대, 문이 닫힌다는 불안, 아니 어쩌면, 문이 열린다는 동요, 문이 닫힌다는 안도. 지혁은 1105호 문 앞에 섰다. 역시 어딘가의 CCTV가 저를 지켜보고 있다는 것을 잘 알고 있었다.

"뭐야, 왜 벌써 왔어? 네시 넘어 오라니까."

문을 열어준 예슬이 대뜸 인상을 썼다. 지혁은 애매하게 시선을 피하며 1105호 안으로 들어섰다. 이미 세시쯤 이 부근에 도착했다는 사실은 역시 말하지 않는 편이 좋을 것 같았다.

"너 할 거 해. 난 그냥 있을게……"

잘못을 얼버무리는 듯한 지혁의 말에 예슬은 입술을 삐죽거리며 이내 제 노트북 컴퓨터를 펼쳐놓은 식탁 앞으로 돌아갔다.

"지금 채팅방이 세 개야. 학기초라 정신없어. 특히 조별 과제 개짜
증, 알지? 티브이 보고 있어. 좀 자든지."

예슬이 빠르게 노트북 자판을 두드리며 말했다. 몇 년째 이 방에 살
고 있는 사람처럼 자연스러워 보였다. 지혁은 방 안쪽으로 들어섰다.
레지던스 호텔 객실에 들어와본 것은 처음이었다. 긴 직사각형의 원
룸 형태였다. 출입문 가까이에 위치한 욕실, 싱크대와 냉장고와 아일
랜드 식탁이 있는 주방, 이 인용 소파와 테이블을 마주한 티브이 세
트, 그리고 제일 안쪽 창가에 침대가 있었다. 당연히 모텔방과는 달랐
다. 학교 앞 친구들의 원룸 자취방과는 더욱 달랐다. 가본 적 없는 고
급 호텔의 객실과는 어떻게 다른지 제대로 알지 못했다.

지혁은 침대 옆 창가로 다가갔다. 베이지색 암막 커튼이 반쯤 걷혀
있었고, 얇은 레이스 감의 속 커튼 너머로 바깥 풍경이 비쳐 보였다.
지혁은 속 커튼을 한 뼘쯤 열었다. 십일층 아래로 서초구의 어느 거리
가 내다보였다. 3월 중순, 중국으로부터 날아온 미세먼지에 잠식당한
거리는 흐리고 탁했다. 가로수 어디에도 봄의 새순 같은 것은 보이지
않았다.

지혁은 바로 조금 전까지 자신이 서성였던 거리를 CCTV처럼 무
심히 또 유심히 내려다보았다. 전철역을 빠져나와 예슬이 정한 시간
인 네시를 넘겨보려 느리게 어슬렁거린 거리. 편의점, 카페, 약국, 베
이커리, 일식집, 주차장, 통신사 대리점, 화장품 로드숍, 십일층 아래
로 작고 납작해져버린 상점들. 지혁의 눈동자는 원격 장치로 작동하
는 CCTV의 렌즈처럼 움직였다. 주변 빌딩의 외관을 장식한 성형외과

와 저축은행과 웨딩홀과 법무사 사무소와 패스트푸드점과 자동차 매장의 간판들, 그리고 미세먼지 속에서 벌레처럼 어지럽게 움직이는 사람과 자동차…… 그 어떤 계절도 아닌 듯한, 그 어떤 장소도 아닌 듯한, 뿌옇고 낯설고 전형적인 서울의 거리, 지혁은 한 뼘쯤 벌어졌던 커튼을 다시 여몄다. 저 십일층 아래 거리와는 다른 공기, 다른 온도, 다른 밝기, 다른 소리로 채워진 1105호. 지혁은 자신이 바깥 풍경으로부터 안전하고 쾌적하게 차단되었다는 사실이 마음에 들었다. 스테인리스 식판에 엉긴 잔반을 긁는 숟가락 소리, 생활관 관물대의 흠집, 혹한기 훈련중 얼어서 끊어진 군화 끈, 끝내 승리하리라는 군가의 후렴구 따위가 자신을 어쩌지 못하는 R레지던스 호텔의 1105호. 지혁은 예슬을 돌아보았다. 예슬은 노트북 화면에 시선을 고정한 채 빠르게 자판을 두드리고 있었다. 그 경쾌하고 단호한 마찰음이 지혁의 마음을 평화롭게 했다.

4:21 PM

예슬은 SNS 채팅 창 두 개를 차례로 닫았다. 과 내 스터디 방과 고교 시절 친구들과의 대화방이었다. 마지막 남은 하나는 조별 과제 방이었다. 좀처럼 발표 주제가 정해지지 않았다. '미디어 콘텐츠의 이해'는 이번 학기 예슬이 타대학 학점 교류를 통해 수강하게 된 신문방송학과 2학년 전공 강의였다. 예상한 일이었지만, 타대학 타 학과 2학년생들은 자신들 조에 타대학 경영학 전공의 4학년생이 속한 것을 달

가위하지 않았다. 과제 준비에 대한 의견이 오가는 동안 예슬은 적극적으로 대화에 끼어들지 못한 채 돌아가는 분위기를 살피고만 있었다. 발표 주제는 현재 방송중인 티브이 프로그램 중 하나를 심층 분석해 프레젠테이션을 진행하는 것으로, 오디션 프로그램과 가상 부부 체험 프로그램과 서바이벌 전략 게임 프로그램이 최종 후보였다. 요즘 가장 인기가 있다는 '먹방'이나 '쿡방' 프로그램은 일찌감치 다른 조에서 선점한 상태였다. 예슬을 제외한 조원 넷이 오디션 프로그램과 가상 부부 체험 프로그램을 두고 이 대 이로 의견이 갈렸다.

예슬은 잠시 노트북에서 눈을 떼고 지혁을 바라보았다. 예슬이 채팅을 하는 동안 소파에 앉아 볼륨을 작게 하고 티브이를 보던 지혁은 몇 분 간격으로 점퍼와 모자와 양말을 벗었다. 화장실에 다녀오고는 이내 침대 위로 자리를 옮겼다.

"볼륨 키워도 돼. 거의 다 끝나가."

침대에 비스듬히 누운 지혁에게 예슬이 말했다.

"괜찮아."

지혁의 목소리에 졸음이 묻어났다. 지혁은 볼륨을 키우는 대신 리모컨을 눌러 이리저리 채널을 바꾸었다. 견과류 세트를 판매하는 홈쇼핑, 프로야구 외국인 용병 선수들의 올 시즌 활약상을 점치는 스포츠 프로그램, 아이돌 그룹의 멤버들이 춤을 추는 음식 배달 앱 광고, 현재 서울의 미세먼지 농도를 알려주는 뉴스, 잠복중이던 경찰이 조심스레 권총을 꺼내드는 미드의 한 장면, 그리고 십대 중반의 소녀가 제 이름이 크게 인쇄된 종이를 가슴 아래쪽에 붙이고 청아한 목소리로 부르는 유명 뮤지컬 오리지널 넘버의 절정부.

"아, 잠깐만."

리모컨을 손에 쥔 지혁이 예슬을 바라보았다.

"볼륨 좀 키워줘, 빨리."

공중파 채널의 오디션 프로그램. 열창하는 소녀의 앳된 얼굴과 함께, 무대 맞은편 상석에 앉은 심사위원들의 바스트 숏이 차례로 화면에 등장했다. 노래가 끝난 뒤 이어지는 뮤지컬처럼 드라마틱한 환호와 여운, 시청자들이 느껴야 하는 감정까지도 친절하게 일러주는 "맑은 음색의 진한 감동" "풍부한 표현력과 순수한 매력" 같은 화면의 자막. 심사위원 셋이 차례로 심사평을 들려주고 예선 통과 여부를 결정할 차례였다. 대중음악계에 남다른 영향력을 가진, 그 자신이 가수이거나 작곡가이거나 프로듀서인 중년의 세 남자가 차례로 입을 열었다. 노래를 부른 소녀는 상기된 표정으로 상석의 심사위원들을 올려다보며 그들의 말 한마디 한마디에 온 신경을 집중했다. 어떤 처분을 기다리는 어린 짐승 같은 무구한 눈빛. 심사위원들은 흐뭇한 미소를 지으며 원석을 발견한 것 같아 기쁘다느니, 뮤지컬의 내용을 언급하며 저 나이에 곡에 담긴 깊은 감정선을 이해하고 있는 것 같아 놀랍다느니, 칭찬을 이어갔다. 두 손을 가슴에 모으고 감격에 겨워하는 소녀의 얼굴과 소녀의 뒤편에서 제 차례를 기다리는 다른 참가자들의 복잡한 표정이 화면에 교차되었다. 그러나, 라고 입을 뗀 마지막 심사위원의 얼굴이 클로즈업되자 긴박한 효과음이 더해졌다. 타고난 본능적 요소가 워낙 강해 보여 전문적인 트레이닝이 오히려 독이 되는 케이스가 아닐까 우려된다는 말에 소녀의 눈빛이 흔들렸다. 이런 자막이 필요할 법했다. 아뇨, 아뇨, 그런 걱정 마세요, 저 잘할 수 있어요, 정말 열심히 할 거예요, 가르쳐주시면 그대로 배울게요, 기회를 주세요, 제발…… 오, 천상의 신들이시여! 가엾은 저를 거두어주소서……

"그러나 역시, 저도 합격을 드릴 수밖에 없네요. 다음 무대 기대하겠습니다!"

요란한 박수 소리와 눈물이 글썽한 소녀의 눈가, 예슬은 빠르게 자판을 두드려 대화 창을 메웠다.

(오디션 프로그램의 멘토, 멘티 관계를 요즘 젊은 세대와 기성세대의 관계로 비유해 접근하는 것도 좋을 것 같네요. 심리학에서 얘기하는 인정 투쟁 개념도 겹치고, 뭐 감성팔이니, 아프니까 청춘이다 논쟁도 당연히 나와야겠죠.)

채 몇 분이 지나지 않아 채팅은 마무리되었다. 주제는 오디션 프로그램으로 정해졌고, 예슬을 향한 다른 조원들의 대화 뉘앙스는 꽤나 호의적으로 변했다. 유료 이모티콘을 대화 창에 띄워 조의 결속을 다지는 너스레가 오가기도 했다. 예슬은 적당히 응대하며 잠시 은근한 승리감에 젖었다. 티브이에서는 오디션 프로그램의 다음 회 예고편이 나오고 있었다. 역대급 실력자들의 도전! 과연 예상치 못한 반전의 주인공은? 지금의 방송은 얼마 전 시즌이 끝난 오디션 프로그램의 재방송이었다. 다시 볼륨을 줄이지 않았음에도 지혁은 그새 잠이 든 모양이었다.

컴퓨터의 전원을 끄고 자리에서 일어서려는 순간, 음 소거로 설정된 휴대폰 대기 화면에 SNS 메시지 알림이 표시됐다. 예슬은 대화 창을 열지 않은 채 미리 보기로 메시지를 확인했다. 방금 전 대화가 끝난 과 내 스터디 채팅방에서 공모전 준비에 대해 이런저런 훈수를 둔

대학원생 선배 강민이었다. 기업체가 아닌 기획재정부에서 주최하는 이번 공모전은 정부 정책인 임금 피크제의 홍보 아이디어를 PPT로 제작하는 방식이었다. 스터디의 3, 4학년들이 두 팀으로 나눠 응모하기로 결정한 참이었다. 강민이 보낸 두 개의 메시지는 스터디 단체 채팅방이 아닌, 일대일 채팅방에 수신되어 있었다.

(공모전 왜 몸 사리시나, 하기 싫어? 작년엔 공모전 노래를 부르더니~)

(너 수요일마다 OO대 가서 신방과 수업 듣는다며? 다 늙어서 뭘 뺄짓이냐!)

다른 대학을 다니다 군 제대 후 학부로 편입했다는 강민은 특히 스터디 내에서 두각을 나타냈다. 국내 최대 규모의 마케팅 콘텐츠 공모전에서 우수상을 수상해 존재감을 드러냈다. 강민은 취업 대신 대학원을 선택했고, 소논문으로도 학회 공모에서 입상해 장학금을 받았다. 석사 3학기인 현재는 학과장 교수의 연구 조교를 맡고 있었다.

지난겨울, 강민은 예슬의 데이트 메이트였다. 강민은 예슬에게 군에 간 남자친구가 있음을 알고 있다며, 제게도 유학중인 여자친구가 있다고 운을 떼고는 데이트 메이트를 제안했다. 예슬은 여자친구에 대한 강민의 말이 거짓임을 금세 눈치챘다. 강민은 세상사에 통달했다는 듯 후배들에게 늘 단정적으로 시니컬하게 말했다. 그러나 실은 으스대길 좋아하는 초조한 속물이었고, 경쟁적이고 공격적이며 어딘가 뒤틀린, 알고 보면 학과장 교수보다 몇 배나 권위적인 스물일곱 살의 남자였다. 그럼에도 예슬은 강민과 주말마다 데이트를 했다. 파스타를 먹었고, 버블티를 마셨고, 영등포의 쇼핑몰과 왕십리의 서울숲을 거닐었다. 연예인들의 단골집이라는 강북의 양꼬치집과 강남의 와인 바도 검색해 찾아갔다. 비록 렌터카였지만 강민은 아우디 스포트백을 몰고 나와 예슬을 파주출판단지의 북 카페를 거쳐 헤이리의 디자인 갤러리로 데려갔다. 강민은 저와 예슬이 재학중인 경영학과라는 소우주가 어떻게 운행되고 있는지, 제가 그 우주를 창조한 조물주라도 되는 양 속속들이 들려주었다. 여덟 명 교수 사이의 알력관계와 학부생들은 잘 알지 못하는 그들의 사적인 특성, 대학원에서 주최한 행사 뒤풀이 자리에서 있었던 믿기 힘든 일화와 예슬에겐 더없이 생소한 총장 라인이니 이사장 라인이니 하는 단어들까지. 물론 강민 저 자신이 교수들을 비롯해 대학원 내에서 얼마나 신뢰를 받는 존재인지, 제가 학과 일에 얼마나 영향력을 행사할 수 있는 존재인지 강조하는 자화자찬도 빠지지 않았다. 흥미로운 만큼 염증을 불러일으키는 얘기들이었다. 예슬은 지혁을 떠올리며 죄책감을 느꼈다. 그러나 어쨌든 강민이 제공하는 자극적인 자장 안에서 자신이 미숙한 영 어덜트가 아닌 진짜 어른 여자가 된 듯한 기분에 사로잡히는 재미를 포기하기란 쉽지 않았다.

함께 심야 영화를 보고 술을 마신 2월의 어느 새벽, 고가의 향수 선물을 예슬이 극구 받지 않으려 하자, 강민은 갑자기 술집 벽을 향해 맥주잔을 집어던졌다. 강민의 발길질에 쓰러진 의자를 보며 예슬은 이런 짓거리가 그와 아주 잘 어울리는 일이라는 것을 분명히 깨달았다. 출입구 계단에서 강제로 키스하려는 걸 간신히 뿌리치고 도망친 예슬은 대로변으로 나와 한참을 숨가쁘게 뛰었다. 앱으로 부른 택시가 금세 도착했지만 그새 수신된 욕설과 저주가 가득한 강민의 메시지는 예슬을 공포에 질리도록 만들기에 충분한 것이었다. 데이트 메이트는 당연히 그걸로 끝이었다. 그러나 같은 사람이 보낸 것이라고는 믿기 어려운 애원과 읍소의 메시지가 뒤를 이었고, 예슬이 반응을 보이지 않자 강민은 학과 내에서의 자신의 위치와 교수들과의 친분을 들먹이며 교활하고 지질한 협박을 더했다. 결국 예슬 역시 강민을 협박하는 방법을 택했다. 강민이 보낸 메시지를 모두 캡처해 학과 커뮤니티 게시판과 스터디 채팅방에 올리겠다는 메시지를 냉랭한 뉘앙스로 전하자 강민은 하릴없이 잠잠해졌다. 3월 개강 후 예슬은 스터디 탈퇴를 고민하고 있었다. 학교에서 우연히 본 강민은 스터디에 새로 가입한 3학년 여자 후배와 함께였다.

이내 강민의 세번째 메시지가 도착했다.

(만나서 얘기 좀 해. 나한테 중요한 일이 아니라 너한테 중요한 일이야.)

대화 창을 열고 예슬은 빠르게 자판을 두드렸다.

(남자친구가 휴가 나와서요. 이게 진짜 중요한 일이죠.)

예슬은 '미친 새끼'라는 단어를 입력하고 싶은 충동을 간신히 참았다.

5:09 PM

"그만 자. 어제 집에 와서 내내 잤다며."

지혁은 무거운 눈꺼풀 사이로 예슬의 얼굴을 보았다. 속눈썹, 콧구멍, 인중, 그리고 딱 그렇게 그리웠던 곡선을 그리며 움직이는 입술.

"졸려…… 그래도 계속 졸려."

다시 눈을 감은 지혁의 어깨에 예슬이 제 옆얼굴을 얹었다. 지혁의 뺨에 예슬의 머리칼이 닿았다. 지혁은 예슬이 지니고 있던 부드러운 공기를 가만히 들이마셨다.

"따뜻하다."

"응."

예슬은 팔을 뻗어 지혁의 짧은 머리칼을 손바닥 가득 감쌌다. 그리고 천천히 둥글게 쓰다듬었다. 햇빛, 풀밭, 탄산의 기포, 그런 것들이 차례로 떠오르는 감촉.

몇 번의 움직임, 몇 번의 호흡으로 침대 위 스물셋 동갑내기 연인 지혁과 예슬은 마침맞은 포옹을 완성했다. 여전히 몽롱한 잠기운에 싸여 지혁이 물었다.

"이제 해도 돼?"

"응."

지혁은 단번에 발기했고, 온도와 색깔이 변한 예슬의 입술을 부지런히 핥았다.

"아까 여기 오자마자 하고 싶었니?"

예슬이 손톱 끝으로 지혁의 코끝을 간질이며 물었다.

"당연하지."

"근데 왜 참았어?"

"네가 바쁘다니까. 난 뭐든 네가 싫다면 하고 싶지 않아."

지혁은 예슬의 희고 작은 가슴에 도착했다.

"그래서 내가 널 좋아하는 거야."

예슬이 희고 작은 가슴을 들썩이며 웃었다.

다른 공기, 다른 온도, 다른 밝기, 다른 소리가 생겨나는 시간과 장
소, 내내 원했던 것이 바로 이런 공기, 이런 온도, 이런 밝기, 이런 소
리였다는 것을 깨닫게 해주는 몸의 말. 지혁은 암막 커튼 너머 미세먼
지를 실어나르는 십일층 공중의 차가운 바람이 저를 어쩌지 못한다는
것이 기뻤다. 문이 열린다는 동요, 문이 닫힌다는 안도……

"잠깐만, 깜빡했어!"

침대를 벗어난 예슬이 폴짝거리며 주방 쪽으로 뛰어갔다. 식탁 옆
에 놓여 있는 가방. 예슬은 바퀴가 달린 기내 반입 사이즈의 자주색
캐리어를 열었다. 몇 초 만에 다시 침대로 돌아온 예슬의 손아귀에는
콘돔이 쥐어져 있었다.

다시 완성해야 하는 포옹, 깨어질 뻔했던 몽롱함의 입구를 조심스
레 감싸안고…… 물론 흥겹고 설레는 춤을 춘다고도 할 수 있었다.
그러나 문득, 어두운 눈동자, 손아귀의 힘, 잔인해지는 마음, 땀과 침
과 털, 이토록 믿을 수 없이 가까워진다는 것. 그리하여 아주 오래전,
먼 곳에서의 무서운 기억.

"가지 마."

"응."

"가지, 말라고."

"그래."

"가지 마."

"아, 알았다니까."

6:58 PM

암막 커튼 너머 십일층 밖으로 저녁의 어둠이 얼룩처럼 번지고 있었다. R레지던스 호텔 1105호는 아무도 모르게 몇 바퀴쯤 제자리에서 회전을 마친 것 같은 여운에 잠겨 있었다. 예슬은 어쩐지 그 느낌을 외면하고 싶었다.

지혁이 샤워를 하는 동안 예슬은 방안을 정리하고 외출 준비를 했다. 예슬은 예의 캐리어에서 면 티셔츠와 트레이닝팬츠를 꺼내 욕실 밖으로 나온 지혁에게 건넸다.

"어디 가?"

옷을 받아든 지혁이 물었다.

"나가서 저녁 사올 거야."

예슬은 침대에서와는 다른 식으로 눈을 빛냈다.

"이 근처에 Q백화점 있는 거 알지? 저녁때 거기 지하 식품 매장 가면, 완전 맛있는 거, 완전 싸게 팔아. 폐점 타임 세일! 넌 배 안 고파? 난 완전 고파."

"나도 고파."

"잠깐 기다리고 있어. 맛있는 거 사올게. 참, 돈 지금 줘."

지혁은 제 지갑에서 오만원권 한 장을 꺼내 예슬에게 건넸다. 오후 네시 넘어 R레지던스 호텔 1105호로 올 것과 함께 예슬이 정한 일박 이일의 '회비'였다. 지혁은 예슬이 건네준 티셔츠와 바지를 입었다. 무늬가 없는, 남자 옷 같기도 하고 여자 옷 같기도 한, 역시 예슬이 정한 일박 이일 지혁의 유니폼이었다.

"맞다, 보여줄 거 있어!"

예슬은 다시 제 캐리어에서 태블릿 PC를 꺼내 지혁의 얼굴 앞으로 내밀었다.

"아이패드 샀어?"

"선물받았지, 아빠한테. 완전 신상! 나 나갔다 올 동안 넌 이거 가지고 놀고 있어."

캐리어를 끌고 문 쪽으로 향하는 예슬에게 지혁이 말했다.

"근데 여기, 방안에 CCTV 같은 건 없겠지?"

"뭔 소리야? 말도 안 돼."

예슬은 인상을 쓰며 지혁을 돌아보았다. 물론 지혁은 나도 그 가방 안에 넣어서 데리고 가면 안 돼? 라는 제가 진짜 하고 싶은 말이 터무니없는 소리라는 것을 잘 알고 있었다.

"밖에, 복도나 그런 데는 있겠지."

쏘아붙이듯 말하고도 찜찜한 표정의 예슬이 1105호의 문을 열었다.

"그건 나도 알아."

지혁의 우물거리는 말소리와 함께 문이 닫혔다. 문은 자동으로 잠겼다.

예슬은 캐리어를 끌고 십일층 복도를 지나 엘리베이터를 타고 호텔 로비로 내려왔다. 회전문을 빠져나와 Q백화점으로 향했다. 보도블록 위를 덜컹대며 구르는 자주색 캐리어. 이른봄의 거리는 차갑게 식어 빠르게 어두워지고 있었다. 눈에 잘 보이지 않는다는 미세먼지가 거듭 어둠 속으로 숨어들었다.

예슬은 문득 제 아빠에게 문자 메시지를 보내고 싶다는 생각을 했다. 머릿속으로 적당한 문장을 떠올리며 예슬은 폐점시간을 앞둔 백화점 식품 매장에 도착했다. 코팅된 종이 용기와 투명한 랩으로 깔끔하게 포장된 조리 음식들이 몇 시간 전의 반값 혹은 반의반 값으로 판매되고 있었다. 예슬처럼 할인된 음식을 사려는 사람들로 매장 여기저기가 붐볐다. 예슬은 먼저 지혁이 좋아할 만한 만두와 닭강정을 넉넉히 샀다. 초밥과 롤은 여러 종류로 골랐다. 그라탱과 수제 어묵은 전자레인지를 이용해 데워먹을 생각이었다. 과일샐러드와 에그타르트도 샀다. 마지막으로 샴페인과 음료수와 초콜릿을 산 다음, 예슬은 푸드코트 구석 테이블에 자리를 잡고 구입한 음식들을 전부 캐리어 안에 차곡차곡 집어넣었다. 그리고 그곳을 뜨기 전 아빠에게 문자를 보냈다.

(아빠 안녕~ 오늘 스터디 모임중인데, 아이패드 잘 쓰고 있어요. 친구들이 완전 부러워한다는ㅋㅋ)

예슬의 부모가 이혼한 것은 예슬이 초등학교 4학년 때의 일이었다. 집과 돈을 모두 예슬의 엄마에게 준 아빠는 일 년쯤 뒤 독일로 출국했다. 뒤늦은 유학이라 했다. 아빠의 소식은 몇 년이 지나도록 듣지 못했다. 예슬이 고등학교 입학을 앞둔 겨울 어느 날, 독일에서 크리스마스 카드와 함께 초콜릿 상자가 도착했다. 카드의 문구는 지극히 짧고 평범한 것이었다. 고급스럽게 포장된 초콜릿은 값비싼 수제품이 분명했지만, 어쩐지 그건 초등학생 여자아이에게나 어울릴 만한 선물이었다.

대학 1학년 여름방학, 예슬은 염색 시술을 받던 미용실에서 아빠의 근황을 알게 되었다. 금발에 가까운 밝은 갈색을 기대하며 염색약을 머리에 도포하고 대기하던 예슬은 무심코 펼쳐 든 두꺼운 여성지에서 아빠의 이름과 사진을 발견했다. 그 기사는 아빠의 아내에 관한 것이었다. "독일에서 활동중인 세계적인 하피스트 윤OO, 그녀의 음악과 사랑 이야기"라는 제목. 뮌헨에서 진행되었다는 인터뷰에는 화려한 무대용 드레스를 입은 그녀가 커다란 하프 옆에서 포즈를 취한 사진 외에 석 장의 사진이 더 실려 있었다. 콘서트홀에서 연주중인 모습, 뮌헨의 거리를 걷는 모습, 그리고 지인들과 함께인 듯한 상황에서 아빠와 나란히 앉아 미소 짓고 있는 모습. 남편은 이 년 전쯤 한인 단체 모임에서 만났어요. 제가 그 자리에서 연주를 했었는데, 다음날 그가 집으로 꽃을 보냈더군요. 며칠 뒤 같이 저녁식사를 했고, 그날 밤늦도록 서로 많은 얘기를 나누었죠. 그런 특별한 느낌은 정말 처음이었어요. 그녀보다 아홉 살 연상인 예슬의 아빠는 번역가로 소개되어 있었다. 그녀가 여성지에 실릴 만한 인물인 것은 비단 유명 하프 연주자이기 때문만은 아니었다. 그녀는 대형 건설사를 소유한 재벌가의 막내딸이기도 했다. 앞으로는 독일보다 한국에서 주로 생활하게 될 것 같아요. 이제 부모님도 연로하셔서 저를 자주 찾으시고요. 남편의 첫번째 번역서가 내년쯤 한국에서 출간될 것 같은데, 그 시기에 맞춰 귀국할 예정이에요. 독일의 좋은 책과 음악을 한국에 많이 소개하는 게 앞으로 저희 부부의 소명인 것 같아요. 인터뷰 기사는 결혼 전부터 키운 고양이가 요즘은 자기보다 남편을 더 좋아하는 것 같다고 말하며 웃는 그녀가 더없이 행복해 보였다는 잡지사 기자의 코멘트로 마무리되었다. 시술이 끝난 후 담당 헤어 디자이너는 염색이 아주 잘 나왔다며 만족해했다. 예슬은 색깔이 변한 제 머리칼이 뜨거운 드라이어 바람에 정신없이 흩날리는 모습을 거울로 지켜보았다.

"그 여자도 재혼이야. 외국 남자랑 오래 살았다던데."

예슬이 집으로 사들고 간 여성지를 잠시 훑어보는 시늉을 하더니, 예슬의 엄마는 짐짓 심드렁하게 말했다. 드물게 전남편을 언급할 때면 번번이 그런 말투를 사용했다.

"그 당시 운동권 남자들 중에 현장에서 만난 고졸 여자랑 정말 결혼까지 한 케이스 거의 없어. 네 아빠 그래도……"

그런 얘기를 들은 건 예슬이 고등학교를 졸업한 직후였다. 예슬은 엄마의 고졸이 야학의 검정고시임을 알고 있었다. 저를 임신한 다음 결혼식을 올렸다는 것도 알고 있었다. 오래된 사진첩, 어딘지 알 수 없는 곳에서 전통 혼례복을 입고 맞절을 하는 낡은 사진 몇 장이 남아 있었다. 그러니까 그 결혼사진 속에는 예슬도 함께였던 셈이다.

정작 '활동가'가 된 것은 이혼 후의 엄마였다. 엄마는 작정이라도 한 듯 여러 일을 억척스레 해냈다. 엄마는 이런저런 NGO 단체를 들락거렸고, 노동법 관련 법무 상담소에서 일했다. 수많은 야간 강좌를 수험생처럼 성실히 수강했다. 마치 오래도록 준비했던 계획을 실천하듯 모든 일을 기껍게 해냈다. 예슬의 집에는 늘 '이모들'이 드나들었다. 셋이나 되는 엄마의 친자매는 물론, 서로를 요란하게 소리 높여 '언니'라고 부르는, 엄마처럼 시골 출신의, 공장과 야학과 노조 설립 투쟁의 전력을 가진 이모들이 예슬의 엄마를 리더처럼 따르며 모여들었다. 엄마는 몇 년 전부터 그 특별한 자매들과 협동조합 형태로 의류 제조업체와 건강식품 판매업체를 운영하고 있었다. 종종 이모들은 복잡한 과정을 거쳐 엄마에게 아빠의 소식을 제비처럼 물어다주곤 했다. 평소와 달리 작고 낮은 목소리로 수런거리는 대화의 몇 마디쯤이 예슬의 귀에 들려올 때도 있었다.

"그런 남자랑 십 년쯤 살아본 걸로 됐지, 뭐. 사실 난 처음부터 알고 있었던 것 같아. 언젠가 결국 그렇게 될 거라는 걸."

오래전, 그건 겨우 예닐곱 살이었던 예슬도 마찬가지였는지 모른다. 텅 빈 눈빛으로 창밖을 내다보는 젊은 아빠의 옆얼굴에서 무언가, 그것이 무엇인지 정확히 알 순 없었지만, 언젠가 결국 그렇게 될 것 같다는 느낌을 받곤 했던 것이다.

9:21 PM

"자?"

"……아니."

R레지던스 호텔 1105호, 지혁은 태블릿 PC를 그러쥐고 침대 위에 누워 있었고, 예슬은 노트북 컴퓨터를 펼쳐놓고 식탁 앞에 앉아 있었다. 방 가운데 소파 테이블 위엔 그들이 정신없이 먹어치운 음식의 잔해가 어지럽게 널려 있었다. 볼륨을 작게 줄인 채 보는 것도, 보지 않는 것도 아닌 티브이에서는 개그맨들이 코믹 분장 대결을 벌이고 있었다.

지혁은 태블릿 PC 속 웹툰과 동영상과 게임 앱 사이를 쉴새없이 오갔다. 휴가병에게 화면 속 이미지에 대한 갈증과 허기는 대단했다. 잠이나 음식 이상으로 원초적인 것이었다. 지혁과 마찬가지로 휴가를 나갔다 복귀한 부대원들이 들려주는 얘기란 자고 또 잤다는 잠, 먹고 또 먹었다는 음식, 그리고 보고 또 보았다는 티브이 예능 프로나 걸 그룹 뮤직비디오나 흥행 영화나 롤플레잉 게임에 관한 것들이 전부였다. 지혁은 태블릿 PC에 빠져 있는 틈틈이 티브이 채널을 살폈다. 요리 채널에서는 유명 맛집의 비결 레시피대로 만들었다는 낙지볶음을 연예인들이 요란한 리액션과 함께 시식하고 있었다. 영화 채널에서는 카 체이싱이 압권이라는 할리우드 액션 영화의 방영을 앞두고 끝날 기미가 보이지 않는 광고가 이어지고 있었다.

갑자기 티브이를 끈 건 예슬이었다. 예슬은 노트북을 들고 와 소파에 자리를 잡았다. 지저분한 테이블 위 좁은 공간에 주먹 크기의 동그란 블루투스 스피커를 올려놓았다.

"이 음악, 들어봐."

침대 위의 지혁은 노트북 터치 패드를 두드리는 예슬을 향해 돌아누웠다. 스피커에서 음악이 흘러나왔다. 이십 초쯤 지나 예슬이 물었다.

"어때?"

"뭐가? ……클래식이잖아."

"하프야, 하프 연주곡."

"하프?"

십 초쯤 지나 다시 예슬이 물었다.

"어떠냐니까?"

"좋아, 뭐. 잘 모르지만……"

예슬은 노트북 화면 속 하프를 연주하는 여자의 동영상을 말없이 바라보았다.

'명상의 시간'의 배경음악으로 어울릴 법한 하프 연주곡을 들으며,

지혁은 문득 제 엄마에게 문자를 보내볼까 생각했다. 아니, 엄마는 잠들어 있을지도 모른다. 잠들어 있다면 그것이야말로 엄마에게도 아빠에게도 지혁에게도 가장 좋은 일일 것이다. 예슬은 하프 연주 동영상에서 눈을 떼지 않았다. 지혁은 태블릿 PC의 동영상 앱을 실행시켰다. 얼마 전 화제를 모았던 종합 격투기 시합의 주요 장면을 모아놓은 채널에 접속했다. 재생 버튼을 누르자 지혁이 응원하는 흑인 선수가 험악하게 인상을 쓰며 상대 백인 선수에게 성큼성큼 다가섰다. 지혁아, 엄마 이제 많이 좋아졌어, 정말이야, 매주 받던 상담도 지난달부터는 한 달에 두 번만 받기로 했어, 의사가 그래도 된대. 어제 휴가를 나와 석 달 만에 집에 온 지혁에게 엄마는 그렇게 말한 뒤 서둘러 이른 저녁상을 차렸다. 그리고 갑자기 울기 시작했다. 아니야, 지혁아, 괜찮아, 먹어, 어서 먹어, 엄마가 널 오랜만에 봐서 그래, 우울증 때문이 아니라, 네가 곧 병장이라니, 너 처음 입대했을 때, 그땐 정말 힘들었는데, 네 아빠도 그때…… 침실로 들어간 엄마는 지혁이 식사를 마칠 때까지 울음을 멈추지 못했다. 지혁은 설거지를 할까 잠시 망설이다 그대로 제 방으로 들어갔다. 석 달 만에 부팅한 컴퓨터 앞에 한동안 앉아 있던 지혁은 예슬과 메시지를 주고받은 후 잠이 들었다. 열한시쯤 귀가한 아빠가 지혁을 깨웠다. 지혁은 비몽사몽 잠시 깨어 있다 다시 잠이 들었다. 아빠는 9급으로 시작한 공무원이었다. 지혁이 고3 수험생이던 해, 교육부 소속 6급이었던 아빠는 비리에 연루되어 파면되었다. 사교육 단체들로부터 상습적으로 뇌물과 접대를 받고 편의를 봐준 공무원들이 무더기로 내부 감찰에 적발된 것이었다. 제법 큰 사건으로 알려지며 언론 보도도 잇달았다. 자칫 징역형까지 선고될 수 있는 상황이었다. 지난한 과정 끝에 결국 파면과 벌금형이 선고되었다. 아빠는 변호사 비용으로 많은 돈을 썼고, 벌금을 내기 위해 더 많은 돈을 썼다. 자가였던 송파구의 서른세 평 아파트는 광진구의 열다섯 평 전세 빌라로 바뀌었고, 지혁은 사교육을 전혀 받지 못한 채 재수생활을 했다. 가장 큰 타격을 입은 사람은 지혁의 엄마였다. 엄마는 다시는 스크린 골프를 칠 수 없다는 것을, 주기적으로 백화점 식당가를 순회하는 모임에 참석할 수 없다는 것을, 만기를 채우지 못하고 보험과 적금을 해약했다는 것을, 기대에 미치지 못한 대학에 재수로 입학한 외아들을 어학연수 보내기는커녕 학자금 대출을 받아야 할 처지가 되었다는 것을 도무지 견딜 수 없어했다. 아빠의 퇴직금과 연금에 이런저런 투자 상품을 더해 계획했던 엄마의 꿈은 브랜드 커피 전문점의 매장을 갖는 것, 혹은 여섯 가구쯤 월세를 받을 수 있는 원룸 건물의 주인이 되는 것이었다. 동영상 속 흑인 선수가 백인 선수의 안면을 강타하는 엘보 킥을 성공시키더니, 곧바로 경쾌한 니 킥 세례를 퍼부었다. 순식간에 얼굴이 피칠갑된 백인 선수가 다급히 방어에 나서며 둘은 하나로 엉겨붙은 채 더티 복싱 난타전을 이어갔다. 지혁이 군에서 일병 진급을 앞두고 있었을 즈음, 파면된 후 이 년 반 만에 아빠가 새로 일자리를 얻었다는 소식이 전해졌다. 성남에 있는 한 공무원 학원의 강사가 되었다는 것이었다. 엄마의 우울증이 극심하던 때였다. 전직 비리 공무원인 아빠가 가르치는 공무원 학원의 행정법 특강. 몇 달 후 아빠는 노량진 학원가로 자리를 옮겼다. 처음으로 엄마와 함께 부대로 면회를 온 아빠는 경력이 짧은 오십대 강사로는 드물게 좋은 대우를 받게 되었다고 웃으면서 말했다. 짐짓 자랑스러워하는 표정은 아니라고 믿고 싶었다. 엄마는 여전히 항우울제를 복용하고 있었다. 점프 프런트 킥! 백인 선수가 회심의 반격을 날리자 흑인 선수가 속수무책 바닥으로 고꾸라졌다. 두 선수가 바닥을 뒹굴며 다시 하나로 엉겨붙었다. 밧줄의 매듭처럼 있는 힘껏 서로를 결박하는 흑인과 백인의 팔과 다리. 필사적이었다. 지혁은 불면증인 엄마가 지금 깊은 잠에 빠져 있길 바랐다. 씨발, 초크를 걸어, 지혁은 저도 모르게 침대 위에서 발길질을 했다. 동영상 사이트 속 격투기 시합 영상은 얼마든지 있었다. 싸움은 거칠고 박진감 넘쳤으며 처절하기까지 했지만, 지혁은 하릴없이 트라이앵글 초크처럼 제 몸을 조르는 잠에 빠져들었다. 아닌 게 아니라 부대에 있었다면 점호시간 즈음이기도 했다. 하프 소리는 더이상 들려오지 않았다.

10:43 PM

예슬은 지혁이 잠들어 있는 침대 쪽 조명을 껐다. 다시 식탁 앞으로 돌아온 예슬은 노트북 화면에 엑셀 프로그램을 띄웠다. 1학년부터 3학년까지 6학기 동안의 과목별 성적과 평균 학점이 표와 그래프로 정리되어 있었다. 아무래도 억울한 B학점 몇 개, 아예 재수강을 고민중인 몇 과목. 예슬은 워드 프로그램도 실행시켰다. OO대 학점 교류와 관련해 수강시 주의 사항 몇 줄, 나름대로 스펙이라 할 만한 항목 몇 줄, 인터넷에서 수집한 이력서와 자기소개서의 모범 답안들을 모아놓은 파일도 열어보았다. 예슬은 인터넷 강의 사이트에 접속했다. 수강

중인 토익 강좌를 클릭했다. 예슬은 지혁이 깨지 않도록 조용히 움직여 캐리어에서 헤드폰을 꺼내고, 냉장고에 넣어두었던 에너지 드링크라 불리는 고농도의 카페인 음료를 식탁 위에 올려놓았다. 대학생이나 취준생은 물론 밤샘 시험공부를 핑계 삼아 중고생들도 즐겨 마시는 카페인 음료에 맥주나 소주를 타서 마시는 유행이 있었다. 영 어덜트 버전의 폭탄주, 강민이 특히 좋아하는 음주법이기도 했다. 그는 스터디 모임의 뒤풀이 자리에서 자신만의 특화된 비율로 배합했다며, "엑스터시 저리 가라지"라는 허세와 함께 소주를 탄 카페인 음료로 후배들을 단숨에 취하도록 만들곤 했다. 예슬은 헤드폰을 쓰고 인강을 들으며 카페인 음료를 마셨다.

백화점 지하에서 아빠에게 보낸 문자의 답은 없었다. 예슬은 답 문자가 '아직' 오지 않은 거라 믿고 싶은 자신이 마음에 들지 않았다.

재작년 가을 아내와 함께 귀국한 아빠는 그 다음해인 작년 봄에 연락을 해왔다. 예슬은 삼청동의 한 레스토랑에서 십일 년 만에 아빠를 만났다. 아빠는 자신이 번역한 책과 함께 그 책을 출간한 출판사의 명함을 건넸다. '편집위원'이란 직함이 인쇄된 명함이었다. 예슬은 이미 그 책을 구입해 가지고 있었다. 예의 출판사가 인문 사회 분야의 학술서를 주로 출간하는 곳이라는 것도 알고 있었다. 또한 유학이란 명목으로 독일에 십 년간 있었으면서도, 석박사 학위가 없다는 것이 무엇을 의미하는지 역시 이런저런 검색을 해본 터였다. 아빠의 '아내'나 예슬의 '엄마'는 대화중 자연스럽게 금기어가 되었다. 역시 자연스럽게, 감격적인 눈물의 상봉 따위 없었다.

그날 이후, 예슬은 여름과 가을에 한 차례씩 더 아빠를 만났다. 식사를 하고 자리를 옮겨 차를 마시는 코스였다. 식사에 맥주를 곁들인 적도 있었지만, 만남은 세 시간을 넘기지 않았다. 예슬은 아빠를 만난 다음, 아빠를 만난 시간보다 더 많은 시간을 아빠가 언급했던 얘기들을 검색하며 보냈다. 베를린의 홀로코스트 추모 공원에 세워져 있다는 직육면체 돌기둥들에 대해, 가장 인상적인 여행지였다는 체코 프라하와 그곳의 카프카 박물관에 대해, 하우프트슐레니 아우스빌등이니 하는 감탄할 만큼 체계적이고 특화되어 있다는 독일의 직업교육에 대해, 또한 그토록 유명했다지만 예슬은 결코 알지 못했던 전혜린이란 여자에 대해. 아빠의 언급이 없었음에도 예슬은 아빠의 아내의 공연 소식을 다룬 독일이나 프랑스 언론의 기사를 구글 검색기로 번역해 보기도 했다. 이상한 호기심에 외국 악기 제조업체 사이트에 들어가 하프의 가격을 검색해보기도 했다. 늦가을 무렵 아빠의 두번째 번역서가 출간되었고, 예슬은 책을 소개한 다섯 개 신문의 서평 기사를 링크로 저장해두고 반복해서 읽었다.

지난 2월 설 연휴 마지막날 만난 아빠는 예슬에게 태블릿 PC를 선물했다. 봄이면 벌써 4학년이 되는구나, 예슬은 휴학을 생각중이라 말해보려 했지만 마음을 접었다. 뭘 해볼 계획인데, 되묻는다면 그럴 듯한 대답을 할 자신이 없었다. 봄에 다시 독일로 들어가면 여름 지나서야 나올 것 같다, 아내의 연주회 일정 때문이란 설명은 없었다. 십년 만에 돌아와 느끼는 가장 큰 변화는, 이라고 운을 떼는 것은 어느새 아빠의 말버릇이 되어 있었다. 어느 분야에나 여성들이 굉장히 많아졌구나 하는 거야, 단순히 인원이 늘었다 그런 의미가 아니라, 출판계도 그렇고 언론계도 그렇고, 여자가 그 일을 한다는 게 별스러운 상황으로 느껴지는 게 아니라, 각자가 자신의 전문직과 참 자연스럽게 어울린달까. 얼마 전에 한 방송국 문화 프로그램 연출팀을 만난 적이 있었는데, 거기 피디, 작가, 작은 카메라로 촬영하는, 그 VJ라고 하나, 스태프들이 전부 여자인 거야. 다들 똑똑하고 예의바르고, 일 진행을 참 분위기 좋게, 능숙하게, 암튼 모두 근사해 보였어. 아빠 대학 동기 중에 신방과 교수인 친구가 있는데, 그 친구 하는 말이 피디든 기자든 예전엔 무조건 남자 직업이었지만, 이제 그건 정말 옛말이라고, 왜 티브이 뉴스에 정치인들 나오면 우르르 기자들이 둘러싸는 장면 있잖아, 보면 절반쯤은 젊은 여성 기자들이더구나, 예전엔 전혀 볼 수 없었던 장면이지…… 예슬은 카페 화장실의 변기 위에 앉아 나직하게 소리 내어 말해보았다. 이제야 나타난 주제에 한소리 하고 싶어하기는, 개새끼, 원하는 게 있으면 에두르지 말고 말을 해. 예슬은 엄마와 결혼하던 해 구 년 만에 대학을 졸업했다는 아빠가 경영학과 출신이란 것을 잘 알고 있었다. 대학 입학원서를 쓰던 수험생 시절, 예슬은 다른 학과를 권하는 담임교사에게 막무가내 경영학과를 지원하겠다고 고집을 부렸던 기억을 떠올렸다. 예슬은 물론 인정하고 있었다. 그에게는 독일어 번역가이자 학술 서적을 출간하는 출판사의 편집위원이자 재벌가 출신의 유명 하프 연주자의 남편이란 사실이, 제 아빠라는 사실보다 훨씬 잘 어울린다는 것을. 화장실에 다녀온 예슬은 특별히 궁금해서가 아니라는 듯 무심한 말투로 신문방송학과 교수라는 아빠 친구의 이름과 소속 대학을 물었다. 현재 개강 후 이 주가 지났지만 예슬은 아직 '미디어 콘텐츠의 이해'를 강의하는, '아빠 친구' 교수에게 따로 알은체를 하지 않았다. 두어 달쯤 시간이 지나 조별 과제 발표가 끝났을 즈음 슬쩍 얘기를 꺼내보는 편이 여러모로 좋을 거란 계산이었다.

그날 밤, 예슬은 아빠와 함께 삼청동에서 광화문 전철역까지 걸었다. 물론 각자 귀가해야 하는 곳은 달랐다. 아빠는 예슬과의 만남에 한 번도 차를 몰고 나온 적이 없었다. 차가 없는 건지, 운전을 못하는 건지, 차가 있고 운전을 하지만, 그 차에 자신을 태우기가 뭣한 건지 알 수 없었다. 아니, 알고 싶지 않았다. 현대미술관 앞을 지날 즈음 예슬이 말했다. 아빠, 집에 고양이 키우죠? 전에도 봤는데 옷에 고양이 털이 붙어 있어요. 거봐, 맞죠 고양이, 사진? 어디어디, 와, 예쁘다, 정말, 음, 딱 봐도 암컷 같아요, 얘 이름이 뭐예요? 슈테른? 별? 아, 별이요, 스타! 아, 그렇구나, 독일어로 슈테른이 별이란 뜻이구나, 별, 슈테른……

12:02 AM

지혁은 잠에서 깨어났다. 짧지만 깊은 잠이었고, 더는 그럴 수 없을 정도로 순식간에 잠기운은 사라졌다. 지혁은 섹스를 하고 싶었다. 더는 그럴 수 없을 정도로 섹스를 하고 싶었다. 예슬은 백화점에서 사온 샴페인을 땄다. 물론 레지던스 호텔 객실 주방에는 와인 잔이 마련되어 있었다. 예슬은 샴페인에 카페인 음료를 섞었다.

"이러면 완전 금방 취해, 엑스터시 저리 가라지."

지혁은 단숨에 잔을 비웠다. 예슬의 휴대폰에 메시지 알림 표시가 켜졌다. 문자를 읽으며 예슬도 잔을 비웠다. 지혁이 빈 잔에 다시 샴페인을 채웠고, 예슬은 그 잔에 좀전보다 많은 양의 카페인 음료를 탔다.

침대가 기차나 자동차처럼 어딘가를 향해 달려가고 있다고 느껴지는 것은 물론 착각이었다. 움직이고 있다고 느껴지는 것은, 달려가고 있다고 느껴지는 것은 침대가 아니라, 침대가 닿아 있는 바닥인 것만 같았다. 곧게 뻗은 컨베이어 벨트 위를 이동하듯, 끝없이 펼쳐진 무빙워크 위를 흘러가듯, 그렇게 움직이지 않은 채 움직이고 있는 침대.

"여기 좋다."

"그치?"

"조용하고, 편안해."

"응."

"이 침대에 누워서, 아니면 이 방을 통째로 타고 여행하고 싶어."

"거 좋은데. 침대에 누운 채로 여행."

"너랑 이렇게 나란히 누워서."

"그래, 같이."

"얼마라고?"

"뭐가?"

"여기, 돈."

"앱으로 이벤트 특가 세일해서 칠만구천원."

R레지던스 호텔 1105호에 도착하기 전, 열 시간을 넘게 자고 일어난 지혁은 엄마 아빠와 함께 아침식사를 했다. 엄마는 울지 않았고, 친구들을 만나러 나가봐야 한다는 지혁에게 아빠는 오만원권 두 장을

건네주었다.

1:57 AM

따뜻한 물이 쏟아지는 샤워기 아래에서, 예슬은 갑자기, 너무도 강렬하게 솟구치는 충동에 사로잡혔다. 아이를, 아이를 낳고 싶어, 아이를, 아이를 낳고 싶어, 아이를, 낳으면, 어떨까, 아니 어떻기는, 그냥 낳을 거야, 낳을래, 뭐가 어때, 다들 그렇게 그냥 태어나는 거잖아, 아이를 낳겠다는데 뭐, 경악한 얼굴로 예슬을 바라볼 사람들. 도대체, 어떻게, 말도 안 돼. 지혁과 섹스를 할 때 콘돔을 사용하지 않은 것은 처음이었다. 예슬은 비누 거품을 두른 제 몸을 천천히 어루만져보았다. 아이를, 아이를 낳고 싶어, 아이를, 빌어먹을, 아이를 낳을 거야, 이 안에서, 내게서, 아이가 태어날 거야, 말이 안 되니까, 완전히, 모든 게 달라질 거야, 취해서 하는 소리가 아니야, 난 아이를 낳고 싶다고.

3:14 AM

지혁은 침대에 누워 티브이를 보며 다시 노곤한 졸음에 조금씩 잠겨들었고, 예슬은 식탁 위에 펼쳐놓은 노트북 컴퓨터 화면을 들여다보며 언론사 입사 정보를 검색했다. 십일층 밖으로 차갑고 탁한 3월의 밤이 지나가고 있었다. 태블릿 PC는 충전중이었고 음식은 초콜릿

밖에 남아 있지 않았다. 지혁은 문득 호텔 로비와 엘리베이터 안과 십일층 복도 구석의 CCTV를 생각했다. 그 작은 렌즈에 찍힌 제 모습을 직접 볼 수 있다면 좋겠다는 생각을 했다. 예슬은 다이어리 앱으로 지난달 생리 날짜를 확인하고 배란기를 계산했다. 그리고 방금 전까지 했던 걱정이 그 걱정이 아닌 양 안도했다.

"자?"

"……아니."

"자."

"그래, 졸려."

"아침에, 열한시 체크아웃이야."

"알았어. ……근데, 여기 몇 호였지?"

"몇 호? 1105호."

"맞다, 1105호……"

야간 정비

*

완完이 이십일 개월의 군복무를 마치고 제대한 3월의 첫 월요일, 연병장엔 이른 아침부터 눈이 내리고 있었다. 강원도 동북부의 3월은 의심할 여지 없이 겨울이란 것을 부대 내의 모두가 알고 있었으므로 새삼스러울 건 없었다. 그래도 3월이 됐는데, 투덜거려보는 쪽은 갓 입대한 신병들이 아닌 겨우내 신물나는 추위와 고된 제설 작업에 시달린 일병이나 상병들이었다. 병장들은 말수가 적었다. 추위에도 더위에도, 눈에도 비에도, 말수가 적었다. 지난 몇 개월, 완은 특히 더욱 그러했다.

춘설이라기보다 폭설에 가까워진 눈발 탓에 전역식은 실내에서 간략히 진행되었다. 제대하는 병장은 둘이었고, 상관을 향한 전역 신고를 동기에게 미룬 완은 '외 일 명' 자리에 부동자세로 서 있었다. 유리

창 너머로 쉴새없이 눈이 쏟아지고 있었다. 완은 부사관들과 악수를 나누고, 함께 생활했던 후임병들에게 의례적인 덕담으로 작별 인사를 건넸다. 제대하는 이들을 배웅한 뒤 부대원들 대부분은 바로 제설 작업에 투입될 터였다.

눈길을 벗어나는 일이 더디기만 해 속초 시외버스터미널에 도착하기까지 꼬박 두 시간이 걸렸다. 서둘러 버스 시간을 확인한 제대 동기는 터미널 앞 중국집으로 완을 이끌었다. 아닌 게 아니라 배가 고픈 참이었다. 집이 경기도 수원이라는 동기는 이십 분밖에 남지 않은 출발시간을 의식하며 곱빼기 짜장면을 게걸스럽게 입안으로 욱여넣었다. 완도 연신 후루룩 소리를 내며 뜨거운 짬뽕 국물을 들이켰다. 둘은 상병 시절 같은 생활관에서 잠시 함께 지낸 적이 있었다. 동기가 단무지를 썹으며 말했다.

"그 새끼, 빵에서 반성문을 한 장도 안 썼다는 얘기 들었냐?"

작년 여름 부대 내에서 총기 난사 사건이 발생했다. 다섯 명이 죽고 일곱 명이 부상을 당했다. 사건을 일으키고 도주했던 병사를 부대원들은 그 새끼, 미친 새끼, 또라이 새끼 등으로 불렀다. 모두가 그의 이름을 알았지만 모두가 극구 그의 이름을 입에 올리고 싶어하지 않았다. 거의 모든 부대원들이 증인 또는 참고인 신분으로 헌병대의 조사를 받았다. 군검찰 역시 같은 조사를 거듭해 진행했다. 부대 내에 '또다른' 그 새끼와 미친 새끼와 또라이 새끼가 존재하지 않는 것은 아니었지만, 예의 사건 이후 그 새끼와 미친 새끼와 또라이 새끼는 오직 그 병사만을 가리키는 말이어야 했다. 때문인지 또다른 그 새끼와 미친 새끼와 또라이 새끼는 차츰 모습을 감추었다. 강원도 최전방 부대

206

의 겨울은 여느 때와 마찬가지로 혹독했지만, 쓰나미처럼 모든 것을 집어삼킨 여름이 지나간 후 찾아온 이번 겨울은 유난한 적막 속에 뜻밖에도 평화롭기까지 했다. 한 달 전쯤 사건의 선거 공판이 있었고, 모두의 예상대로 '그 새끼'에게는 사형이 선고되었다.

"죽은 애들 가족한테는 미안한데, 죽은 애들한테는 안 미안하대. 말이 되냐, 미친 새끼."

모두가 그 병사에 대해 말하길 꺼렸지만, 모두가 그 병사에 대해 말하고 싶어한다는 것을 완은 알고 있었다. '미친 새끼'에 대해 말할 때면 모두가 목소리를 작게 낮췄다. 그러나 결코 속삭임일 수는 없는. 누군가에 대해 몸속 이물질을 게워내듯 말한다는 것, 안전핀을 뽑은 수류탄을 좁은 구멍 안으로 무심히 던져넣듯 말한다는 것. 혐오와 경멸과 불길함에 치를 떨며, 엄하고 단호한 심판자의 눈빛으로, 약이 오른 개처럼 으르렁거리며, 모두가 그렇게 말하는 파렴치범의 이름인 그 새끼, 미친 새끼, 또라이 새끼. 난 그 새끼만큼 미치진 않았다고, 우리 중에 그 새끼만한 또라이는 없잖아. 그리하여 결국 기이한 생동감을 띠는 모두의 얼굴들.

각자의 음식값을 계산하고 밖으로 나오니, 눈은 비로 변해 있었다. 빗방울이 쌓인 눈 위로 떨어지며 촘촘히 작은 구멍을 내고 있었다. 다시 돌아가지 않을 연병장은 그렇지 않을 터였다.

"계속 항소해도 계속 사형 때릴 텐데, 그렇다고 정말 사형을 시키진 않잖아. 또라이 새끼, 평생 빵에서 썩을 거 알고······"

제대 기분에 젖은 탓인지, 동기는 목소리를 낮추지 않았다. 비를 피해 터미널 쪽으로 경중경중 뛰는 폼이 짐짓 경쾌하게 느껴졌다. 부대원들 모두 철저한 입단속 지시를 받았다. 사건과 관련해 보고 들은 모든 것이 군사기밀이라는 것이었다. 제대자들에게는 사회생활의 불이익 운운하며 반협박조의 주의가 더해졌다. '또라이 새끼'와 관련된 모든 것이 총을 난사하듯 처리되었다고 완은 생각했다.

동기를 태운 수원행 버스가 승강장을 벗어났다. 이내 옆쪽 승강장에 십 분 뒤 출발하는 동서울터미널행 버스가 들어섰다. 휴가를 나갈 때나 부대로 복귀할 때면 줄곧 이용하던 버스였다. 완은 발길을 돌려 터미널 앞 PC방으로 향했다. 속초 시외버스터미널에서 하루 한 차례만 운행하는 대전행 버스는 사십 분쯤 뒤에야 있었다.

완이 속초시 인근의 지원부대에 있다 최전방 GOP 근무를 자원한 것은 공교롭게도 총기 난사 사건이 일어나기 열흘 전이었다. 사건이 발생한 소대는 완의 바로 옆 소대였다. '진돗개 하나'가 발령되었고, 실탄을 소지하고 도주한 병사를 찾기 위해 역시 실탄이 지급된 병사들로 대대적인 수색조가 꾸려졌다. 생포냐 사살이냐를 두고 상관들의 명령이 엇갈렸다. 시시각각의 상황이 속보 타이틀과 함께 뉴스 채널들을 통해 경쟁적으로 전해졌다. 군 당국이 우왕좌왕하며 사태 수습에 혼선을 빚는 사이 탈영병이 몇 차례나 검문을 빠져나간 것, 어이없이 발생한 수색조끼리의 오인 사격, 부상병들의 후송을 위한 응급 헬기의 도착 지연 등이 두고두고 여론의 질타를 받았다. '관심 병사'란 단어가 신종 유행어처럼 사람들의 입에 오르내렸다.

PC방 구석자리를 차지한 완은 서울 소재의 한 대학 홈페이지에 접속했다. 입학식 등 신학기 관련 행사를 안내하는 배너 창이 여러 개 화면에 떴다. 복학생의 추가 등록 기간은 이번 주까지였다. 공지 사항

게시판을 훑어본 뒤 완은 중고 물품을 거래하는 사이트에 로그인했다. 미리 봐두었던 휴대폰들 모두 유행이 한참 지난 구형 모델인 탓인지 저렴한 가격에도 판매가 성사되지 않은 상태였다. 완은 한 판매자에게 구매 의사를 전하는 쪽지를 보냈다. 이어 포털 사이트의 지도 서비스로 후임 일병이 일러준 주소를 검색했다. 완이 복학할 대학에서 버스로 네 정거장쯤 떨어진 곳이라 했다. 완은 거리 뷰 설정을 한 뒤 천천히 마우스를 움직이며 주소지 주변을 살폈다. 입대 전까지 집과 학교를 오가며 지나쳤을 뿐 머물러본 적 없는 동네였다. 후임 일병이 자신의 형과 함께 살았다는 반지하 원룸이 그 동네에 있었다. 완은 지도 창을 닫았다. 잠시 망설이다 포털 사이트의 메일함을 열었다. 이런저런 광고성 메일이 가득했다. 그 메일들 사이 현賢의 이메일 계정이 더이상 존재하지 않는다는 안내가 담긴 반송 메일이 있었다. 이미 일주일 전 부대에서 확인한 것이었다.

완은 다시 지도 창을 띄웠다. 몇 주 전 어머니가 보내온 편지 속 주소를 검색창에 입력했다. 충청남도로 시작하는 주소였다. Y읍 S리, 가본 적도 들어본 적도 없는 지명이었다. 바로 지금, 완은 PC방을 나서 그곳으로 가야 했다. 속초에서 그곳까지 얼마나 시간이 걸릴지 가늠이 되지 않았다. 대신 완은 부모가 서울을 떠나 그 주소를 갖기까지 석 달이 넘게 시간이 걸렸다는 것을 셈하고는 인터넷 창을 닫았다. 자리에서 일어서려던 완은 포털 사이트의 메인 화면을 다시 열었다. 검색창에 '총기 난사', 그리고 '사형'이라 입력했다. 기사 중 하나를 클릭하자 군복 차림의 '그 새끼'가 수갑 찬 팔목을 가린 채 호송버스에서 내려서는 사진이 화면에 나타났다. 얼굴은 모자이크 처리가 되어 있었다. 반성문을 한 장도 제출하지 않았다는 동기의 말은 사실이었다. 피고인, 법정 최고형, 특정 불능의 인격 장애, 계획된 범행. 완은 비슷한 단어들이 등장하는 기사 몇 편을 더 검색한 뒤 PC방을 나섰다.

아홉 명의 승객을 태운 대전행 버스는 속초 시내를 벗어나 속도를 높이기 시작했다. 비는 그칠 듯 이어지고 있었다. 거리의 눈은 시나브로 녹아버렸지만, 구불구불 이어진 산등성이의 흰 눈은 그대로였다. 강원도의 3월은 의심할 여지 없이 겨울이었다. 완은 제설 작업중일 후임들을 떠올렸다. 버스 안의 온기로 손끝과 발끝이 간질거리기 시작했다. 완은 눈이 녹듯 잠에 빠져들었다.

총기 난사 사건의 뒤처리로 길고 뒤숭숭한 여름을 보낸 뒤, 병장 계급을 달고 나온 첫 휴가에서 완은 부모의 파산 소식을 접했다. 뭔가 방법을 찾겠다며 지방으로 내려간 아버지는 만날 수 없었다. 완은 어머니가 삼 주째 머무르고 있다는 여관에서 이틀을 보냈다. 완의 부모는 서울 구시가의 지하상가에서 십 년 가까이 건강식품 판매점을 운영해온 사람들이었다. 어머니가 설명하는 자초지종은 비약과 모순이 가득했고 조금도 정연하지 못했다. 히스테리와 눈물바람 속에 어머니는 '말도 안 되는'이란 말을 힘주어 반복했다. 결국 사기를 당한 거나 마찬가지라 했다. 집과 가게를 모두 처분했지만 빚이 남았다고 했다. 억울하다고 했다. 이대로는 살 수 없다고 했다. 지난 몇 개월 부대에서 '말도 안 되는' 상황을 못지않게 겪은 완이 어머니에게 되물은 것은 부모가 완의 입대 후 키우기 시작한 요크셔테리어 코난의 행방이었다. 어머니는 지인의 집에 코난을 맡겨놓았다고 했다. 형편이 나아지면 당연히 다시 데려올 거라고도 했다. 어쩐지 스스로에게 다짐하는 말처럼 들렸다. 코난이란 이름은 완이 이병을 달고 자대 배치를 받은 직후 직접 지어 편지에 적어 보낸 이름이었다.

 다섯 시간 남짓 걸려 도착한 대전, 눈이나 비의 흔적은 찾아볼 수 없었다. 겨울도 봄도 아닌 공기의 맛, 탁하고 흐릿한 거리의 빛, 완의 흥미를 불러일으킬 만한 것은 전혀 눈에 띄지 않았다. 완은 대전 복합 터미널 대합실에서 다시 삼십여 분을 기다려 Y읍 근처의 소도시 B시로 가는 버스에 올랐다. 한 시간 뒤 B시에 도착했을 때는 이미 날이 완전히 어두워져 있었다. 어머니가 편지로 일러준 다음 차편은 완행 버스 혹은 택시였다. 완은 관행대로 먼저 요금 흥정을 한 뒤 S리로 향하는 택시를 탔다. 제대 군복 때문인지 중년의 택시 기사가 살가운 사투리로 몇 마디 말을 걸어왔지만, 완은 어쩐지 노인처럼 지쳐버려 성의껏 대꾸를 해줄 수 없었다.
 부모가 머물고 있는 곳은 뜻밖에도 사층짜리 신축 원룸 건물이었다. 국도변에 인접한 부동산과 해장국집이 있는 상가 앞에 아버지가 마중을 나와 있었다. 아버지는 상가 뒤쪽 비뚜름하게 자리한 원룸 건물 이층으로 완을 데려갔다. 어머니의 편지에 따르면 지역 특산물을 가공해 판매하는 협동조합 형태의 건강식품 제조업체가 아버지가 찾아낸 재기의 발판이었다. 업체의 공장은 지금 머물고 있는 곳에서 차로 십 분 거리라 했다. 저녁식사시간이 한참 지나 있었다. 어머니는 바로 삼겹살을 굽기 시작했다. 좁은 방안에 금세 연기가 차올랐다. 거푸 소주잔을 비운 아버지는 완에게 공장의 운영 방식에 대해 설명했다. 오랜 지인이 조합의 실질적 대표라는 것과 유명 홈쇼핑 업체에 입점 가능성이 있다는 것에 아버지는 큰 기대를 걸고 있는 듯했다. 그러나 신용 불량자가 된 아버지가 업체의 지분을 갖고 있을 리 만무했다. 이어 아버지는 간질환을 앓고 있는 사람들에게 헛개나무 열매가 얼마나 좋은지에 대해, 갱년기 여성들에게 백수오가 큰 인기를 끌고 있다는 것에 대해 필요 이상 긴 설명을 이어갔다. 완은 곁눈질로 벽걸이 행어에 걸린 두 벌의 흰색 작업복을 바라보았다. 그사이 아버지는 눈에 띄게 말라 있었고, 어머니는 눈에 띄게 살이 쪄 있었다. 눈에 띄게 늙어버렸다는 것은 그보다 분명했다. 공장의 작업복을 입은 그들의 모습을 본다면 바로 알아보지 못할 거란 생각이 들었다.

식사 내내 별말 없이 고기를 굽던 어머니는 기름이 엉긴 접시 위로 젓가락을 내려놓으며 내일 아침에는 미역국을 끓이겠다고 말했다. 며칠 뒤가 완의 생일이기 때문이었다. 순간 술기운에 얼굴이 불쾌해진 아버지 역시 자신처럼 죽은 생모를 떠올렸다는 것을 완은 분명히 알 수 있었다. 아버지가 어머니와 결혼한 것은 완이 열한 살 때의 일이었다. 완의 생모는 완이 일곱 살 때 난치성 암 판정을 받은 지 팔 개월 만에 사망했다. 완이 기억하는 한 열한 살 이후 어머니가 자신의 생일을 잊은 적은 한 번도 없었다. 군에 있는 동안에도 어머니는 편지로 잊지 않고 생일 안부를 전했다. 그 점이 더욱 새삼스레 생모를 떠오르게 한다는 것을 완이 어머니에게 말한 적은 물론 없었다.

이내 밤이 깊었다. 세 사람 모두 졸리고 피곤하다는 것은 무척 다행스러운 일이었다. 부모는 아침 일찍 공장으로 가야 했고, 완은 아침 일찍 서울로 가야 했다. 완은 캐리어를 펼쳐놓고 짐을 싸기 시작했다. 파산 이후 어떤 과정을 거쳐 부모가 이곳까지 이사를 왔는지 완은 정확히 알지 못했다. 방안에는 서울의 집에서 사용했던 익숙한 물건들과 처음 보는 낯선 물건들이 뒤죽박죽 섞여 있었다. 어디로 어떻게 사라졌는지 짐작조차 할 수 없는 대형 사이즈의 티브이와 냉장고와 소파 세트와 안마 의자, 어머니의 크고 작은 화분들, 아버지의 SUV 승용차, 그리고 코난. 완의 물건들도 사정은 비슷했다. 즐겨 사용했던 백팩은 그대로였지만, 어머니가 내어준 낡은 캐리어는 처음 보는 것이었다. 노트북 컴퓨터는 고스란히 원래 케이스에 담겨 있었지만, 블루투스 스피커는 보이지 않았다. 버려도 좋았을 낡은 청바지는 반듯하게 접혀 있었으나, 몇 번 입지 않은 고가의 야상 점퍼는 사라진 듯했다. 박스에 담겨 있는 책들은 완이 원래 가지고 있던 양의 절반 정도였다. 완은 군복과 군화를 비닐로 싸 최대한 부피를 줄여 캐리어 속에 집어넣었다.

욕실에서 샤워를 마치고 나오니 방바닥에 세 사람의 이부자리가 펼쳐져 있었다. 베개를 완에게 내준 어머니의 머리맡에는 방석이 절반으로 접혀 있었다. 이부자리 한가운데 양반다리를 하고 앉아 있던 아버지가 흰 봉투를 완에게 건넸다. 수표 없이 만원권과 오만원권만 들어 있는 모양인지 봉투가 두툼했다. 아버지가 말한 액수는 이번 학기 등록금에서 삼십만원 정도가 비는 것이었다. 제대를 한 달쯤 앞두고 완은 아버지에게 편지를 써서 다음과 같은 내용을 전했다. 같은 생활관에서 친해진 후임 일병이 완과 같은 대학에 다니는 후배라는 것, 그 후임은 자신의 형과 함께 학교 부근에서 자취를 하다 입대했는데, 기계 설비 엔지니어인 후임의 형이 최근 지방으로 발령을 받아 자취방을 비우게 됐다는 것, 때마침 제대 후 복학을 해야 하는 완이 월세를 부담하는 조건으로 그 자취방을 후임이 제대할 때까지 그대로 사용하면 어떻겠냐고 제안을 해왔다는 것. 완은 또한 편지에 썼다. 아르바이트를 바로 구할 수 있을 듯하다는 것과 그동안 모아둔 사병 월급이 꽤 된다는 것. 그 두 가지는 거짓말이었다. 그러나 어떻게든 돈을 모으면 다음 학기에는 복학을 할 수 있을 거라는 완의 예상은 완의 분명한 결심이기도 했다. 어머니가 대신 보내온 답장 속 아버지의 의견은 간단하고 단호했다. 학교 근처에 머물 곳이 생긴 것은 다행스러운 일이라는 것, 등록금은 마련해두었으니 이번 학기 반드시 복학을 하라는 것.

어둠 속에 누워 완은 삼십만원쯤 부족하게 마련된 등록금에 대해 생각했다. 아버지와 어머니가 등록금 액수를 정확히 알고 있었다는 것에 대해 생각했다. 어둠 속에 누워 완은 어머니가 코를 고는 소리를 들었다. 어둠 속에 누워 완은 아버지가 정말 잠이 들었는지 알고 싶었다. 미동조차 없는 아버지가 생모를 떠올리고 있는 것은 아닌지 알고 싶었다. 완이 이십일 개월의 군복무를 마치고 제대한 3월의 첫 월요일이 지나가고 있었다.

다음날 아침, 세 사람은 미역국을 먹었다. 생일이란 단어는 아무도 입에 올리지 않았다. 아버지와 어머니는 공장으로, 완은 서울로 향했다. B시로 가는 완행버스를 기다리는 완의 손아귀에 어머니는 반의 반으로 접은 오만원짜리 한 장을 쥐여주었다. 충청도의 아침도 아직은 겨울이었다. 세상에 존재하는 곳인지 알지 못했던 Y읍 S리의 공기는 강원도와는 다른 방식으로 시리고 차가웠다.

*

완은 열쇠로 B101호의 문을 열고 집안으로 들어섰다. 어두웠다. 좁은 현관에 캐리어를 세워둔 채 완은 신발을 벗고 벽을 더듬어 전등 스위치를 찾았다. 보름쯤 비어 있던 작은 방이 부자연스러운 빛 아래 모습을 드러냈다. 후임은 열 평쯤 된다고 했지만 여덟 평 이상으로 보이지 않았고, 반지하라 했지만 삼분의 이쯤 지하라 해야 할 듯싶었다. 조용했다. 화장실 문에 접착 메모지가 붙어 있었다. 몇 개의 이름과 전화번호와 날짜와 계좌번호. 후임의 형이 지방으로 내려가기 전 적어둔 것이었다. 제 형과 전화 통화를 한 후임은 집 열쇠가 옥상 물탱크 아래쪽에 청테이프로 붙어 있을 거라 완에게 일러주었다. 완은 짐을 B101호 앞에 두고 다세대주택 옥상에 올라 물탱크 밑을 더듬어 청테이프로 감싼 열쇠를 떼어냈다. 계단을 내려오며 살펴보니 일층에서 삼층까지 다른 집들의 출입문에는 모두 디지털 도어 록이 설치되어 있었다. 청테이프를 벗겨낸 열쇠가 완의 손가락에 끈적끈적 달라붙었다.

후임 일병의 고향은 멀리 남해안의 작은 어촌이라고 했다. 이 인 일조로 함께 보초를 섰던 어느 추운 새벽, 후임은 강원도의 산과 바다는 제 고향의 산과 바다와는 완전히 다른 것이라고 했다. 어디가 어떻게 다르냐고 완이 묻자, 잠시 적당한 표현을 고민하던 후임은 군인과 군인이 아닌 사람만큼 다르다고 했다. 형제 둘을 용케 서울의 대학에 진학시킨 후임의 부모는 반지하 전세일망정 서울에 어렵게 마련한 방 한 칸의 주소지를 없애고 싶어하지 않는다고 했다. 완은 후임이 제대할 때까지 매달 몇 가지 공과금을 대신 내고, 고시원 요금의 절반쯤 되는 액수의 월세를 후임의 아버지 통장에 입금하기로 했다. 후임은 다음달 상병으로 진급 예정이었다.

B101호, 어둡고 조용하고 좁은 방이었다. 완은 후임 형제가 사용하던 이불, 서랍장, 좌탁, 냉장고, 화장실 등을 살펴보았다. 완은 이불 더미에 기대앉았다. 맞은편 벽면 위쪽에 못이 하나 박혀 있었고, 벽지 색깔이 주변과 다른 접시만한 동그라미가 얼룩처럼 남아 있었다. 영락없이 벽시계가 걸렸던 자리였다. 그러나 시계는 없었다. 방안 어디에도 시계는 보이지 않았다. 탁상시계도 알람 시계도 없었다. 지방으로 발령을 받아 회사 기숙사로 입주한 후임의 형이 벽걸이 시계를 떼어갔을 리 만무했다. 시계가 없는 방, 완은 제 손목시계를 들여다보았다. 오후 네시 사십일분, 완의 손목시계는 첫 휴가를 나왔을 때 현이 선물한 것이었다.

얼추 짐 정리를 마치고, 완은 밖으로 나왔다. 완전히 낯선 동네는 아니었지만, 익숙하고 친근한 동네도 아니었다. 완은 주위를 살피며 이런저런 동선을 가늠해보았다. PC방에 들러 휴대폰 판매자의 답신을 읽고 다시 쪽지를 보냈다. 학교 홈페이지에도 접속해 수강 신청 매뉴얼을 확인하고 등록금 고지서를 출력했다. 아르바이트 구인 사이트도 찬찬히 살펴보았다. 내일은 은행에 가 통장 정리를 한 뒤 삼십만원을 보태 등록금을 납부하고, 학교에도 가볼 생각이었다. 전화가 개통되는 대로 부모에게 연락을 해야 했다. 완은 시계를 보았다. 다시 현을 떠올렸다. 오후 여섯시 이십팔분, PC방을 나선 완은 생활용품점에 들러 몇 가지 필요한 물건들을 구입했다. 어머니가 준 돈으로는 먹거리를 샀다. 양이 많고 저렴한 것들로 골랐다. 집으로 돌아온 완은 즉석 밥과 즉석 카레로 저녁을 먹었다. 라면과 참치 캔은 싱크대 선반에, 계란과 감자는 텅 비어 있던 냉장고 속에 넣었다. 사용한 지 한참 된 듯한 낡은 전기밥솥을 살펴보며 완은 내일 학교에서 돌아오는 길에 쌀을 사야겠다고 생각했다. 식사를 마친 완은 냄비 가득 티백 보리차를 끓였다. 생활용품점에서 산 물티슈로 좁은 방안을 구석구석 닦아냈다. 완은 추가로 구입할 물건들을 메모했다. 3월의 첫번째 화요일, 완이 처음으로 혼자 살기 시작한 날이 지나가고 있었다.

다음날 잠에서 깨어났을 때 완은 어둠 속에서 빗소리를 들었다. 몽롱한 잠기운에 참호를 파고 매복 훈련을 하던 중이었으나 착각이 들었다. 이어 떠오른 것은 소대원들에게 총을 난사한 '그 새끼'였다. 방안은 어두웠다. 그리고 빗소리가 들려왔다. 지하의 작은 방에서 듣는, 지금껏 들었던 것과는 다른 빗소리. 완은 머리맡에 풀어둔 손목시계로 손을 뻗지 않았다. 현은 지금 어디에 있을까. 바랐던 대로 외국의 먼 도시에 도착했을까. 비가 내리고 있었다. 완은 이제 매일 아침 빛이 들지 않는 지하의 작은 방에서 깨어나 하루를 맞게 되었다는 것에 대해 생각했다. 어둠 속에서 빗소리를 들었다. 아버지의 얼굴이 떠올랐다. 공장의 작업복을 입고 헛개나무 열매나 백수오를 나르고 있을 아버지가 아닌, '그 새끼'의 아버지. 완은 그 아버지의 얼굴을 또렷이 기억했다. 도주 후 마지막 대치 상황에서 아버지는 아들의 투항을 설득하기 위해 확성기에 대고 아들의 이름을 반복해 불렀다. 숲속에 숨은 아들과 군인들에게 둘러싸인 아버지는 어렵게 전화 통화를 하기에 이르렀다. 전화기에서 귀를 뗀 아버지가 이상하게 갈라지는 목소리로 부사관들에게 말했다.

"계속, 투항하면 사형밖에 더 시키겠냐고⋯⋯"

완은 그 얼굴과 목소리를 기억했다. 잠시 뒤, 숲속에서 총소리가 들려왔다. 아버지의 아들은 제 옆구리를 총으로 쏜 직후 생포됐다. 총소리, 빗소리, 여전히 겨울일 연병장에는 비가 아닌 눈이 내리고 있을 터였다. 완은 비로소 자신이 전역했다는 것을 실감하기 시작했다. 눈을 감자 모두가 총소리가 난 숲 쪽으로 미친듯이 달려갔던 순간이 떠올랐다. 아들의 아버지는 굳은 듯 움직이지 않았다. 지하의 작은 방은 어두웠다. 언제까지라도 그럴 것처럼 어두웠다. 쌓인 눈 위로 촘촘히 구멍을 뚫는 빗방울처럼 잠이 완에게로 떨어져내렸다. 완은 눈이 녹듯 다시 잠들었다.

눈꺼풀이 천천히 열렸다. 여전히 어두웠으므로, 여전히 빗소리가 들렸으므로, 눈꺼풀은 다시 천천히 닫혔다.

그것은 오랜 시간 몇 차례나 반복되었다. 이윽고 완이 뻐근하게 굳은 허리를 일으켜 벽에 기대어 앉았을 때, 빗소리는 더이상 들리지 않았다. 다시 얼마간 지워진 글씨 같은 시간이 지나고, 완은 바닥에 놓인 손목시계를 집어들었다. 다섯시 십칠분, 그것이 오전이 아닌 오후 다섯시 십칠분이라는 것은 조금도 이상한 일이 아니었다. 완은 형광등 대신 서랍장 위의 작은 스탠드를 켰다. 완은 물을 마시고 소변을 보았다. 조금 어지러웠지만, 이상하게도 배는 거의 고프지 않았다. GOP 근무는 각 소대별로 주간晝間, 전반야前半夜, 후반야後半夜로 조를 나눠 주말 없이 이십사 시간 삼교대로 돌아갔다. 어느 시간에도 깨어 있을 수 있어야 했고, 어느 시간에도 잠들 수 있어야 했다. 완은 다시 이부자리 위에 몸을 뉘었다. 현실감이 없었지만, 낭패감도 없었다. 휴대폰 판매자의 답신을 확인하지 못했지만, 은행에도 학교에도 가지 못했지만, 쌀을 사지 못했지만, 일어나자마자 저녁을 맞았지만, 다시 졸음이 쏟아졌다. 기꺼운 무력감이 지하의 작은 방을 가득 채웠다. 강원도에서의 이십일 개월, 조각조각 끊어졌던 잠의 사슬들이 끈끈한 반죽처럼 한데 엉겨 완의 몸을 휘감고 있었다. 완은 몸을 웅크리고 다시 깊은 잠에 빠져들었다.

철책 근무를 돌기 전, 실탄을 지급받는 소대원들의 복창 소리. 어깨총, 총 내려, 노리쇠 후퇴 고정, 탄알집 결합, 탄알 일 발 장전, 조정간 안전, 이어서 지급되는 수류탄, 오늘의 암구호는 담배, 화랑, 철책을 따라 A섹터에서 B섹터까지, 파란색, 노란색, 흰색, 빨간색, 표식을 살핀다. 하나라도 뒤집혀 있지 않으면 문제가 생긴 것. 날것의 거친 기운을 품은 흙냄새, 무서운 매질처럼 쏟아지는 폭우, 하룻밤 새 키보다 높게 쌓인 눈, 다시 오늘의 암구호는 주먹, 격파, 영하 이십이 도의 숲을 걷는 새끼 고라니, 누구나 한 번쯤 보았다는 귀신, 세상 가장 짙게 푸른 찰나의 새벽하늘, 산맥처럼 압도적인 추위와 침묵, 그 무엇에도 아랑곳하지 않는 뱀과 새, 그리고 망원경 속 북쪽의 초소와 북쪽의 병사들. 완은 이틀 동안 B101호 밖으로 나가지 않았다. 가늘 수 없이 무거운 졸음이 거인의 손아귀처럼 지하의 작은 방을 힘껏 움켜쥐고 있었다. 긴 잠과 짧은 깨어남의 소용돌이. 눈꺼풀이 천천히 열리고 천천히 닫히는 시간, 군인과 군인이 아닌 사람 사이, 완은 그 언제쯤에, 그 어디쯤에 깊이 잠들어 있었다.

사흘째 되는 날, 완은 저녁 무렵 깨어났다. 오늘은 복학생 추가 등록 기간의 마지막날이었다. 완은 샤워를 하고 라면과 즉석 밥과 계란을 먹었다. 등록을 하지 않게 되었으니, 오늘은 더이상 복학생 추가 등록 기간의 마지막날이 아니었다. 식사를 마친 완은 이부자리를 벽 쪽으로 밀치고, 아버지가 준 돈을 봉투에서 모두 꺼내 방바닥에 한 장 한 장 늘어놓았다. 등록금을 내지 않게 되었으니, 이 돈은 더이상 삼십만원 정도가 부족한 등록금이 아니었다. 완은 지폐 몇 장을 집어들고 밖으로 나왔다. 며칠 만에 거리를 걷는 걸음이 어색하게 느껴질 새도 없이 차가운 바람이 사정없이 옷 속을 파고들었다. 완은 점퍼의 후드를 뒤집어썼다. 완이 태어나 자란 도시, 서울의 3월도 겨울이었던가. 오늘은 완의 생일이다. 매년 생일 즈음이면 반복해 들었던 신학기, 꽃샘추위, 황사 같은 단어들. 차가운 바람이 밤의 어둠을 휘저었다. 완은 골목길을 빠져나와 대로변으로 들어섰다. 중고 휴대폰 판매자는 계좌번호를 적은 쪽지를 보내놓고 완의 연락을 기다리고 있을 터였다. 완은 커다란 간판을 환하게 밝힌 휴대폰 대리점에 들어가 충동적으로 기기를 고른 뒤 휴대폰을 신규 개통했다. 완의 정보를 입력하던 판매원은 완이 그간 군복무 정지 상태로 휴대폰을 사용했음을 확인해주었다. 완은 휴가를 나와 사용하던 중 휴대폰을 분실했다고 판매원에게 말했다. 복잡한 절차 끝에 먼저 사용하던 번호가 해지되고 신규 번호가 개통되었다. 완은 시계를 차지 않은 제 손목을 바라보았다. GOP 근무를 자원하기 전 나왔던 휴가에서 완은 현과 헤어졌다. 현의 통보는 일방적이었다. 현은 두 달 전 중절 수술을 받았음을 밝히고 이내 자리를 떴다. 휴가를 나올 때면 며칠씩 머물렀던 현의 원룸에는 이미 다른 사람이 살고 있었다. 자정 무렵 서강대교를 걸어서 한강을 건너는 내내 완은 통화 연결음만 반복해서 들려오는 전화기를 고집스레 귀에 대고 있었다. 새 휴대폰의 전원 버튼을 누르는 순간, 완은 다리 위에서 통화 연결음만 들려오는 전화기를 고함을 지르며 강물 속으로 던져버린 일을 떠올렸다.

완은 편의점에 들러 캔맥주와 간식거리를 양껏 사서 B101호로 돌아왔다. 어둡고 조용하고 좁은 방, 방바닥에 지폐들이 흩어져 있었다. 완은 돈을 낙엽처럼 쓸어모았다. 구겨지고 해진 봉투에 다시 집어넣는 것이 불가능해져버린 돈, 애당초 등록금이 되기에는 부족했던 돈, 완은 편의점 비닐봉투에 돈을 담았다. 오늘은 완의 스물네번째 생일이다. 완은 둥그렇게 뭉쳐놓은 이부자리에 기대어 맥주를 마시고 새 휴대폰을 들여다보았다. 한 시간이 흘렀다. 두 시간이 흘렀다. 완은 화장실에 다녀오다 발끝에 차인 손목시계를 벽걸이 시계가 걸렸던 자리에 걸었다. 한 걸음만 물러서도 시곗바늘이 보이지 않았다. 완은 다시 휴대폰 화면을 들여다보며 맥주를 마셨다. 한 시간이 흘렀다. 벽에 걸린 손목시계가 시계가 아닌 시계의 박제 같다는 생각을 했다. 두 시간이 흘렀다. 완은 휴대폰 화면을 들여다보며 바지를 내리고 수음을 했다. 정액을 닦아낼 휴지를 가지러 화장실에 가야 한다는 것을 깨닫고 눈살을 찌푸렸지만, 이내 방안을 닦는 데 사용했던 물티슈에 생각이 미쳤다. 성기에 닿은 물티슈의 느닷없는 차가움에 완은 진저리를 쳤다. 완의 스물네번째 생일이 지나가고 있었다.

　후반야조의 경계 근무가 끝나갈 시간까지, 완은 원숭이가 정글에서 바나나를 따먹는 휴대폰 속 게임에 열중했다. 찌그러진 맥주 캔 속에 몇 방울 남아 있던 맥주가 방바닥으로 흘러나왔지만 완은 물티슈로 손을 뻗지 않았다. 완은 휴대폰에서 충혈된 눈을 떼고 시곗바늘이 보이지 않는, 벽걸이 시계가 되어버린 손목시계를 올려다보았다. 한 장도 쓰지 않았다는 반성문, 임신 사실을 왜 말하지 않았느냐는 질문에 대한 묵묵부답, 그리고 코난이란 이름의 요크셔테리어. 원숭이는 이 나무에서 저 나무로 기세 좋게 점프하며 바나나를 남김없이 잡아챘다. 종종 나무에서 떨어지면 세 개의 생명이 하나씩 소멸되었다. 생명이 바닥나면 다시 게임을 시작했다. 바나나는 얼마든지 열려 있었다.

　완은 졸린 눈을 끔뻑이며 휴대폰의 시계로 시간을 확인했다. 어머니가 기상했을 시간이었다. 완은 며칠 전 미역국을 끓여준 어머니에게 문자 메시지를 보냈다. 등록금을 납부하고 복학 신청을 마쳐 다음주부터 학기를 시작한다는 거짓말과 과외 아르바이트를 구했다는 거짓말을 새 전화번호와 함께, 후임의 자취방이 꽤 지낼 만하다는 것과 건강을 잘 챙기시라는 딱히 거짓말이 아닌 말들도 전송했다. 바나나를 잡아채지 못한 원숭이가 나무에서 떨어졌다. 장파열이나 복합 골절이 없는 곳, 철책 근무나 중절 수술이나 사형선고나 수강 신청이 없는 곳. 덕분에 눈두덩이 따끔거리고 손목이 저리고 목과 허리가 아팠다. 빛이 들지 않는 작은 방의 아침, 다시 잠이 들 시간이었다.

　3월 하순이 되도록, 완은 B101호에 틀어박혀 있었다. 잠은 시시때

때로 쏟아졌다. 폭음이나 폭식이란 단어가 존재하듯 폭면暴眠이나 폭침暴寢이란 말이 있어야 할 것만 같았다. 긴 잠과 짧은 깨어남, 그러는 사이 점차 아침이 되면 잠들고 저녁이 되면 깨어나는 패턴이 굳어졌다. 깨어나 있는 동안은 휴대폰을 밧줄처럼 움켜쥐었다. 완은 휴대폰으로 공과금을 납부하고 월세를 송금하고 백 중 추돌 사고의 속보를 접했다. 연예인 스캔들 기사의 댓글을 읽고, 미세먼지 농도를 확인하고, 이종격투기 시합의 동영상을 보았다. 먹방을 소재로 한 예능 프로그램을 첫 회부터 마지막 회까지 반복해 보기도 했다. 원숭이가 바나나를 따먹는 게임이 시들해지자 물고기가 물방울을 터뜨리는 게임에 열중했다. 물고기는 나무에서 떨어지는 대신 물위로 떠올랐다. 물방울은 얼마든지 생겨났다. 완은 걸 그룹의 뮤직비디오를 보며 수음을 했다. 어머니가 보내오는 짧은 문자에 짧지 않은 간격을 두고 짧은 답 문자를 보냈다. 점퍼의 후드를 뒤집어쓰고 식료품을 사러 집밖으로 나설 때면 거리엔 언제나 바람이 불고 있었다.

3월 내내 오염 물질을 가득 품은 바람이 거칠게 불어댔다. 지하의 작은 방에서 듣는 바람 소리는 지금껏 들었던 것과는 다른 바람 소리였다. 지금껏 녹지 않았을 강원도 산등성이의 흰 눈. 가끔 꿈속에서 총소리가 났다. 완은 그날의 암구호를 기억해내지 못해 쩔쩔매며 식은땀을 흘렸다. 군인과 군인이 아닌 사람 사이, 작은 방에 누운 채로는 벽에 걸린 손목시계의 시곗바늘이 보이지 않았다.

3월 하순의 어느 새벽, 완은 인터넷 화면에 뜬 '야간 근무자 모집' 배너 창을 클릭했다.

*

　4월의 첫번째 수요일에서 목요일로 넘어가는 자정 즈음, 완은 서울의 어느 터널 한가운데 서 있었다. 회색 방수복을 입고 남색 고무장화를 신고 안전띠를 두른 형광연두색 조끼를 걸친 채였다. 얼굴에는 플라스틱 투명 고글과 산업용 방진 마스크, 목장갑을 낀 두 손은 두꺼운 호스를 쥐고 있었다. 완보다 몇 걸음 앞서 현장의 최고참인 장반장이 고압 분사기를 손에 들고 터널의 타일 벽면을 향해 거센 물줄기를 분사하고 있었다. 터널 벽면을 코팅하듯 덮고 있던 시커먼 먼지가 특수 세정제가 섞인 물줄기에 엉겨붙어 마구잡이로 흘러내렸다. 완은 장반장의 움직임에 보조를 맞춰 고압 분사기의 호스가 꼬이거나 발에 차이지 않도록 주의를 기울였다. 완의 뒤쪽으로 이십 미터쯤 간격을 두고 초대형 브러시를 장착한 특수차량이 요란하게 회전하며 터널 벽면을 닦아냈다. 주유소 자동 세차기의 일부를 떼어내 개조한 듯한 모습이었다. 특수차량 후면의 커다란 반사등이 작업 내내 쉬지 않고 깜빡였다.

　오늘로 나흘째 근무였다. '야간 근무자 모집' 광고를 낸 곳은 서울시 산하의 시설관리공단이었다. 공단과 계약을 맺은 협력업체와 용역업체 등이 팀을 꾸려 각종 공공시설물에 대해 특별 정비 작업을 시행하는 중이었다. 말하자면 '봄맞이 대청소'를 하는 셈이었다. 도로, 터널, 지하 차도, 고가교, 방음벽, 교통 장비, 부속 설비 등이 그 대상이었다. 작업은 차량을 통제할 수 있는 야간에 철야로 진행되었다. 완은 밤 열시에 출근해 다음날 새벽 다섯시에 퇴근하는 야간 정비 업무 보조로 아르바이트를 시작했다.

고참 작업자들은 작업을 통해 발생한 오물과 쓰레기를 통칭 '폐기물'이라 불렀다. 출근 첫 삼일간 완은 주로 그 폐기물을 처리하는 일을 맡았다. 완은 군대에서 익숙하게 사용했던 제설 작업용 삽으로 석탄처럼 덩어리진 먼지를 자루에 퍼 담았다. 긴 빗자루로 터널 벽면에서 흘러내린 구정물을 하수구 쪽으로 쓸어내며, 완은 이 폐기물을 부르는 특별한 단어가 따로 필요하다는 생각을 했다.

"흙, 모래, 염화칼슘, 배기가스, 매연, 그을음, 황사, 미세먼지, 세균…… 온갖 더러운 것들이 죄다 들러붙어 있지!"

완의 작업을 지켜보던 장반장이 턱짓으로 폐기물을 가리키며 말했다. 완은 제 발밑에서 시커멓게 번들거리는 검은 물을 바라보았다. 온갖 더러운 것들 이상의 무언가가 그 속에 있었다. 들끓는, 불길한, 가혹한, 견딜 수 없는, 가히 악마의 검은 체액이라 해도 좋을 만한. 장반장이 날카롭게 호루라기를 불었다. 저 빌어먹을 새끼들이, 짧은 욕설을 내뱉고는 이내 살수차가 있는 방향으로 빠르게 걸어갔다. 완은 문득 생각했다. 이 터널을 통과한 수많은 차는 결국 어디에 도착했을까.

근무 일주일째, 장반장은 고압 분사기를 완의 손에 넘겨주었다. 철책 앞에서 총을 들고 서 있던 기억이 용수철처럼 튀어올랐다. 완은 터널의 타일 벽면을 향해 분사기 노즐의 스위치를 눌렀다. 어지럽게 흘러내리는 검은 물줄기. 완은 딱 한 번 보았던, 현의 젖은 눈가에서 검은 눈물이 흘러내리던 순간을 떠올렸다. 얼마간 물줄기를 뿜으며 전진하자, 노즐과 호스를 쥔 손목을 알맞은 각도로 꺾는 요령이 생겼다. 검은 물줄기가 걷잡을 수 없이 흘러내렸다. 번져버린 글씨처럼, 눈화장처럼, 토사물처럼, 상처의 고름처럼, 총상의 핏물처럼. 완은 터널 벽면을 향해 고압 분사기를 쏘았다. 투명 고글에 점점이 더러운 물방울이 튀었다. 완은 깊은 숨을 몰아쉬며 계속해서 물줄기를 내뿜었다.

밤새 길고 어둡고 더러운 터널 속을 씻어낸 뒤 기진하고 노곤한 아침을 맞는다는 것. 이른 아침 시내버스를 타고 B101호로 돌아올 때면, 무거운 눈꺼풀이 열리고 닫히는 사이, 희미한 꿈처럼 거리의 목련이나 벚꽃을 볼 수 있었다. 일출시간이 점점 빨라지고 있었다. 샤워를 마치고 이부자리 위로 쓰러지면, 완의 몸은 지하의 작은 방에 눈처럼 녹아들어 잠 속으로 흔적도 없이 사라져버렸다.

한 달 남짓, 완은 밤의 어둠 속에서 터널과 지하 차도와 방음벽의 내부를 청소했다. 어느 날은 강변북로 입체교차로 아래, 그 어디라고도 할 수 없는 장소에서 세 명의 중년 남자와 함께 천여 장쯤 되는 조명 덮개를 세척하기도 했다. 덮개는 지하 차도 내 조명 장치에 덧씌우는 투명 보호판으로, 조도를 높이기 위해 묵은 때를 벗겨내는 작업이었다. 고무장갑을 끼고 쭈그려앉아 이루 말할 수 없이 더러운, 더러움의 원액 같은 검댕을 닦아내는 사내들, 어떤 의식을 치르듯, 솔을 쥔 양손을 둥글게 둥글게 하염없이, 제 마음이나 감정을 한 번도 제대로 마주한 적 없다는 듯, 솔을 쥔 양손을 아니라고 아니라고 하염없이. 시커멓게 번들거리는 검은 물이 사방으로 번져나갔다. 어느 날은 수백 개의 환기팬을 세척했고, 어느 날은 대형 교통 표지판을 세척했다. 진입 금지, 유턴 금지, 추월 금지, 천천히 SLOW, 양보 YIELD. 어디에서 얼마나 오랫동안 그렇게 외치고 서 있었는지 알 수 없는, 창백하게 희번덕거리는 얼굴들. 예외 없이 번들거리는 검은 물이 흘러내렸다.

정해진 작업 일정이 모두 끝난 며칠 뒤, 완은 장반장의 전화를 받았다. 다음날 완은 장반장을 따라 한강사업본부의 어느 부서를 방문했다. 장반장이 지켜보는 가운데 완은 담당 공무원이 내준 삼 개월 임시 계약직 서류의 공란을 메웠다. 이번 야간작업은 한강 주변을 정비하는 일이었다.

요란한 발작이 잦아들듯 벚꽃이 지자, 나무들이 앞다투어 연녹색 잎사귀를 틔웠다. 늦봄과 초여름 사이를 잇는 꽃들이 무리 지어 피어났다. 한강시민공원 잔디밭 위로 쉴새없이 그늘막과 돗자리가 펼쳐지고 거둬졌다. 더이상 찬바람이 불지 않는 밤의 강가는 사람들로 북적였다. 낮의 강가는 말할 것도 없었다. 야구 모자, 축구 유니폼, 러닝화, 사이클 타이츠, 미니스커트, 슬리퍼, 교복, 롤업 팬츠, 가보시 힐, 양산, 선글라스, 농구공, 풍선, 배드민턴 라켓, 낚싯대, 스케이트보드, 만보기, 가오리연, 맥주, 콜라, 생수, 원반을 낚아채는 큰 개, 목줄에 묶인 작은 개, 양념치킨, 김밥, 컵라면, 솜사탕, 통기타, 셀카 봉, 신문, 성경, 키스, 고함, 노래, 아이, 노인, 연인, 주부, 마라토너, 휴가 나온 군인, 죽고 싶은 샐러리맨…… 온갖 색깔과 온갖 모양과 온갖 소리와 온갖 냄새가 강가에 한가득 부려졌다. 쓰레기는 말할 것도 없었다. 주말이 되거나 특정 행사가 치러지면 그 모든 것이 세 배쯤 늘어났다.

"봄이란 사건이 원래가 한바탕 전쟁이라……"

그 모든 것이 자신과는 무관하다는 듯, 적잖이 넌더리가 난다는 듯, 담배 불똥을 손가락으로 튕겨내며 장반장이 말했다. 실제 장반장은 그 모든 것과 무관한 사람처럼 보였다. 빌딩가나 아파트 단지 같은 곳에서는 좀처럼 마주치기 힘든 인상의 오십대 사내, 크고 다부진 체구와 아이러니한 조화를 이루는 유연한 팔다리의 움직임, 부스스한 곱슬머리, 검붉은 얼굴에 흰 털이 섞인 거친 수염, 방수복 바지와 고무장화는, 손가락 사이의 담배는 신체의 일부처럼 보였다. 그저 '노련한 인부'라 하기엔 어쩐지 충분치 않은 오십대 사내. 완은 장반장에게서 21세기 서울에는 존재하지 않는 직업, 완 자신도 직접 본 적 없는 직업, 이를테면 사냥꾼이나 나무꾼의 인상을 받았다. 옛날이야기 속 왕이 보낸 밀사나 적장이 보낸 정찰병의 느낌이라 해도 좋았다.

공공근로자들이 밤늦도록 모아놓은 엄청난 양의 쓰레기와 재활용품을 수거 차량에 실어 보내고, 그 뒤처리를 하고 나면 본격적인 야간작업이 시작되었다. 예의 온갖 것들의 발길이 좀처럼 닿지 않는 곳, 공원이라 할 만한 곳이 끝나는 지점, 그 부근에 하수구, 정화조, 비상 통로, 이런저런 설비들이 위장 초소처럼 위치해 있었다. 하수구와 정화조와 비상 통로 등에 쌓인 퇴적물과 이물질을 제거하는 것이 야간 정비반의 주된 업무였다. 한 달쯤 뒤 시작되는 장마철 침수에 대비하는 작업이었다. 장반장은 지렛대를 능숙하게 사용해 하수구를 덮고 있는 석판을 일일이 들어올렸다. 완은 다른 인부들과 함께 허리춤까지 잠기는 하수구 안으로 들어가 바닥에 두껍게 쌓인 진득한 퇴적물을 삽으로 퍼올렸다. 지독한 악취와 불쾌한 습기가 가차없이 콧속을 파고들었다. 늪에 빠진 것처럼 고무장화가 자꾸만 아래로 빨려들어갔다. 가히 악마의 체액이 흐르는 악마의 내장 속에 들어와 있다 할 만했다.

"재작년에는 저 가로등이 대가리만 남고 여기가 전부 물에 잠겼었다니까."

장반장이 힘세고 억척스러운 사냥꾼처럼, 숲의 비밀을 모조리 알고 있는 나무꾼처럼 말했다.

제대 후 몇 개월, 완은 낮과 밤이 완전히 뒤바뀐 생활과 그에 따른 노동으로 자신의 몸속 성분이 변하고 있다는 느낌을 받았다. 삼교대로 이루어졌던 GOP 근무와는 또다른 무엇이었다. 생체 리듬이 균형을 잃었다는 식의 표현은 성에 차지 않았다. 군인에서 군인이 아닌 사람으로 돌아왔다는 생각도 딱히 들지 않았다. 끈끈하고 불투명한 막 같은 것이 온종일 제 몸을 둥글게 감싸고 있는 느낌이었다. 시야는 흐릿했고, 머릿속은 먹먹했다. 무엇에도 온전한 현실감이 느껴지지 않았다. 잠은 점차 짧고 얕고 엷어졌다. 제대 직후의 수면 과다는 시나브로 수면 부족으로 변해갔다. 피곤한 몸으로 억지로 청하는 잠은 몸을 더욱 피곤하게 만들었다. 지하의 작은 방에서 오래도록 뒤척이는 시간, 지렁이나 구더기가 되어 하수구의 퇴적물 속을 끝없이 기어다니는 기분이었다.

상병으로 진급한 후임이 제 형을 통해 알아낸 번호로 완에게 전화를 걸어왔다. 일주일 휴가를 받아 이틀 전 고향에 왔다고 했다. 강원도의 산과 바다와는 완전히 다르다는 남해안의 산과 바다. 한낮이었고, 완은 얕은 잠 속에서 허우적대다 전화를 받은 참이었다. 후임은 서울에는 가볼 수 없을 것 같다고 말했다. 마을 사람들과 공동 작업에 나섰던 어머니가 트럭 짐칸에서 내려서다 발을 헛디뎌 꼼짝없이 깁스 신세를 지게 됐다는 것이었다. 후임은 전화를 끊고 깁스를 한 어머니가 머리 감는 것을 도와드려야 한다고 말했다. 학교는 분위기가 어떻습니까, 라는 군대식 물음에 완은 대답을 얼버무렸다. 전화를 끊은 완은 언젠가 후임과 통화를 하게 되면 처음부터 이 방에 벽걸이 시계가 없었던 것인지 물어보려 했다는 것을 떠올렸다.

후임과 통화를 한 다음날 새벽, 철야 작업이 거의 마무리되어가고 있던 시간, 간이화장실에서 소변을 보고 다시 작업장 쪽으로 돌아가던 완은 잡초가 가득한 풀밭에서 날개 하나를 발견했다. 어둠은 흩어지고 강은 물안개를 피워올리고 있었다. 풀밭 위에 날개 하나가 놓여 있었다. 잿빛 바탕에 옅은 갈색 무늬가 섞인 날개였다. 완은 천천히 눈을 감았다 떴다. 자신이 지하의 작은 방에 잠들어 있던 것은 아닌지, 얕은 꿈속을 헤매고 있던 것은 아닌지, 애써 몽롱한 감각을 추슬렀다. 완은 허리를 굽혀 날개를 집어들었다. 그것은 멧비둘기의 왼쪽 날개였다. 몸통에서 떨어져나온 날개의 끝부분에 희미하게 핏기가 맺혀 있었다. 단번에 도려낸 듯, 멀쩡하고 온전한, 명백한 새의 날개였다. 한강시민공원의 쓰레기 적재함에는, 하수구와 정화조와 비상 통로에는 온갖 것들이 버려져 있었다. 완은 진흙 범벅의 오토바이 헬멧, 삭을 대로 삭은 세발자전거, 찢어진 여행 가방, 바람 빠진 배구공, 깨진 형광등 따위를 폐기물로 수거했다. 죽은 쥐도 여러 번 보았으나 새의 날개는 처음이었다. 완은 저도 모르게 주위를 두리번거렸다. 왼쪽 날개가 없는 멧비둘기가 난처한 모습으로 뒤뚱대며 분실물을 찾듯 제 날개를 찾고 있는 것은 아닌지.

아침이 밝고 완은 B101호로 돌아왔다. 검정 비닐봉지에 날개를 담아 가지고 돌아왔다. 샤워를 마치고 자리에 누웠으나 잠은 희미한 물결 소리처럼 멀리 닿지 않는 곳에 있었다. 완은 비닐봉지에서 날개를 꺼내 방바닥에 펼쳐놓았다. 멀쩡하고 온전한, 명백한 새의 날개였다. 완은 물티슈로 날개의 깃털을 하나하나 조심스레 닦아냈다. 거의 아무것도 묻어나오지 않았다. 완은 날개를 방안에 남겨두고 다시 집밖으로 나왔다. 거리의 상점들이 막 문을 열기 시작하는 시간이었다. 완은 시장의 그릇 가게에서 과실주를 담글 때 사용하는 유리 단지를 샀다. 약국에서 소독용 에탄올을 샀다. 양이 부족할 듯해 다른 약국에 들러 에탄올을 몇 통 더 구입해 집으로 돌아왔다. 완은 멧비둘기의 왼쪽 날개를 유리 단지에 넣고 그 속에 천천히 에탄올을 부었다. 에탄올을 가득 채우고 단지의 뚜껑을 닫았다. 반쯤 펼쳐진 멧비둘기의 왼쪽 날개가 에탄올을 채운 유리 단지 속에서 미세한 기포를 뿜어올리며 조용히 눈을 떴다. 완은 옆으로 드러누워 단지 속의 날개를 들여다보았다. 한참을 들여다보다 잠이 들었다.

장마가 시작되기 전 일을 그만두어야겠다고 완은 마음을 정했다. 어디서든 우연히 비둘기를 볼 때면 왼쪽 날개가 제대로 붙어 있나 강박적으로 살피고 확인하는 버릇이 생겼다. 완이 철야 작업을 하는 동안, 어둠 속에 잠겨 있을 지하의 작은 방. 벽에 걸린 손목시계와 새의 날개가 담긴 유리 단지.

어느 밤, 기상청의 예보보다 훨씬 이른 시각에 거센 비가 쏟아지기 시작했다. 내내 전화 통화를 하던 장반장은 분통을 터뜨렸다. 특수 장비를 싣고 지방에서 올라오던 차량이 고장을 일으켰다는 것이었다. 그날로 예정되었던 제방 보수 작업을 모두 취소할 수밖에 없는 상황이 되었다. 작업을 위해 미리 준비해둔 이런저런 설비들을 다시 원상복귀시키는 동안 빗줄기는 더욱 거세졌다. 인부들은 귀가를 서둘렀다. 소란스러운 와중에 완은 장반장의 트럭을 얻어 타게 되었다. 와이퍼 소음이 요란한 낡은 일 톤 트럭은 한강시민공원을 벗어나 올림픽대로로 진입했다. 때맞춰 완이 일을 그만두려 한다는 얘기를 꺼낼까 눈치를 살피고 있는 사이, 장반장은 골치 아픈 상황에서 한숨 돌렸다는 듯 자신의 숙소에 가서 함께 야식을 먹지 않겠느냐고 제안했다. 한강대교로 올라선 장반장의 트럭이 다리 중간쯤에서 속도를 줄이고 방향지시등을 켰다. 완은 빗물이 흐르는 차창 밖을 어리둥절한 표정으로 내다보았다.

"노들섬 몰라? 안 와봤어? 암튼 다들 한강에 섬은 여의도밖에 없는 줄 안다니까."

비가 내리는 어둠 속, 있는지조차 알지 못했던 다리 위 진입로로 들어서자, '노들섬 시민농장' '무공해 유기농 텃밭' 등의 나무 팻말이 줄지어 서 있었다. 노들섬, 이런저런 작물들이 자라고 있는 텃밭 단지 옆 흙길을 따라 트럭이 달렸다. 길이 끝나는 지점에 철망 펜스가 앞을 가로막았다. 장반장은 우비의 모자를 뒤집어쓰고 트럭에서 내려 잠금장치를 풀고 펜스의 철문을 열었다. 잠금장치 위쪽에 '관계자 외 출입금지'라는 안내문이 붙어 있었다. 펜스 안쪽으로 들어서서 구불거리는 내리막길을 따라 달리자 이내 강가의 제방 길이 나타났다. 어지럽게 흔들리는 트럭의 헤드라이트가 거센 빗줄기와 함께 우거진 풀숲과 무성한 버드나무 군락, 한강대교의 서쪽에 자리한 한강철교를 비추었다. 제방 길을 따라 좌회전한 트럭은 완만하게 굽은 곡선로를 달렸다.

마침내 섬의 가장 후미진 곳, 이런저런 정비 도구와 시멘트 포대를 부려놓은 공터에 장반장은 차를 세웠다. 제방 가까이 컨테이너 두 동이 놓여 있었다. 완은 트럭에서 내려섰다. 그 컨테이너가 장반장이 말한 '숙소'임을 깨달았지만, 비 내리는 어둠 속 어쩐지 불시착한 우주선이라도 마주한 기분이었다.

장반장은 컨테이너 안으로 들어가 형광등을 켜고 우비를 벗은 뒤 무언가를 챙겨들고 밖으로 나왔다. 이내 능숙한 동작으로 컨테이너 위쪽에 말려 있던 차양막을 펼쳐 쇠기둥에 고정시켰다. 완은 비를 피해 차양막 아래로 들어섰다. 인기척이 느껴지지 않는 옆쪽의 다른 컨테이너는 조용한 어둠 속에 잠겨 있었다. 어느새 접이식 탁자가 펼쳐지고 접이식 의자가 놓였다. 장반장은 캠핑용 랜턴을 탁자 위에 올려놓았다. 장반장이 컨테이너 뒤쪽으로 잠시 사라진 사이, 완은 열린 문을 통해 컨테이너 안을 들여다보았다. B101호만한 방이었다. 완의 방처럼 구석자리에 아무렇게나 이부자리가 펼쳐져 있고, 작은 냉장고, 서랍장과 좌탁, 옷걸이 가득 후줄근한 옷들이 걸려 있었다. 그리고 새벽 두시 사분, 벽에 둥그런 벽시계가 걸려 있었다. 완은 장반장의 컨테이너 안에 새의 날개, 아니 멧돼지의 머리가 있었다 해도 그다지 놀라지 않았을 거란 생각을 했다. 어디선가 드럼통을 잘라 만든 바비큐 그릴을 가져온 장반장이 토치로 숯불을 피웠다. 완은 장반장이 시키는 대로 컨테이너 안의 냉장고에서 삼겹살과 소주와 고추장을 꺼내왔다. 펜스 바깥의 텃밭에서 따온 것이라는 고추와 상추도 비닐에 담긴 채 탁자에 놓였다.

거센 비가 차양막을 쉬지 않고 두드렸다. 드넓은 강의 표면은 무수

한 빗방울과 요란하게 몸을 섞고 있었다. 완은 한강 노들섬의 남쪽 끝자락 장반장의 컨테이너 앞에 앉아 고기를 먹고 술을 마셨다. 산속 사냥꾼의 오두막이나 나무꾼의 움막집에서 하룻밤 신세를 지게 된 옛날이야기의 주인공이 된 것 같았다. 완은 종이컵에 담긴 소주를 비우며 강 건너 아직까지 꺼지지 않고 있는 불빛들을 바라보았다. 숯불, 연기, 빗물, 습기, 소리, 냄새, 식욕, 취기, 피로, 졸음, 그리고 기억. 완은 서강대교 위에서 고함을 지르며 강물 속으로 던져버린 휴대폰을 떠올렸다.

현의 원룸에서, 이런 빗속에서 몇 날 며칠을 함께 보낸 시간이 있었다. 둘은 첫봄을 함께 보낸 뒤 첫 장마를 함께 맞았다. 비는 멈추지 않았고, 집밖으로는 한 걸음도 나가지 않았다. 현은 좀처럼 마르지 않는 빨래를 향해 선풍기를 틀어놓았다. 모든 것이 젖은 채였다. 완은 현의 침대에 누워 빨래 건조대에 걸린 현의 브래지어에서 물방울이 떨어지는 것을 지켜보았다. 현은 냄비 가득 티백 보리차를 끓였다. 보리차는 천천히 식었다. 완은 현의 침대에 누워 현이 식은 보리차를 유리병에 담아 냉장고에 넣는 모습을 지켜보았다. 이제 밖으로 나가자, 현이 말했다. 쌀이 없어, 쌀을 사오자.

바나나를 낚아채는 원숭이, 물방울을 터뜨리는 물고기, 원숭이가 물방울을 터뜨리고, 물고기가 바나나를 낚아챈다면. 강원도의 눈은 이제 모두 녹았을 것이다. 아니, 어딘가에, 아직 어딘가에 한줌쯤 남아 있지 않을까. 완은 쌓인 눈 위로 촘촘히 작은 구멍을 내며 떨어지던 빗방울을 떠올렸다. 현과 헤어진 지 보름 만에, GOP 근무를 자원한 지 열흘 만에 벌어진 사건. 완은 누군가가 누군가에게 총을 쏘았다는 것이 이상할 정도로 이상하게 느껴지지 않았다. 그리고 반드시 제가 '그 새끼'를 쏘아 죽여야 한다고 생각했다. 완은 그 새끼에게 걷잡을 수 없이 살의를 느끼는 '미친 새끼'가 되어 수색조의 맨 앞에 섰다. 사흘 동안 잠시도 눈을 붙이지 않았지만 완은 얼마든지 그 '또라이 새끼'를 명중시킬 수 있다고 자신했다. 투항하지 말고 제 앞에 총을 들고 나타나주길 간절히 바랐다. 그런 적개심에 사로잡혔었다는 것에 대해 반성문 따위는 쓰고 싶지 않았다.

석쇠에 엉겨붙은 단백질이 새카맣게 타들어간 채 숯불이 꺼지고, 탁자 위엔 빈 소주병들이 놓였다. 장반장은 냉장고에서 술을 더 가져오겠다며 컨테이너로 들어갔다. 이내 문을 열어둔 컨테이너 안에서 코 고는 소리가 들려왔다. 완 역시 취기와 졸음에 젖어 있었다.

완은 의자에서 일어서 차양막 밖으로 나섰다. 여전히 비가 내렸지만, 밤을 거의 다 흘려보낸 강은 어두운 얼굴로 아침을 준비하고 있었다. 반짝거리는 터널의 타일 벽면, 말갛고 환한 지하 차도를 통과해, 어디론가 달려간다는 것. 그러나 아이가 되지 못한 아이를 죽인다는 것, 이름을 지어준 개를 잃는다는 것, 손목시계를 벽에 걸어둔다는 것, 꿈처럼 새의 날개를 줍는다는 것, 완은 비틀거리는 걸음으로 제방 길로 내려섰다. 강원도 산등성이의 흰 눈이 이 도시의 강으로 흘러온다는 것.

갑자기, 어쩌면 마땅히, 완은 강을 향해 뛰었다.

물이 힘껏 품을 열고 완을 받았다. 강원도의 어느 계곡, 뜨거운 여름, 그 계곡물이 멀리 도시의 강을 향해 흐르고 있다는 것을 알지 못하는 다섯 살, 물장구를 치던 일 분 전의 웃음과 물속으로 엎어진 일 분 후의 울음, 흠뻑 젖은 다섯 살의 사내아이를 품에 안아 좁은 텐트 안으로 데려가는 여자는 어째서 그 아이의 엄마일 수밖에 없는가. 벗은 몸을 완전히 감싸는 커다란 수건, 텐트 속에서 이상한 색깔로 어른거리는 저를 낳은 여자의 얼굴과 팔뚝과 발, 번들거리는 입술과 따뜻한 손톱. 그 모든 것이 자신을 뽀송하게 말려놓았으므로, 다시 텐트 밖으로 뛰어나갈 수 있다는 온전한 확신. 그러나 그 모두가 눈처럼 녹아버렸다는 것, 강물처럼 흘러가버렸다는 것, 지금 다시 비로 내리고 있다는 것.

하룻밤 신세를 진 사냥꾼 혹은 나무꾼, 방금 전까지 코를 골았던 장반장은 기어이 완을 물 밖으로 끄집어냈다. 완은 제방 길에 엎드려 코와 입으로 들어갔던 강물을 게워냈다. 폐기물처럼 쏟아냈다.

뽀송하게 마른 수건 따위는 없었다. 젖은 옷을 아무렇게나 허물처럼 벗어던진 장반장은 잠시 후 거짓말처럼 다시 코를 골며 잠이 들었다.

젖은 채로, 벗은 채로, 완은 제방 길을 걸었다. 조금씩 비가 그쳐가고 있었다. 그러나 곧 장마가 시작될 터였다. 오래도록 비가 내릴 터였다. 퇴적물을 제거한 하수구와 비상 통로 가득 무섭게 물이 차오를 터였다. 이 작은 섬은 고스란히 물에 잠길지도 몰랐다.

완은 문득 낯선 소리가 들려오는 서쪽으로 고개를 돌렸다. 그날의 첫 기차가 한강철교 위를 내달리기 시작했다.

부서지는 밤의 미로

소년은 달렸다. 있는 힘껏 빠르게 달렸다. 있는 힘껏 팔다리를 휘젓고 있음에도, 소년의 달리기는 제가 원하는 만큼의 빠르기에 미치지 못했다. 소년은 그것이 싫고 두려웠다.

소년은 생각했다. 어떻게 하면 제가 작아질 수 있을지, 조용해질 수 있을지, 투명해질 수 있을지, 있는 힘껏 생각했다. 지난 몇 달 동안 소년은 무언가를 있는 힘껏 원한다는 것은 아무런 소용이 없다는 것을 배웠다. 있는 힘껏 생각해야 했다. 있는 힘껏 생각하고 또 생각해 원하는 것을 얻을 수 있는 방법을 알아내야 했다. 지금, 해가 지며 어둠이 번져오는 황량한 들판, 흡족하지 않은 속도로라도 있는 힘껏 달리며, 소년은 어떻게 하면 제가 쥐나 벌레처럼 작아질 수 있을지, 어떻게 하면 닳아빠진 운동화의 고무 밑창이 요란하게 흙바닥을 디디는 소리를 작게 줄일 수 있을지, 어떻게 하면 비닐이나 유리처럼 투명해질 수 있을지, 있는 힘껏 생각했다. 그러나 그 방법은 좀처럼 떠오르지 않았다. 소년은 달렸다. 어지럽고 숨이 찼다. 소년은 두 눈과 입 부분에 둥근 구멍을 낸 검은 복면을 쓰고 있었다.

문득 정수리가 화끈거렸다. 목덜미가 욱신거렸다. 그리고 발목이 쓰라렸다. 소년은 눈을 감았다. 제 머리통을 간단히 움켜쥐던 검은 손, 제 숨통을 끊을 듯 조여오던 굵은 손가락, 그리고 작고 빨갛게 타들어가던 담뱃불…… 처음, 도망친 소년을 붙잡은 것은 사촌형의 이웃집 쌍둥이 형제였다. 그들은 열일곱 살이었다. 열일곱 살의 그들이 번갈아 열두 살 소년의 멱살을 잡았다. 한쪽이 멱살을 잡고 소년의 몸을 마구 흔들어대는 동안 다른 한쪽은 으르렁거리며 윽박을 질렀다. 다른 한쪽이 임무 교대하듯 소년의 멱살을 잡으면 다시 다른 한쪽이 욕설을 퍼부었다. 둘은 번갈아가며 두 번씩 그렇게 했다. 몇 걸음 떨어져 그 광경을 지켜보고 있던 소년의 열다섯 살 사촌형이 작은 목소리로 애원하듯 그들을 말렸다. 쌍둥이 형제는 소년을 패대기치듯 벽으로 밀쳤다. 등을 벽에 부딪힌 소년이 부러진 나뭇가지처럼 무력하게 주저앉았다. 쌍둥이 형제는 번갈아 소년을 노려보다 자리를 떴다.

소년이 '학교'로 온 것은 한 달 전쯤 사촌형을 따라서였다. 사촌형은 제 이웃집 쌍둥이 형제를 따라나서겠다고 선언했다. 그들이 어디로 가는지 알 수 없었지만, 어떤 일이 자신을 기다리고 있는지 알 수 없었지만, 아니, 무엇보다 그들을 결코 따라가고 싶지 않았지만, 그럼에도 소년은 그들을 따라가지 않을 수 없었다. 먹여주고 재워주고 우리를 안전하게 지켜준대, 낡은 트럭의 구석자리에 쪼그려앉은 사촌형이 소년에게 말했다. 트럭에 오르기 며칠 전부터 이미 여러 차례 반복한 말이었다. 그리고 우리를 강하게 만들어준대, 그 말 역시 마찬가지였다. 트럭 안에는 쌍둥이 형제 또래의 소년들이 예닐곱 명 더 타고 있었다. 총을 든 남자 어른 셋이 고약한 냄새를 풍기는 양 두 마리와 함께 무엇이 들었는지 알 수 없는 궤짝 더미에 기대어 검은 포장으로 지붕을 씌운 트럭 입구 쪽을 차지하고 있었다.

소년은 달렸다. 어지럽고 숨이 찼다. 계속해서 있는 힘껏 달리고 싶었지만, 제게 있는 힘이 점점 사라지고 있음을 느꼈다. 어둠이 짙어지고 있었다. 있는 힘껏 무언가를 생각해야 했지만, 좀처럼 어떤 생각도 떠오르지 않았다. 소년은 달렸다. 자기가 아닌 것이 자기를 달리게 하고 있는 듯한 느낌이 싫고 두려웠다. 소년은 문득 막내 여동생의 이름을 부르고 싶었다. 있는 힘껏 소리쳐 부르고 싶었다. 그러나 그럴 수 없었다. 소년은 여동생의 이름을 작게 중얼거렸다. 기도문을 외우듯 여러 번 반복해 여동생의 이름을 불렀다. 어지럽고 숨이 찼다. 소년은 달렸다.

사촌형을 따라 트럭에 오르기 보름 전, 소년은 아버지를 잃었다. 한날한시, 한동네에 사는 사촌형도 제 아버지와 어머니를 잃었다. 세 사람은 함께 숨졌다.

건기의 화창한 오후였다. 소년과 사촌형은 동네 아이들이 몰려 노는 사원 앞 공터에 있었다. 갑자기 발작이 시작되듯 푸른 하늘의 남쪽 끝자락이 불길하게 경련을 일으켰다. 날카롭게 흰 금을 그으며 전투기 두 대가 나타났다. 사원 앞에 모여 있던 아이들 중 폭격을 처음 경험하는 아이는 없었다. 그러나 폭격을 두려워하지 않는 아이도 없었다. 아이들이 살고 있는 이 도시를 향한 집요한 공습은 일 년 넘게 계속되고 있었다. 아이들 대부분 폭격으로 집이나 가까운 사람을 잃었다. 팔이나 다리를 잃은 아이도 있었다. 정확히 무어라 말할 수 없는 다른 많은 것도 잃었다. 굉음과 폭발과 비명과 붕괴와 대피, 그리고 온통 얼이 빠지는 듯한 먹먹한 공포는 끝없이 반복되는 일상이었다. 공터의 아이들은 짧은 순간 작은 짐승처럼 알아차렸다. 햇빛을 차갑게 반사시키는 전투기의 뾰족한 강철 날개가 아주 가까운 곳을 노리고 있다는 것을. 소년은 달렸다. 있는 힘껏 달렸다. 몇 걸음 앞서 달려가던 사촌형이 소년을 돌아보며 손짓했다. 그들이 어느 골목 입구 무너진 돌담 곁에 몸을 웅크리자마자 가차없이 귀를 강타하는 폭발음이 들렸다. 땅이 북처럼 울리고 하늘이 유리처럼 깨졌다. 그러나 바로 여기는 아니었다. 아주 가까운 곳, 틀림없이 이웃 동네였다. 다시 포탄이 떨어졌다. 무언가가 터지고 끊기고 부서지고 뚫렸다. 잠깐 솟아올랐다 오래 가라앉았다. 소년의 아버지와 소년의 백부와 백모, 그러니까 사촌형의 아버지와 어머니는 이웃 동네로 식량을 구하러 간 참이었다. 외국 구호단체의 물자가 어렵게 반입됐다는 소문이 아침나절 동네에 돌기 시작했다. 그 구호품이 밀가루와 감자와 토마토라는 것이 부근의 거의 모든 사람들에게 알려진 점심 무렵, 폐쇄되었던 이웃 동네의 관공서 뒷문 앞에 긴 줄이 늘어섰다. 소년의 아버지는 바퀴 달린 녹슨 철제 카트를 끌고, 백부와 백모는 플라스틱 바구니와 방수포 포대를 들고 그 줄 끝에 섰다. 그들 뒤로 금세 사람이 늘어났다.

다시 포탄이 떨어졌다. 조금 더 멀리 한 번, 다시 가깝게 또 한번, 결코 배운 적 없는 위력적인 공포. 소년은 석 달 전 문을 닫은 학교에서 반복해 배운 대로 손가락으로 귀를 막고 눈을 가렸다. 귀를 막아도 들리고 눈을 가려도 보였지만, 그러지 않을 수 없었다. 걷잡을 수 없이 떨리는 어깨나 아프도록 힘이 들어가는 발가락이나 마구잡이로 요동치는 가슴을 어떻게 해야 하는지도 누군가가 가르쳐주었다면 좋았을 텐데라는 생각, 아무도 포탄이 떨어질 때 어깨와 발가락과 가슴을 어떻게 하라고 일러주지 않았다. 한참 동안 투명한 푸른 하늘에 어지러운 모양새로 희게 칼질을 해댄 전투기가 시나브로 다시 남쪽으로 멀어져갔다. 이게 결코 끝이 아니라는 듯 신경질적인 비행음을 여진처럼 공중에 흩뿌리고 갔다.

비틀거리는 걸음으로 다시 사원 앞 공터로 돌아온 소년과 사촌형은 여기저기 흉하게 파인 자국투성이로 위태롭게 서 있던 사원의 첨탑이 완전히 무너져내린 것을 보았다. 그러나 다시 공터로 돌아온 아이들 중 첨탑 따위에 신경을 쓰는 아이는 없었다. 이내 대부분의 아이들이 이웃 동네를 향해 달리기 시작했다. 전투기의 공습을 피해 허둥지둥 몸을 숨길 때와는 다른 방식으로 달리기 시작했다. 밀가루와 감자와 토마토. 이웃 동네의 관공서로 향하는 길은 달린다는 것이 불가능할 정도로 훼손되어 있었다. 거리는 주변에 존재하던 거의 모든 것이 부서지며 생겨난 엄청난 양의 먼지를 하얗게 뒤집어쓰고 마치 폭설이 내린 협곡처럼 변해 있었다. 많은 것이 이미 부서진 채였는데, 더 부서질 것이 이토록 많이 남아 있었단 말인가. 부옇게 날리는 먼지를 막아보려 소년은 손으로 입과 코를 가렸다. 끝없이 파괴되는 것으로 자꾸만 몸집을 불리는 기괴한 도시의 거리. 사촌형은 뒤엉킨 잔해들을 피해 자꾸만 방향을 틀었다. 미로처럼 얽힌 골목의 샛길, 소년은 어지럽고 숨이 찼다. 무언가가 계속 부서져내리는 소리가 들려왔다. 소년

은 사촌형을 따라 막힌 길 앞에서 번번이 방향을 틀어 힘겹게 이웃 동
네로 향했다. 아주 가까운 곳은 아주 먼 곳이 되어 있었다. 쉴새없이
발바닥을 찌르는 크고 작은 파편들, 달리는 것이 불가능했음에도 둘
은 달리지 않을 수 없었다.

　무섭도록 강렬한 예감 그대로, 전투기의 포탄은 관공서를 명중시킨
참이었다. 산처럼 솟은 건물의 잔해 더미에서 검은 연기가 치솟고 있
었다. 무엇이 타는 것인지 짐작조차 할 수 없는 괴이한 냄새, 불길은
보이지 않은 채 투명하게 일렁이는 섬뜩한 열기의 아지랑이. 전투기
가 이곳에 떨어뜨린 것은 포탄이 아닌 지옥의 알일지도 몰랐다.

　아버지, 소년은 큰 소리로 아버지를 불러야 한다고 생각했다. 그러
나 그럴 수가 없었다. 위아래 입술이 단단히 들러붙기라도 한 것처럼
입을 열 수가 없었다. 입안의 혀가 팽팽하게 부풀어오르는 것만 같았
다. 어디선가 나타난 제 또래의 소녀가 온몸에 하얀 먼지를 가득 뒤
집어쓴 채 소년이 발음하려 했던 바로 그 단어를 비명처럼 외치기 시
작했다. 소년은 몸을 움츠렸다. 아버지, 소년의 입술은 벌어지지 않았
다. 소녀는 헝클어진 갈래머리를 더욱 헝클어뜨리며 팔을 휘두르고
발을 굴렀다. 아버지, 입술뿐이 아니었다. 소년은 손과 발의 감각을
느낄 수 없었다. 열 개의 손가락과 열 개의 발가락이 그 사이사이마다
접착제를 붙이기라도 한 것처럼 빳빳하게 굳어 움직이지 않았다. 소
년은 눈을 감고 귀를 막고 싶었다. 그럴 수가 없었다. 아버지, 눈꺼풀
은 감기지 않았고, 손가락을 귓구멍으로 가져갈 수 없었다. 부옇게 흐
려지는 눈앞으로 사촌형의 뒷모습이 보였다. 사촌형은 소년에게 한
번도 들려준 적 없는 이상한 목소리로 엄마를 외치며 검은 연기가 치

솟는 건물 더미를 향해 달려들었다.

문득, 벽이 보였다. 여전히 달리고 있었지만, 발을 질질 끌며, 갈지자로 휘청거리며, 간신히 앞으로 나아가고 있는 소년의 눈앞에 멀리 높다란 벽이 보였다. 해는 완전히 졌고, 검붉은 노을이 서쪽 지평선에 길게 이어진 띠처럼 남아 있었다. 소년은 어지럽고 숨이 찼다. 그러나 다시 있는 힘껏 달리기 위해 이를 악물었다. 완전히 어둠에 잠기기 전 벽 앞에 다다라야 했다. 소년은 달렸다. 우뚝 솟은 벽 주위로 부서진 건물들의 모습이 보였다. 너무도 익숙한 폭격의 잔해 더미, 그 황량한 폐허가 소년은 믿을 수 없이 반가웠다. 소년은 달렸다. 소년이 향하고 있는 곳은 소년이 태어나고 자란, 아버지를 잃은 후 사촌형과 트럭을 타고 떠나온 도시가 아닌, 또다른 파괴의 도시였다. 노을이 완전히 사라지기 직전, 소년은 그 도시의 동쪽 입구에 도착했다. 멀리서 소년의 눈에 띄었던 높다란 벽은 붕괴된 어느 건물의 외벽이었다. 사방의 모든 것이 무너진 상태였지만, 그 외벽만은 기적처럼 멀쩡했다. 그 벽 앞에 멈춰 선 소년은 두 손으로 무릎을 짚고 숨을 몰아쉬었다. 있는 힘껏 몰아쉬었다. 다시 허리를 편 소년은 주위를 둘러보았다. 아무런 소리도 들리지 않았다. 누구의 모습도 보이지 않았다. 검푸른 어둠이 거리의 잔해 더미 위로 내려앉고 있었다. 소년은 비로소, 있는 힘껏 달리는 내내 쓰고 있던 검은 복면을 벗었다.

소년은 아주 어려서 이 도시에 두 차례 와본 적이 있었다. 이 도시는 소년의 어머니가 태어나고 자란, 어머니의 고향이었다. 이 도시 어딘가에 소년의 외가가 있었다. 소년은 외가의 주소를 알지 못했다.

그러나 이 도시에서 가장 큰 병원의 이름은 알고 있었다. 그 병원에서 의사로 일하는 어머니의 오빠, 외삼촌의 이름도 분명히 알고 있었다. '학교'에서 무작정 도망쳤다 곧바로 쌍둥이 형제에게 붙잡혀 먹살잡이를 당하고 난 며칠 뒤, 소년은 우연히 휴식시간에 담배를 피우던 '교사'들의 대화에서 어머니의 고향 도시의 이름이 언급되는 것을 들었다. 사촌형과 트럭을 타고 그곳에 오는 데는 꼬박 한나절이 걸렸다. 그러나 그곳에서 어머니의 고향 도시까지는 채 두 시간이 걸리지 않는다는 것도 조심스러운 귀동냥으로 알게 되었다. 소년이 살던 도시에 공습이 본격화된 넉 달 후, 어머니는 열 살과 여섯 살인 두 여동생을 데리고 외가로 떠나야 했다. 막내 여동생은 선천성 심장병을 앓고 있었다. 주기적으로 병원을 찾아 치료와 처방을 받아야 했다. 그러나 도시가 파괴되어갈수록 여동생의 치료는 어려워졌다. 병원마다 공습으로 인한 부상자와 사망자가 넘쳐났다. 병원으로도 포탄이 떨어졌고, 의료진은 부족했고, 약품의 공급은 중단됐다. 외가에 도움을 청하고도 한 달이 더 지나서야 외삼촌은 흠집투성이 차를 몰고 어렵게 소년의 집에 도착할 수 있었다. 입술이 파랗게 변한 채 창백한 얼굴로 식은땀을 흘리고 있던 여동생에게 외삼촌은 바로 주사를 놓았다. 어머니는 소년의 사촌형의 아버지와 어머니, 한동네에 살고 있는 남편의 형과 형수에게 거듭 고개를 숙이고 무언가를 간곡히 당부했다. 그리고 집을 나서기 전 오래도록 소년을 끌어안고 놓아주지 않았다. 열살 여동생이 좀처럼 울음을 그치지 않아 소년은 있는 힘껏 눈물을 참아야 했다. 아버지는 어머니와 여동생들의 짐을 차에 싣고, 침울한 표정으로 외삼촌과 대화를 나눴다. 어머니와 여동생들이 떠나고 집에는 아버지와 소년만이 남았다. 공습은 계속되었다. 외삼촌의 병원에서 여동생이 수술을 받은 직후만 해도 도시의 전화선은 멀리 어머니의 목소리를 들려주었다. 외가와 완전히 연락이 끊긴 것은 어머니의 고향 도시에도 무차별 폭격이 시작되었다는 불길한 소문을 접하기 얼마 전이었다.

검은 복면을 벗어버리자 서늘한 바람이 얼굴의 온도를 단번에 낮췄다. 소년은 왼손으로 제 얼굴을 쓸었다. 이마와 눈과 코와 볼과 입을 만져보았다. 사라졌던 얼굴이 새로 생겨난 것만 같았다. 소년은 제가 살았던 도시와 다를 바 없이 폐허로 변한 어머니가 나고 자란 도시의 거리를 걷기 시작했다. 몹시 지쳐 있었지만 더이상 어지럽거나 숨이 차지 않았다. 무언가를 다시 있는 힘껏 생각할 수도 있을 것만 같았다. 아무런 소리도 들리지 않았고 누구의 모습도 보이지 않았다. 모든 것이 산산이 부서진 채였고 모든 것이 어둠에 잠기고 있었다. 그래도 이 도시 어딘가에 어머니와 여동생들이 있을 것만 같았다. 의사인 외삼촌이 그들을 무사히 지켜주고 있을 것만 같았다. 세번째 시도 만에 '학교'를 탈출하는 것에 성공한 소년은 갑자기 많은 것을 믿고 싶어졌다. 아직은 몇 미터 앞을 분간할 수 있었다. 소년은 조심스레 주위를 살피며 해가 진 방향, 서쪽을 향해 난 길로 걸었다.

파괴의 도시에서 살아가는 아이들은 정확한 방향을 익혀야 했다. 남쪽 하늘에서 나타나는 전투기는 정부군을 돕는 외국 공군의 것이었고, 북쪽 하늘에서 나타나는 전투기는 반군을 지지하는 연합국 소속이었다. 갑작스레 피신을 했을 때 하늘의 해를 보고 시간을 가늠해야 했고, 며칠 만에 공습이 재개된 것인지 그날 밤 달을 보면 확인할 수 있었다. 순식간에 다른 곳인 양 변해버린 폐허의 거리에서 길을 잃지 않고 집을 찾아가는 것은 번번이 어렵게 완수해야 하는 미션 같았다. 소년이 끝내 도망쳐 나온 '학교', 학교라 불렸지만 결코 학교일 수 없는 학교, 학교여서는 안 되는 학교, 수백 명의 소년이 '위대한 전사의 요람'이라 외치며 하루를 시작하는 '전사의 학교', 테러 조직의 테러리스트 양성소에서는 더욱 자세하게 그것을 가르쳤다. 제 그림자의 길이로 시간과 방위를 계산하고, 별자리와 달의 기울기로 머릿속의 지도를 그릴 줄 알아야 했다. 그래야만 용맹하고 유능한 신의 전사가 될 수 있는 거라고, 검은 복면을 쓴 '교사'들은 거듭 목소리를 높였다.

밀가루와 감자와 토마토가 정말 그날 그곳에 있기는 했던 것일까. 이웃 동네의 관공서와 그 일대가 폐허의 산으로 변해버린 날, 날이 저물기 시작했을 무렵에야 랜턴이 달린 헬멧을 쓰고 긴 자루가 달린 망치와 자귀를 손에 든 '구조대원'들이 나타났다. 그들 역시 그 주변을 에워싼 많은 사람처럼 넋이 나간 표정이었다. 앞유리에 커다란 거미줄 모양의 금이 간 앰뷸런스는 거리를 나뒹구는 잔해들에 길이 막혀 한참이나 떨어진 곳에서 무력하게 사이렌을 울리며 경광등을 번쩍일 뿐이었다. 밀가루와 감자와 토마토는 보이지 않았다. 대형 드릴의 진저리쳐지는 소음, 절단기의 요란하고 조급한 불티가 오래도록 그곳을 장악했다. 부서진 건물 더미를 마구잡이로 파헤치던 소년의 사촌형은 머리를 무릎 사이에 묻고 주저앉아 있었다. 사촌형의 손가락 여기저기에서 피가 흐르고 있었다. 소년은 여전히 입을 열지 못했다. 제가 완전히 벙어리가 된 것은 아닐까 겁이 났다. 정말 말을 할 수 있다 해도, 다시 전화선이 연결된다 해도, 다시 어머니를 만난다 해도 오늘의 일을 제대로 설명할 수 있을지 자신이 없었다. 어떤 단어들이 필요할까. 어떤 목소리가 좋을까. 그러나 벙어리가 된 게 아니라 해도, 소년은 오늘의 일을 어머니에게 제대로 설명할 수 없을 게 분명했다. 머리 끝부터 발끝까지 하얀 먼지를 뒤집어쓰고 헝클어진 갈래머리를 더욱 헝클어뜨리며 비명처럼 제 아버지를 부르던 또래의 소녀가 아직 곁에 있었다. 소년은 소녀의 얼굴이 말갛게 빛나고 있는 것을 보았다. 끝없이 흘러내린 눈물로 세수를 한 것처럼 먼지가 씻겨나가고, 이마와 코는 먼지가 덮인 그대로인데, 두 뺨만은 더없이 깨끗하게 반질반질 윤이 났다.

소년은 헬멧을 쓴 구조대원이 검은 그림자를 안아올리는 것을 보았다. 철근이 등을 관통했고, 시멘트 덩어리가 정수리를 가격했고, 뜨거운 불길에 발등이 녹은 검은 그림자. 소년은 그 검은 그림자가 자신이라 느껴졌다. 자신은 살아 있지만, 자신은 죽은 것이다. 소년과 체격이 아주 비슷한 다른 소년의 검은 그림자. 숨이 끊어진 지 한참이 지났어도 피는 멈추지 않고 흘러나왔다. 밤이 깊어갔다. 드릴의 소음과 절단기의 불티, 구조대원들은 하나같이 목이 쉬어 있었다. 기어이 아주 좁은 길을 내고 앰뷸런스가 가까이 다가왔다. 시신을 담는 검은 자루가 바닥에 수북이 쌓였다. 한 노파가 울먹이며 밤하늘을 향해 신의 이름을 불렀다. 꼭 대답을 듣고야 말겠다는 듯 오래도록 불렀다. 그날 밤, 아버지의 시신을 확인하기 위해 소년은 수십 명의 시신을 살펴야 했다. 찢어진 셔츠와 피 묻은 손목시계와 낡은 슬리퍼. 새벽이 되어서야 사촌형은 제 아버지와 어머니의 시신을 마주했다. 소년의 아버지는 동이 트고 주위가 완전히 밝아진 후에야 모습을 드러냈다. 이윽고 소년의 입술이 열렸다. 제 의지가 아니었음에도 입 밖으로 아버지라는 단어가 터져나왔다.

완전히 어두워졌다. 소년은 주머니를 더듬어 플라스틱 라이터를 꺼냈다. 그리고 바지 허리춤에 끼워넣고 단단히 끈으로 묶어두었던 초 한 자루를 꺼냈다. 라이터와 초는 전사의 학교에서 소년이 있는 힘껏 생각해, 있는 힘껏 공을 들여 훔쳐낸 것이었다. 라이터는 교사들 중 누군가의 것이었고, 초는 보급품 궤짝 속에 들어 있던 것이었다. 전사의 학교 소년들에게는 검은 복면과 함께 주머니가 여럿 달린 검은 군복이 지급되었다. 절도는 가장 큰 죄악이자 신과 형제를 배신하는 더러운 행위로 간주되었다. 절도가 발각되면 채찍 열 대를 맞아야 했다. 수시로 검은 군복에 달린 주머니를 뒤지는 소지품 검사가 실시되었다. 소년은 주머니 대신 라이터와 초를 숨겨둘 만한 곳을 찾기 위해 있는 힘껏 생각하고 또 생각했다. 훈련장의 철조망 울타리를 두른 어느 말뚝의 갈라진 홈을 찾아내 그 안에 라이터를 넣어두었고, 교사들이 식사를 하는 천막 뒤쪽, 여분의 나무의자를 쌓아둔 틈새 깊숙이 초를 숨겨두었다.

소년은 라이터를 켰다. 어두운 거리를 환히 비춘다는 것은 어림없었지만 딸깍하는 경쾌한 소리와 함께 작고 둥근 불꽃이 선명하게 모습을 드러내는 것만으로도 한결 기분이 좋아졌다. 소년은 다시 한번 주위를 살폈다. 그리고 신중한 의식을 치르듯 초에 불을 붙였다. 어렵게 초를 훔쳐, 더 어렵게 그것을 숨겨두었다가, 더욱더 어렵게 그것을 가지고 도망쳐 나오는 동안, 소년은 이 초에 불을 붙이면 어떤 느낌일까를 반복해 상상했다. 밝고 차분하고 따뜻하고 부드러운 촛불이 소년의 동공에 새겨졌다. 그러나 초를 들고 채 몇 걸음도 걷지 않아 소년은 뜨거운 촛농에 그만 초를 떨어뜨릴 뻔했다. 미처 생각지 못한 부분이었다. 반짝 촛불이 커지듯 소년은 방법을 찾아냈다. 소년은 초의 아랫부분을 예의 검은 복면으로 감쌌다. 촛농이 주르르 흘러 검은 복면으로 스며들었다. 더는 뜨겁지 않았다. 복면 가득 굳은 촛농이 얼룩지겠지만, 상관없는 일이었다. 다시는 이 검은 복면을 쓰지 않으려 전사의 학교를 탈출한 것이었으므로.

소년과 달리 사촌형은, 전사의 학교에 이미 입소했거나 새로 입소한 다른 많은 소년은 그곳을 떠나고 싶어하지 않았다. 처음 낯선 곳에 도착해 낯선 사람들 속에 뒤섞여 경험하게 되는 긴장과 불안이 잦아들면, 소년들은 본능적으로 자신을 둘러싼 공통된 유대감의 공기를 감지했다. 그들 모두는 내전으로 가족을 잃은 소년들이었다. 정부군에 의해, 반군에 의해, 외국군에 의해, 무시무시한 폭격에 의해 부모가 죽었고 집이 파괴되었다. 형제와 친구와 학교와 놀이와 숱한 가능성을 잃어버렸다는 것의 정확한 의미와 이유를 누구도 제대로 설명해준 적이 없었다. 어른들은 종교와 정치와 자원과 독재와 해방과 권력과 돈을 말했지만, 그 누구도 그 전부를 온전히 알고 있지 못했다. 소년들은 알 수 없는 채로 고통받았다. 끝없이 지속되는 무차별 공습으로 오롯이 지옥을 경험한 소년들의 폐 속에는 공포와 굴욕과 분노가 맺히고 고였다. 세 확장을 꾀하는 국제 테러 단체의 조직원들이 '교사'로 둔갑해, 공습으로 큰 피해를 입은 도시를 돌아다니며 은밀히 소년들을 전사의 학교로 데려왔다. 너희를 신과 형제의 이름으로 먹여주고 재워주고 안전하게 지켜줄 거야. 그리고 적들보다 강하게 만들어줄 거야. 그들은 소년들의 폐 속에 고인 공포와 굴욕과 분노를 격한 각혈처럼 쏟아내게 하는 방법을 아주 잘 알고 있었다. 그들은 소년들을 강압적으로 엄하게 다루었지만, 무력하게 죽은 소년들의 아버지들을 대신해, 그 비극적인 나약함을 상쇄시켜주는 것으로 소년들로부터 권위와 지지를 얻었다. 전사의 학교에서 소년들은 그들이 일러주는 대로 외쳤다. 신은 위대하다, 형제는 위대하다, 우리는 위대하다, 있는 힘껏 소리쳤다. 우리는 성전을 치르는 용맹한 전사들, 잔인한 침략자들에게 가혹한 복수를, 처절한 응징을! 그 간명한 문장들을 목청껏 외치면 그간의 혼돈과 수치와 울분이 투명하게 사라지는 것만 같았다. 소년들은 전사의 학교를 떠나고 싶어하지 않았다. 검은 군복을 입고 검은 복면을 쓰면 그간의 슬픔과 절망과 비참함이 한껏 싱싱한 날것의 광기로 거듭나 소년들을 뜨겁게 고무시켰다.

위대한 신을 섬기는 형제의 나라 어디에나 우리의 동지들이 존재한다, 우리는 전 세계를 전사의 나라로 만들 것이다. 교사들 누구도 테러리스트라는 말은 쓰지 않았다. 그러나 소년들은 매일같이 테러리스트가 되기 위한 훈련을 받았다. 훈련장의 소년들은 날이 잘 벼려진 단도를 지급받았다. 교사들이 시범을 보인 대로 소년들은 둘둘 뭉쳐 사람 모양으로 만들어놓은 대형 스펀지를 찌르고 또 찔렀다. 가장 어린 일곱 살부터 가장 어른에 가까운 열여덟 살까지 모두가 그렇게 했다. 스펀지 모형에는 종종 붉은 페인트로 특정 국가의 이름이 외국어로 쓰여 있었다. 열네 살 이상의 소년들에게는 탄창이 없는 기관총도 주어졌다. 사촌형은 칼에 매료되었고 총에 열광했다. 대부분의 소년들이 그러했다. 모두가 자신이 위대한 신의 용맹한 전사가 되기를 진심으로 바랐다.

소년은 작은 촛불을 들고, 초의 밑동을 검은 복면으로 감싸쥐고, 어둠에 잠긴 도시의 거리를 아주 조금만 밝히며 걸었다. 이 부근엔 사람이 살고 있지 않는 게 분명했지만, 이 도시 어딘가에 어머니와 여동생들이 있을 터였다. 소년이 살았던 도시 역시 어느 지역은 완전히 파괴되어 유령도시처럼 텅 비어버렸다. 주민들은 다른 지역으로 거처를 옮기거나 아예 도시를 떠나 난민이 되었다. 어쨌든 이 도시 어딘가에 어머니와 여동생들이 있을 터였다. 꼭 그래야만 한다고 소년은 생각했다. 소년은 아버지를 생각했다. 백부와 백모를 생각했다. 사촌형을 생각했다. 그들을 떠올릴 때 어떤 생각을 하고 어떤 느낌을 가져야 좋을지 소년은 알 수가 없었다. 슬프고 괴로운가 하면 무섭고 막막했다. 미안하고 그리웠지만 거북하고 원망스러웠다. 그 모든 이야기를 어머니와 여동생들에게 어떻게 들려줄 수 있을까. 있는 힘껏 생각해도 좀처럼 그럴듯한 방법은 생각나지 않았다.

촛불은 꺼질 듯 흔들리면서도 고집스러운 느낌으로 분명하게 빛났다. 그 불빛 너머를 향해 걷던 소년이 무언가를 발견하고 제자리에 멈춰 섰다. 연못, 결코 연못이 아니었지만 모두가 연못이라 부르는 연못과 마주친 것이었다. 소년이 떠나온 도시도 어머니의 고향 도시도 강수량이 적고 물이 부족했다. 소년은 태어나 한 번도 호수나 바다를 본적이 없었다. 거듭되는 공습과 폭격은 파괴된 도시에 엉뚱하고도 갑작스럽게 연못을 만들어내곤 했다. 포탄에 흙바닥이 깊게 파이고 수도관이 터지면 그곳에 물이 가득 고여 연못이 생겨났다. 공습으로 혼비백산 몸을 숨겼던 아이들은 하나둘 맑고 차가운 물이 고인 연못가로 모여들었다. 새로 생겨난 연못 앞에서 아이들은 생경하면서도 자연스러운 미소를 지었다. 아주 덥고 건조한 날, 공습이 없으리라 기대할 수 있는 날, 연못가는 짐짓 유원지 같은 분위기를 풍기기도 했다. 반바지 차림의 소년도 그 연못을 향해 뛰어든 적이 있었다. 온몸이 시원한 물속에 완전히 잠기는 놀라운 경험. 소년은 들고 있던 초를 돌더미 사이에 조심스레 꽂았다. 그런 다음 어두운 연못가에 쪼그려앉았다. 당연히 목이 말랐다. 몹시 말랐다. 물 표면에 먼지가 두껍게 떠 있었다. 소년은 두 손으로 조심스레 물을 퍼올렸다. 그리고 거듭거듭 물을 마셨다.

목을 축인 뒤, 세수를 해야겠다 생각한 순간, 총소리가 들렸다. 소년은 놀라 스프링처럼 튀어올랐다. 다시 총격음이 들렸다. 멀리서, 그러나 틀림없이 여러 대의 총이 서로를 향해 난사되는 선명한 총소리였다. 소년은 돌더미에 꽂아둔 초를 잡아채는 동시에 그것을 불어 껐다. 그런 뒤 다시 있는 힘껏 달리기 시작했다. 있는 힘껏, 어떻게 하면 제가 작아질 수 있을지, 조용해질 수 있을지, 투명해질 수 있을지, 있는 힘껏 생각하며, 있는 힘껏 달렸다. 검은 복면은 이미 굳은 촛농으로 얼룩져 있었다. 다시는 그것을 쓰고 싶지 않았다. 멀리서 총격음이 들렸다. 어둡고 좁은 골목의 샛길, 소년은 고르지 않은 바닥을 위태롭게 디디며, 넘어질 듯 휘청대며 있는 힘껏 달렸다. 몇 개의 계단을 올라 으슥한 곳에 몸을 숨기고 숨을 고르며 귀를 기울였다. 한참 만에 다시 총소리가 들렸고 이내 아득한 폭발음이 들려왔다. 바로 여기는 아니었지만, 분명 이 도시 어디선가 들려오는 소리였다. 소년은 고개를 들어 하늘을 보았다. 마구잡이로 부서진 집들이 좁은 간격을 두고 마주한 골목의 샛길, 갈라진 틈새의 공중으로 달과 별이 보였다. 보름달에서 반달로 줄어들고 있는 달, 그 방향과 기울기의 의미를 가르쳐준 테러리스트 양성소, 별자리를 긋기에는 보이는 하늘이 너무 좁았다. 소년은 망설이다 다시 라이터를 꺼내 초에 불을 밝혔다. 촛불로 제가 있는 곳 주변을 살펴보았다. 아무런 소리도 들리지 않았고 누구의 모습도 보이지 않았다. 골목의 샛길, 어깨와 이마를 가까이 잇댄 채 제각각의 모양으로 무너지고 상처를 입은 집들, 소년이 살았던 도시의 일부와 다를 바 없이 사람들이 모두 떠나 텅 비어버린 좁고 어두운 골목, 다시 총격음, 소년은 다시 촛불을 불어 껐다. 희미한 연기와 매캐한 내음이 번졌다. 아주 작은 불티가 나타났다 사라졌다.

문득, 정수리가 화끈거렸다. 목덜미가 욱신거렸다. 그리고 발목이 쓰라렸다. 제 머리통을 간단히 움켜쥐던 검은 손, 제 숨통을 끊을 듯 조여오던 굵은 손가락, 그리고 작고 빨갛게 타들어가던 담뱃불…… 쌍둥이 형제에게 멱살잡이를 당하고 어머니의 고향 도시 이름을 우연히 듣고 난 얼마 후, 소년은 두번째 탈출을 감행했다. 이번엔 전사의 학교가 숨겨진 깊은 협곡을 거의 다 빠져나왔을 때 보초를 서고 있던 교사에게 잡혔다. 보초 교사에게 끌려 다시 학교로 돌아온 소년을 향해 쌍둥이 형제가 득달같이 달려들었다. 그들은 소년의 양팔을 한쪽씩 잡아채고 다른 교사에게 소년을 데려갔다. 소란이 일며 많은 소년이 주위로 몰려들었다. 혼란한 와중에 소년은 무리 속에 서 있던 사촌형과 눈이 마주쳤다. 두번째 애원은 없었다. 사촌형은 입을 굳게 다물고 소년에게서 고개를 돌렸다. 나약한 겁쟁이에 더러운 배신자, 탈출은 당연히 절도보다 더 큰 죄였다. 소년들 사이에 동요가 일었다. 채찍 스무 대, 서른 대, 소년이 입소하기 전 탈출에 실패한 열일곱 살 소년이 모진 채찍질을 당하고 교사들에 의해 다른 곳으로 보내졌다는 소문이 있었다. 채찍을 맞는다는 것이 어떤 느낌일지 소년은 상상조차 할 수 없었다. 제 몸에 그대로 포탄이 떨어지는 그런 느낌일까, 공포로 숨이 막혔다. 쌍둥이 형제에게 소년을 넘겨받은 교사는 검은 복면을 썼다. 이제 막 무슨 일이 일어나려 한다는 무서운 기대감이 소년들을 흥분된 침묵에 휩싸이게 했다. 검은 복면의 교사가 커다란 손으로 소년의 머리통을 덥석 움켜쥐었다. 간단히 공을 쥔 듯한 그 자세로 교사는 작은 창고로 소년을 데려갔다. 그리고 문을 잠갔다. 얇은 판자로 허술하게 지어진 창고 안에서 들리는 소리는 그대로 창고 밖 소년들에게 전해졌다. 창문이 없는 어두운 창고 안, 얼기설기 이어붙인 판자 틈새로 바늘처럼 뾰족한 빛줄기들이 새어들고 있었다. 교사의 손이 이번엔 소년의 뒷목덜미를 움켜쥐었다. 이내 작은 개나 고양이를 들어올릴 때처럼 열두 살 소년의 몸뚱이가 번쩍 들어올려졌다. 소년은 숨을 쉴 수가 없었다. 침과 땀과 눈물과 함께 가느다란 비명이 옥죄여들어가는 목구멍 안에서 흘러나왔다. 아직 아니야, 나직한 목소리로 검은 복면의 교사가 말했다. 그리고 소년을 바닥으로 떨어뜨렸다. 어딘가에 놓여 있을 채찍을 집을 것 같았던 교사는 주머니를 뒤져 담배를 피워 물었다. 천천히 한 모금 두 모금, 이내 희고 매캐한 연기가 좁고 어두운 창고 안을 가득 메웠다. 교사가 담배 끝을 빨아당길

때마다 선명해지는 작고 빨간 담뱃불. 소년이 담배 연기에 콜록거리
자 갑자기 교사가 소년에게로 몸을 숙였다. 제게 무슨 일이 일어나는
것인지 채 파악하기도 전에, 재빨리 소년의 오른다리를 힘껏 움켜쥐
었다. 그리고 오른 발목을 담뱃불로 지졌다. 소년의 몸안에서 무언가
가 터지고 끊기고 부서지고 뚫렸다. 잠깐 솟아올랐다 오래 가라앉았
다. 소년은 결코 제 것이라고는 믿기지 않는 괴상한 비명을 내질렀다.
날카로운 채찍 소리를 두려움 속에 기대하고 있었던 창고 밖의 소년
들 모두 그대로 얼어붙었다. 그토록 섬뜩한 울부짖음이 도저히 소년
의 것이라고는 여겨지지 않았기 때문이다. 소년의 사타구니가 순식간
에 젖어 검은 군복 바지에서 바닥으로 줄줄 소변이 떨어졌지만, 검은
복면의 교사는 멈추지 않았다. 아직 아니야. 있는 힘껏, 있는 힘껏, 있
는 힘껏, 발버둥을 쳤지만, 교사는 소년의 왼쪽 발목에도 담뱃불을 가
져다댔다.

소년은 촛불을 가까이 가져가 타일로 장식된 문을 유심히 바라보
았다. 흰 바탕에 아름답고 정교한 푸른 문양이 그려진 네모난 타일들.
주변의 많은 것과 달리 어떻게 이 타일들은 하나도 깨지거나 떨어져
나가지 않았는지 신기할 따름이었다. 총소리로부터 멀어지려 골목 안
쪽 깊숙이 들어온 소년은 어느 집 앞에서 발걸음을 멈추었다. 이 아름
답고 정교한 타일을 언젠가 본 것 같다는 생각이 들었다. 막내 여동생
이 태어나기 전 소년은 부모와 함께 이 도시의 외가에 왔었다. 그때
이런 문을 열고 집안으로 들어가 외조모와 외조부와 외삼촌의 가족들
을 만났던가, 이렇게 골목 깊은 곳에 외가가 있었던가, 무엇도 정확한

기억은 아니었다. 타일 장식이 있는 문을 처음 본 것도 아니었다. 그러나 이토록 마음을 사로잡는 타일, 이토록 특별한 느낌을 불러일으키는 문은 처음이었다. 총소리가 벌레 소리처럼 작게 들려왔다. 소년은 타일로 장식된 문을 열어보았다. 문은 잠겨 있었다. 손잡이를 당겨도 밀어도 문은 꿈쩍하지 않았다. 소년은 몇 걸음 떨어져 그 집 외벽에 번개 모양으로 크게 금이 가 있는 것을 발견했다. 그리고 금이 간 아래쪽, 꼭 소년의 막내 여동생만한 구멍이 뚫려 있었다. 소년은 초를 쥐고 조심스레 몸을 숙여 무릎걸음으로 그 구멍 안으로 들어갔다. 얼마든지 집이 무너질 수도 있었다. 먼지와 거미줄, 부서진 돌조각들, 좁은 통로, 깨진 항아리, 유리가 모두 떨어져나간 창틀, 집은 바로 안채로 연결되는 구조였다. 어두운 모퉁이를 돌자 어른들이 '중정'이라 부르는 곳, 소년의 촛불 아래 타일로 바닥을 깐 작은 마당이 나타났다. 기둥에 매달아놓은 빈 새장, 둥근 테이블과 나무 벤치가 거짓말처럼 멀쩡한 모습으로 그곳에 놓여 있었다. 소년은 초를 높이 쳐들어 주변을 살펴보았다. 출입문의 타일 장식은 흠집 하나 없이 멀쩡했지만, 아담한 마당이 비밀의 공간처럼 숨겨져 있었지만, 그 집 이층의 절반은 완전히 무너져내린 상태였다. 거칠게 잘라낸 케이크의 단면처럼. 기와를 덮었던 지붕은 통째로 사라져 보이지 않았고, 아무렇게나 뽑혀나간 테라스 턱의 돌기둥들은 유적의 폐허를 떠오르게 했다. 순간 소년의 발끝에 무언가가 차였다. 소년은 촛불을 비추었다. 작고 둥근 공 같기도 하고, 잘린 고양이의 머리 같기도 한 무언가가 바닥 여기저기에 흩어져 있었다. 소년은 마당 구석의 작은 화단을 발견했다. 거기 나무가 있었다. 무너진 건물 잔해에 잎과 가지와 열매 들이 마구잡이로 쓸려나간 석류나무가 있었다.

석류, 함부로 바닥에 떨어진 석류, 깨진 기왓장에 으깨어진 석류, 열매가 익으며 새의 부리같이 생긴 끄트머리가 몇 갈래로 벌어진 석류, 이 집에 살던 모두가 떠나고 혼자 남겨진 석류, 아무도 거두지 못한 석류, 뜻밖에도 탐스럽고 먹음직스러운 석류, 소년은 초를 돌더미 사이에 조심스레 세워놓고, 마당에 떨어진 석류를 줍기 시작했다. 제 주먹만한 것, 제 주먹보다 큰 것도 있었다. 소년은 화단 가까이 꺾인 가지에 달려 있던 석류를 따서 테이블 위에 올려놓았다. 금세 열 개, 열다섯 개, 스무 개가 되었다. 소년은 배가 고팠다. 당연히 몹시 고팠다. 소년은 벤치에 앉아 석류를 먹기 시작했다. 반질반질 윤이 나는 작고 빨간 알갱이, 서로서로 촘촘하고 은밀하게 밀착되어 있는 알갱이, 빠진 치아 같기도 하고 작은 곡식 같기도 한 알갱이, 소년은 정신없이 석류의 작고 빨간 알갱이들을 입안으로 털어넣었다. 새콤하고 달콤하고 촉촉하고 톡 쏘는 햇빛과 미소와 이슬과 기도의 맛. 이런 느낌의 음식이 몸안으로 들어온 것이 얼마 만인지 기억나지 않았다. 전사의 학교에 가기 전, 아버지가 죽기 전, 어머니와 여동생들이 떠나버리기 전, 하늘에서 포탄이 쏟아지기 전, 어쩌면 그보다 더 오래전. 소년의 입가와 손끝에 석류의 붉은 물이 들었다.

전사의 학교에서는 주기적으로 양을 잡는 의식이 치러졌다. 제각각 부모를 잃고 여러 도시에서 그곳으로 흘러들어온 새로운 소년들이 열 명쯤 머릿수를 채우면, 교사들은 직접 양을 도살해 불을 피우고 소년들에게 고기를 요리해 먹였다. 소년들은 소리를 지르고 몸을 흔들고 노래를 부르거나 춤을 추었다. 몇몇 교사는 아주 능숙한 솜씨로 철봉처럼 생긴 나무 기둥에 양을 거꾸로 매달고, 멱을 따 숨통을 끊고, 가죽을 벗기고, 뼈를 바르고, 부위별로 고기를 잘라냈다. 그것은 소년들을 열광시키는 흥미진진한 쇼였다. 신입 소년들에게는 양동이에 받아낸 양의 피가 한 컵씩 돌아갔다. 그것은 일종의 신고식, 용맹한 신의 전사가 되기 위한 통과의례였다. 사촌형은 오랜 시간을 들여 어렵게 양의 피를 마셨다. 소년은 피비린내를 참지 못하고 연신 구역질을 했다. 소년들의 입가와 턱을 끈적끈적하고 새빨갛게 물들이는 양의 피, 소년은 싫고 두려웠다. 이어 기름진 양고기가 타들어가며 역한 노린내가 뿌연 연기와 함께 전사의 학교를 휘감았다. 발목의 담뱃불 흉터는 쉽게 아물지 않았다. 벌겋게 부푼 상처에서 오래도록 진물이 났다. 소년은 그날 이후, 거의 언제나 검은 복면을 쓰고 지냈다. 양의 피를 제대로 마시지 못했던 것처럼 소년은 처음부터 복면을 쓰는 것이 불편하고 거북했다. 검은 복면을 쓰면 칼을 더 강하게 찌를 수 있고, 더 강해지고 용감해진 기분이 든다고 사촌형은 말했다. 전사의 학교 수백 명의 아이 중 열두 살 이하의 소년들은 삼사십 명에 불과했다. 제일 어린 일곱 살 소년은 다른 소년들이나 교사들에게 마스코트 취급을 받았다. 열두 살 이하의 소년들을 향해서는 일단은 좀 봐주겠다라는 분위기가 암묵적으로 형성되어 있었다. 그것이 어설픈 탈출을 감행했다 붙잡힌 소년의 몸에 채찍 흉터가 아닌 담뱃불 흉터가 남게 된 이유였다. 소년은 검은 복면 속으로 자신을 숨기기로 결심했다. 검은 복면을 쓰고 자신을 드러내지 않으려 노력했다. 있는 힘껏 노력했다. 두 눈과 입이 구멍을 통해 드러나 있었지만, 검은 복면은 확실히 자신을 남들로부터 가려주었다. 소년의 생각과 감정과 느낌과 계획은 검은 복면 안에서 결코 밖으로 새어나가지 않았다. 순순히 검은 복면을 착용하는 것은 소년이 온전히 제압당한 것처럼 보이게 하는 효과가 있었다. 소년은 검은 복면을 쓴 채 조용히 모든 것을 관찰하고, 조금씩 천천히 완벽한 탈출 계획을 세웠다. 있는 힘껏 그렇게 했다. 어머니와 여동생들을 만나야 했기 때문이었다. 다른 소년들과 달리 내게는 어머니와 여동생들이 있다. 소년은 검은 복면 속에서 수없이 중얼거렸다. 교사들의 대화를 엿듣고, 우연히 주운 라이터를 숨기고, 초를 훔치고, 해와 달의 방향과 기울기를 살피고, 전사의 학교를 드나드는 트럭의 모양과 용도와 목적지를 주도면밀하게 알아냈다. 그렇게 결코 학교일 수 없는 학교에 들어온 지 한 달이 넘은 어느 날 오후, 무기를 신기 위해 특수한 형태로 개조된 트럭 짐칸의 아래쪽, 양쪽 뒷바퀴 사이 작은 몸을 납작하게 누일 수 있는 철망 속으로 소년은 몸을 숨겼다. 그 트럭엔 운전석과 조수석에만 교사가 타고 있었고, 트럭의 먼 목적지는 어머니의 고향 도시 인근을 먼저 지나치게 되어 있었다.

석류를 잔뜩 먹은 소년은 어쩐지 술에 취한 듯 몽롱한 상태에 빠져들었다. 테이블 가득 깨진 알의 껍질처럼 어지럽게 조각난 석류 껍질들이 흩어져 있었다. 소년은 초를 들고 비틀거리는 걸음으로 중정과 바로 맞닿은 아치형의 문안으로 들어갔다. 촛불 아래 온통 하얀 먼지와 버려진 것들이 드러났다. 그러나 그곳은 제법 멋지게 꾸며진 거실이었다. 충분히 밝지 않았지만 소년은 그것을 분명히 알 수 있었다. 오래전 이런 거실에서 외가의 사람들과 함께했었던가, 기억나지 않았다. 소년의 눈길이 가닿은 곳은 커다란 천을 둘둘 말아놓은 소파 위였다. 그것은 커튼 더미였다. 언제부턴가 소년이 살던 도시에서도 사람들은 수시로 창의 커튼을 떼어냈다. 포탄이 떨어져 불이 나면, 불씨가 커튼에 옮겨붙어 더욱 큰 화재로 이어졌기 때문이다. 소년은 술에 취한 듯 몽롱한 상태로 눈을 깜빡였다. 그것은 아주 특수한 형태의 졸음이었다. 전사의 학교에 가기 전, 아버지가 죽기 전, 어머니와 여동생들이 떠나버리기 전, 하늘에서 포탄이 쏟아지기 전, 어쩌면 그보다 더 오래전, 온전히 마음을 놓고 잠들었던 것이 언제였는지 기억나지 않았다. 여전히 멀리서 총소리가 들리는 듯했지만, 아무래도 좋은 일이란 생각이 들었다. 소년은 단숨에 초를 불어 껐다. 뜨거운 촛농이 검은 복면으로 스며들었다. 소년은 잠시의 망설임도 없이 둘둘 말아놓은 커튼 틈으로 파고들었다. 커튼 속으로 완전히 모습을 감춘 소년은, 손끝과 입가에 석류의 붉은 물이 든 소년은 이내 깊은 잠에 빠져들었다.

꿈속에서 소년은 막내 여동생에게 가고 있었다. 제가 딴 석류를 선물로 주기 위해서였다. 제 주먹보다 큰 석류, 잘 익어 끄트머리가 새의 부리처럼 갈라진 붉은 석류, 심장병을 앓고 있는 여동생에게 반드시 맛을 보여야만 할 것 같은, 마치 심장을 닮은 석류, 이토록 새콤하고 달콤하고 촉촉하고 톡 쏘는 햇빛과 미소와 이슬과 기도의 맛. 소년은 석류를 한아름 들고 여동생에게 가고 있었다.

잠에서 깨어난 소년은 커튼 틈을 빠져나와 다시 중정으로 나왔다. 아직 어두웠지만 남은 석류를 찾아볼 수 있을 만큼은 밝았다. 그 밝음은 분명 이른 새벽의 것이었다.

동이 완전히 트기 전, 소년은 아름답고 정교한 타일 장식이 있는 문, 그 집을 나와 다시 좁은 골목의 샛길을 걷기 시작했다. 잠이 들었던 거실을 뒤져 찾아낸 비닐 주머니에 석류 다섯 알과 검은 복면과 반쯤 크기가 줄어든 초를 담았다. 소년은 또 그곳에서 찾아낸 흰 수건을 목에 두르고, 종교용 표식으로 여성들이 몸에 걸치는 커다란 망토 같은 옷으로 제 몸을 감쌌다. 검은 군복은 더는 눈에 띄지 않았고 몸은 한결 따뜻해졌다. 소년은 골목길을 걸었다. 있는 힘껏 달리는 것이 아니라, 호수나 바닷속을 헤엄치듯 부드럽게 미끄러지듯 걸었다. 이 도시 어딘가에 소년의 어머니와 여동생들이 있을 터였다. 반드시 그래야만 한다고 소년은 생각했다. 있는 힘껏 생각했다. 소년은 골목의 샛길을 빠져나왔다. 소년은 외삼촌의 이름과 외삼촌이 의사로 일하고 있는 이 도시에서 가장 큰 병원의 이름을 알고 있었다. 이제 서쪽을 향해 걸어야 했다. 오늘 하루 해가 움직일 방향으로.

소년은 문득 고개를 들어 하늘을 바라보았다. 발작이 시작되듯 검푸른 새벽하늘의 남쪽 끝자락이 불길하게 경련을 일으켰다. 익숙한 굉음과 함께 멀리 전투기 세 대가 곧장 이 도시를 향해 날아오고 있었다.

병病의 밤夜

*

　그날 밤, **노인**이 병원의 복도에 나타났다.

　자정을 넘긴 시간이었다. A병원 본관 이층 감염내과 외래 진료실 앞의 대기 좌석은 낮 시간대와는 달리 모두 비어 있었다. 깊은 밤이었다. 복도 천장의 조명은 일부 소등된 상태였다. 정적과 공백과 어둠이 공기 속에 소독액처럼 스며들어 있었다. 거기에 낮게 엎드려 숨을 죽이고 있는 무엇, 가만히 도사리고 있는 무엇, 정적도 공백도 어둠도 완전하지 않았다. 무엇도 끝난 게 아니었다. 밤의 병원은 낮의 병원과는 다른 방식으로 존재했다.

　밤이면, 노인이 병원의 복도에 나타났다.

　그곳이 병원인 만큼, 그것은 그렇게까지 놀랍거나 새삼스러운 일이 아니었다. 그러나 노인의 출현이 불편한 환기喚起인 것만은 틀림없었다. 사소할지언정 무시할 수 없는 통증의 자각처럼, 외면하고 부정할수록 불현듯 엄습하는 나쁜 기억처럼, 깊은 밤 노인이 병원의 복도에 나타났다.

노인은 키가 작았고, 말랐고, 후줄근한 환자복 차림이었다. 많은 환자가 그러하듯 안색이 나빴고, 표정은 어두웠고, 동작은 느리고 위태로워 보였다. 그러나 엄밀히 말해, 노인은 '환자'가 아니었다.

노인은 병에 걸린 사람이 아닌, **병 그 자체**였다.

링거액 주머니를 매단 스테인리스 거치대를 밀며 노인이 감염내과 외래 진료실 앞을 천천히 지나갔다. 낡은 거치대의 낡은 바퀴들이 피로한 소음을 내며 복도의 바닥을 힘겹게 굴렀다. 오랜 시간 지쳐버린 바퀴들, 더이상 구르는 것은 이제 무리라고 호소하듯 안타까운 소음을 내는 바퀴들. 예의 소음은 결코 크지 않아 참을 수 없이 신경을 긁어대는 것은 아니었지만, 쉼없이 이어지는 신음 소리나 울음소리를 들을 때처럼 끝내 무력하고 슬픈 느낌에 젖게 만들었다. 노인의 발소리는 들리지 않았다. 노인의 걸음걸이를 묘사하기란 어쩐 일인지 불가능하게 여겨졌다. 노인의 그림자에 대해선 입을 다물 수밖에 없었다. 어쩌면 발소리와 걸음걸이와 그림자가 존재하지 않았으므로. 짐짓 낡은 거치대가 노인을 끌고 가는 것인지도 몰랐다.

병, 그 자체. 누구라도 노인을 볼 수 있었다. 그러나 누구나 노인을 본 것은 아니었다.

감염내과 외래 진료실을 지나 정수기와 손 소독제가 구비된 급수대를 지나 오른쪽 코너를 돌면 외과계 중환자실이었다. 차례로 각각 '제1수술실'과 '관계자 외 출입 금지' 팻말이 붙은 두 개의 문과 수술 환자

현황을 고지하는 대형 벽걸이 티브이. 그리고 티브이를 에워싸듯 디근 자로 줄지어 놓인 의자들. 얼핏 공원의 벤치와 비슷해 보이지만 결국은 꽤나 다르다고 할 수밖에 없는 의자들. 공원의 벚나무 아래가 아닌 병원의 수술실 앞에 놓인 의자들. 몸을 잔뜩 웅크린 불편한 자세로 그중 두 칸의 의자를 차지하고 한 남자가 잠들어 있었다. 피로와 긴장에 겨운 졸음. 그러나 결코 깊이 잠든 건 아니었다. 남자는 언제든 깨어날 준비가 되어 있었다.

외과계 중환자실 9번 침대에 남자의 아버지가 누워 있었다. 남자의 아버지는 일주일 전 위胃로부터 전이된 암세포를 제거하기 위해 간肝의 일부를 잘라내는 수술을 받았다. 수술 후 의식을 회복했던 남자의 아버지는 닷새 전 돌연 혼수상태에 빠졌다. 다급히 여러 조치가 취해졌지만 상태는 급격히 나빠졌다. 주렁주렁 덩굴처럼 엉킨 튜브들과 색색의 숫자와 그래프가 점멸하는 모니터와 위협적으로 느껴지는 복잡한 기계장치들이 남자의 아버지를 겹겹 둘러싸고 있었다. 금식, 감염 주의, 절대안정, 면회시간 엄수, 혈액 주사, 생리식염수, 포도당, 항생제, 소변 주머니, 대변 패드, 물티슈, 알코올 솜, 묽은 눈곱, 성긴 수염, 손등의 반창고와 검버섯, 마른 입가의 흰 침 자국, 그 와중에 자란 손발톱, 그리고 거즈와 붕대에 두껍게 감겨 위태롭게 들썩이는 흉부와 복부. 그제 아침 담당 의사는 굳은 표정으로 남자의 가족들에게 상황을 예측하기 어렵다며 계속 병원 근처에서 대기할 것을 권했다. 일주일 전 다섯 시간에 걸친 수술이 끝나자, 의사는 가족들을 불러 수술로 잘라낸 아버지의 간을 직접 보여주었다. 피투성이 수술복 차림에 의료용 고무장갑을 낀 손으로 검붉은 간 덩어리를 받쳐들고 이게 바로 암세폽니다 말하던 의사의 표정은 꽤나 상기되어 있었다.

남자의 가족들 중 직업이 없는 사람은 남자뿐이었으므로, 남자는 이틀 내내 병원에 머물렀다. 남자는 직업이 없었고, 배우자와 자식도 없었다. 한때는 직업과 배우자와 자식이 있었다. 남자는 지난 몇 년간 가족 중 누구도 만나지 않고 지내왔다. 아버지의 입원 후 보호자의 동의가 필요한 모든 서류에는 직업과 배우자와 자식이 있는 남자의 형제가 사인을 했다. 남자는 어머니가 없었다. 역시 있던 적도 있었다. 이제 아버지 차례인가 남자는 생각했다. 있다가 없어진 것에는 물론 젊음도 있었다. 다른 가족들이 모두 돌아간 늦은 저녁, 옥외 주차장 흡연 구역에서 담뱃불을 빌린 누군가가 장기 입원 환자의 가족들이 자주 이용한다는 병원 근처 찜질방의 위치를 일러준 참이었다. 남자는 자정쯤 그곳에 가서 샤워를 하고 잠시 눈을 붙여야겠다 마음을 먹고는 다시 대기실 의자에 앉아 있다 까무룩 잠이 들고 말았다.

예의 노인이 천천히 거치대를 밀며, 어쩌면 존재하지 않는 발소리와 걸음걸이와 그림자와 함께, 잠든 남자에게로 다가오고 있었다.

느닷없이, 외과계 중환자실의 커다란 자동문이 덜컹거리며 양옆으로 열렸다. 잠옷과 비슷한 모양새의 헐렁한 하늘색 유니폼을 입은 젊은 남자가 슬리퍼를 끌며 밖으로 나왔다. 그는 A병원에서 일한 지 막한 달을 넘긴 신참 간호조무사였다. 그는 빠른 걸음으로 비상계단 쪽을 향해 걸어갔다. 시선은 손에 쥔 휴대폰 화면에 고정되어 있었다. 아주 짧은 순간 그는 노인을 보았지만, 더욱 짧은 순간 그는 자신이 노인을 보지 않은 거라 생각했다. 망설임도 주저함도 없는 단호하고 반사적인 결정이었다.

중환자실에서의 지난 한 달, 그는 이미 병과 노인과 **깊이 병든 노인들**에게 넌더리가 나 있었다. 물론 간호조무사 교육을 받으며, 자격증 시험을 치르며, 현장 실습에 임하며 짐작은 한 터였다. 각오는 한 터였다. 그러나 피와 고름과 가래와 똥오줌의 색깔과 소리와 냄새, 그것을 받아낸 후 깨끗이 비워내야 하는 용기容器들의 색깔과 소리와 냄새, 주름진 피부와 뻣뻣한 관절과 늘어진 페니스, 부질없는 헛소리와 집요한 몸부림, 통증과 공포에 희번덕거리는 음울한 눈동자들. 극적인 격앙과 냉담한 지루함이 널을 뛰는, 이십사 시간 한순간도 불이 꺼지지 않는 중환자실 마흔 개의 병상. 그는 진저리를 쳤다. 폭포수처럼 쏟아지는 병의 **실체**에 꼼짝없이 익사할 것만 같은 기분을 느꼈다. 사명감이나 자부심은 의사나 간호사들만의 단어처럼 여겨졌다. 때문에 깊은 밤 복도에서 만난 환자복 차림의 노인은, 중환자들과는 달리 걸어 다니기까지 하는 노인은 그에게 그저 부딪치지 말고 바삐 지나쳐야 하는 장애물일 뿐이었다. 신참 간호조무사에게는 필사적으로 기분 전환이 필요했다. 야간 근무 수당이 합쳐졌음에도 처음 받아본 급여는 불만스럽기만 했고, 거의 매 순간 자신의 미래가 밝지 않음을 예감해야 했으며, 그럼에도 당장 일을 그만둘 수 없는 처지를 쓸쓸히 곱씹어야 했다. 그는 당직 간호사실로 배달된 팔 인분의 야식을 가지러 가는 중이었다. 병원 관계자들은 간호조무사의 이름 뒤에도 의사나 간호사에게처럼 꼬박꼬박 선생이란 호칭을 붙였지만, 더없이 치밀하고 효과적으로 궂은일과 심부름을 떠맡겼다. 비상계단을 내려가며 그는 깊은 숨을 토해냈다. 그럼에도 중환자실 밖으로 나오는 일은 언제나 기꺼웠으므로. 그는 며칠 전 가격의 부담을 무릅쓰고 고가의 최신 휴대폰을 장만했다. 그리고 비슷한 처지의 지인들과 강박적으로 잡담과 험담을 나누었다. 기계처럼 움직이고 기계처럼 무신경해지라는 것이 그들의 강령이 되어 있었다. 야식을 먹은 다음 그는 산더미처럼 쌓인 거즈를 일 회 사용분씩 나눠 삼백 회분으로 종이 포장 해야 했다. 내 일은 욕창 방지 처치를 하는 날이었다. 꿈속에서까지 비위가 상하는 일이었다.

젊은 신참 간호조무사는 복도에서 만난 노인을 기억할 마음이 전혀 없었다. 그는 이내 노인을 잊었다. 완전히 잊었다. 당직실로 향하는 제 발걸음보다 빠르게, 휴대폰에 데이터가 전송되는 속도보다 빠르게 노인을 잊었다. 이로써 젊은 신참 간호조무사는 노인을 본 사람이 아 니게 되었다. 누구라도 노인을 볼 수 있었지만, 누구나 노인을 본 것 은 아니었다.

대기실의 남자는 눈을 뜨고 몸을 추슬러 의자에 바로 앉았다. 자신 이 잠을 깬 것은 경보선수처럼 잰걸음으로 사라진 간호조무사의 기척 때문이라 생각했다. 남자는 벽시계를 올려다보았고, 하품을 하며 머 릿속으로 찜질방의 위치를 가늠해보았다.

그리고 남자는 노인을 **보았다.** 링거액 주머니가 달린 거치대를 밀 며 환자복 차림의 노인이 자신이 있는 곳을 향해 느리게 다가오고 있 었다. 노인의 발소리 대신 낡은 거치대의 낡은 바퀴에서 기운 없이 피 로한 소음이 들려왔다. 디귿 자로 놓인 의자들, 노인은 남자와 대각선 위치의 멀찍이 떨어진 자리에 앉았다. 남자는 노인을 바라보았다. 노 인은 남자를 바라보지 않았다.

이틀 밤을 병원에서 보낸 남자는 밤늦게 병원 이곳저곳에 출몰하는 사람들을 목격했다. 어디론가 다급히 불려가는 의사나 간호사, 뒷짐을 지고 천천히 주위를 살피는 경비 직원, 불면과 운동을 핑계로 로비를 어슬렁거리거나, 몰래 담배를 피울 만한 곳이나 긴 전화 통화를 할 만한 곳이나 티브이를 켜둔 대기실을 찾는 권태롭고 소침하고 조용한 환자들, 또 자신처럼 비상대기중인 위독한 환자의 가족들, 그 심란한 얼굴들, 병원 내 편의점의 간이 테이블에 캔커피나 컵라면을 올려놓고 우두커니 독백을 삼키며 앉아 있는 사람들.

그러나 노인은 아니었다. 노인은 그들 중 누구도 아니었다.

어쩌면 노인은 **그들 모두**일 수 있었다. 그들 모두에 속한 무언가를 각각 한줌씩 떼어내 그것을 한데 뭉쳐 얼기설기 빚어놓은 듯한 형상, 간신히 이루어졌지만 확고히 갖춰진 존재, 그들 모두가 아니면서 그들 모두로부터 비롯된 **우리 모두**, 바로 노인이었다. 늙고 작고 마른 노인, 젊고 크고 살진 세상 모든 것의 종착점인 노인. 발소리와 걸음걸이와 그림자 없이 밤의 병원에 나타나는 노인. 남자는 자신이 잠에서 깨어난 것이 바로 노인 때문이란 것을 알아챘다.

몇 년 만에 만난 아버지는 병석에서 남자의 이름을 불렀다. 천천히 두 번을 반복해서 불렀다.

그 쇠약한 부름은 이내 긴 침묵으로 이어져 어떠한 **판결**도 **명령**도 **처분**도 내리지 않았다. 그 순간, 남자는 자신이 판결과 명령과 처분을 바라고 있다는 것을 깨달았다. 그는 오래도록 자신이 그것을 바라고 있다는 사실을 알지 못했다. 남자는 비로소 자신이 생으로부터 간절히 바라고 있는 것이 무엇인지 알게 되었다. 요컨대 명쾌한 판결과 단호한 명령과 엄중한 처분. 그러나 판결과 명령과 처분 대신 고열과 구토와 호흡곤란으로 가득찬 연극 지문 같은 침묵. 아버지의 고열과 구토와 호흡곤란이 잦아든다 해도 남자는 판결과 명령과 처분을 받지 못할 게 분명했다. 영원한 유예. 뜨뜻미지근하고 흐지부지한 삶의 저주. 그 숨막히는 **모호함**이, 진창 같은 **혼돈**이, 황폐한 **모순**이 남자를 기다리고 있었다. 아버지의 죽음과 함께 모호함과 혼돈과 모순이 언제까지고 자신을 속속들이 갉아먹을 터였다. 누구나 생으로부터 명쾌한 판결과 단호한 명령과 엄중한 처분을 받을 수 있는 것이 아니었다. 감히 그럴 수 없는 것이었다. 아버지와 혈액형이 같은 남자는 수술 전 두 차례에 걸쳐 피를 뽑았다.

깊은 밤 A병원 본관 이층 외과계 중환자실 앞 어느 의자에 앉아 남자는 얼어붙을 듯한 서글픔과 고립감에 빠져들었다. 노인이 자리에서 일어났다. 그리고 다시 느리게 움직이기 시작했다. 남자는 노인에게서 눈을 뗄 수 없었다. 남자는 노인을 따라 일어서고 싶었다. 어디로든 노인이 가는 곳을 쫓아가고 싶었다. 그러나 남자는 움직일 수가 없었다. 눈꺼풀과 목울대의 뜨거운 경련을 고스란히 느끼며 붙박인 듯 자리에 앉아 있을 수밖에 없었다. 노인이 거치대를 밀며 걷기 시작했다. 거치대가 노인을 끌고 가는 것인지도 몰랐다.

노인이 남자의 이름을 불렀던가. 천천히 두 번을 반복해서 불렀던가. 남자는 노인의 뒷모습을 바라보았다. 판결과 명령과 처분 없이 아버지 차례가 당도했다. 이제 곧 중환자실의 문이 열리고, 남자는 제이름 대신 아버지의 이름에 **보호자**라는 호칭이 더해져 다급하게 불릴 것이다. 판결과 명령과 처분 없는 끝. 영원한 유예. 뜨뜻미지근하고 흐지부지한 삶의 저주.

노인의 모습이 멀어져갔다. 불이 꺼진 채 셔터가 내려진 수납계 쪽을 지나자 노인의 모습은 안개에 싸인 듯 희미해졌다. 잠도 함께 사라졌다. 남자는 자신의 이름을 대신해 불릴 아버지의 이름을 두려움 속에 기다리기 시작했다. 때문에 노인을 부를 적당한 이름을 떠올릴 여력이 없었다. 유령이나 요정이란 단어는 단연코 우스울 것이다. 그렇다고 환영幻影이나 정령精靈이란 단어는 남자가 떠올리기엔 확실히 낯설고 어려운 말이었다.

그렇게 남자는 노인을 **본 사람**이 되었다.

*

노인은 밤에만 나타났다. 노인은 밤에만 걸었다.

노인은 병원의 모든 장소를 알았고, 병원의 모든 시간을 알았다. 병원의 모든 사람이 노인을 아는 것은 아니었지만, 노인은 병원의 모든 사람을 알았다. 노인은 병원의 모든 **사람의 내력**과 **병의 내력**을 알았다. 노인은 결코 눈을 감지 않았으며, 결코 입을 열지 않았다.

A병원은 국가에서 운영하는 종합병원이었다. 상이군인, 참전 군인, 경찰 유공자, 특정 분야 종사 공무원과 그와 유사한 지위와 권한을 가진 사람들이 의료 혜택을 받는 곳이었다. 치료비는 환자의 등급별로 계산되어 국가기관에 청구되었다. 정기적으로 전문가 집단으로 이루어진 환자 등급 심사위원회가 열렸다. A병원의 환자들은 관련 법률에 의거해 정당하게 자신의 권리를 누리고 합당하게 대가를 지급받는 사람들이었다. 그러나 그 권리는 병에 걸려야만 누릴 수 있고 그 대가는

육체의 고통을 전제로 지급된다는 점에서 일말의 구차함도 수반하는 것이 사실이었다. 때문에 A병원을 찾는 환자들은 그러한 생각이 드는 순간, 서둘러 그러한 생각을 하지 않으려 노력했다.

늦은 밤이었다. 운동 부하 검사실과 물리치료실이 있는 A병원 신관 삼층의 복도는 온전히 비어 있었다.

중사中士는 전동 휠체어의 컨트롤러 손잡이를 바짝 잡아당겼다. 휠체어의 바퀴가 빠르게 회전하며 빈 복도를 미끄러지듯 내달렸다. 종일 병실과 검사실을 오가며 느꼈던 갑갑증이 다소 누그러지는 듯했다. 조용히 비어 있는 공간을 마음 내키는 대로 휘젓고 싶었다. 그러나 지금 내달리고 있는 것은 자신의 몸이 아닌 고가의 전동 휠체어임을 중사는 분명히 인식하고 있었다. 방금 전 휠체어에 앉는 것을 도운 아내는 걱정스러운 눈빛으로 중사를 따라나서겠다고 했다. 중사는 그런 아내에게 버럭 소리를 질렀다. 아내는 풀이 죽은 얼굴로 입원실 야트막한 보조 침대에 다시 누웠다. 휠체어가 잠시 불균형하게 흔들렸다. 중사는 컨트롤러 손잡이를 더듬어 속도를 줄였다. 오른손이 아닌 왼손을 사용한 조작은 아무래도 능숙하지 못했다. 별것도 아닌 일에 이내 등줄기에서 땀이 솟았다. 휠체어에서 떨어져 아무도 없는 복도에 널브러지는 자신의 모습이 떠올려졌기 때문이다. 그렇게 된다면 무척이나 곤욕을 치를 게 분명했다. 오른발과 오른다리는 제대로 말을 듣지 않았고, 오른손은 전혀 움직일 수 없었다. 앰뷸런스에 실려 응급실로 들어온 이후 모든 것이 심각하기만 했다. 넉 달 전 처음 검진을 받으러 병원을 찾았을 때와는 비교조차 할 수 없었다. 입원 직후 혈전 용해술 등의 처치를 통해 중사는 큰 고비를 넘겼다. 상태가 다소

호전된 뒤로는 다시 온갖 종류의 검사, 혈소판 억제제 투여와 식이요 법과 운동요법 등의 길고 지난한 과정이 이어졌다. 늦은 밤 병원의 복도는 조용히 비어 있었다. 중사는 자신도 모르는 새 다시 속력을 내기 시작했다. 그러나 속력을 낸다 한들, 내달린다는 표현을 쓴다 한들, 조작법이 서툰 전동 휠체어의 달리기일 뿐이었다. 중사는 무릎 위에 고깃덩어리처럼 늘어져 있는 제 오른손을 내려다보았다. 누구를 향해야 하는 것인지 알 수 없는 노여움이 치솟았다.

중사의 병명은 허혈성 뇌졸중, 즉 뇌경색이었다. 식사 도중 입에 떠넣었던 찌개 국물이 턱 아래로 흘러내렸다. 오른쪽 얼굴부터 **마비** 증세가 시작된 것이었다. 누군가의 '풍을 맞았다'는 표현을 듣는 순간, 중사는 아닌 척 충격을 받았다. 풍을 맞았다는 말이 '총을 맞았다'는 말처럼 들렸기 때문이다. 군복무 시절 그는 사격에 뛰어난 솜씨를 보였다. '스나이퍼 권權'이 그의 별명이었다. 그는 총이 무엇인지 알고 있었다. 단숨에, 정확히, 치명적으로, 돌이킬 수 없이. 그게 총이었다. 풍을 맞았다는 것은 당연히 총을 맞았다는 말이 아니었지만, 중사는 자꾸만 자신이 총에 맞았다고 느껴졌다. 증세는 의사의 경고가 그대로 실현된 것이었다. 술과 육식을 즐기는 습관은 쉽게 고쳐지지 않았다. 중사는 평소 지인들에게 자신이 산악회와 조기 축구회의 회장임을 강조하며 건강을 과신했다. 그러나 다혈질에 체구가 크고 평소 고압적인 태도로 타인을 대하는 중사에게 고혈압과 고지혈증은 제법 잘 어울리기까지 하는 질병이었다.

중사는 복도를 내달리는 전동 휠체어에 앉아 신경과 주치의의 말을 떠올렸다. 의사는 현재와 같은 편측마비 증세가 구음 장애, 감각 이상, 실인증, 시야 장애와 의식 소실에까지 이를 수 있다고 했다. 다시 말해 상태가 더 심각해지면 말이 어눌해지고 엉뚱한 감각을 느끼고 치매 환자처럼 사리 분별을 할 수 없으며 갑자기 눈앞이 하얘지거나 의식을 잃고 쓰러질 수도 있다는 얘기였다. 빌어먹을, 어디서 겁을 주고 지랄이야, 평소 겁이 날 때면 중사는 버럭 소리를 지르거나 괴팍하게 성질을 부리거나 했다. 아주 오랫동안 그렇게 두려움을 처리해왔다. 그러나 주치의에게는 소리를 지르지 못했다. 의사는 중사에게 중사의 뇌 사진을 보여주었다. 이 부분이 **괴사**된 조직입니다. 어느 날 갑자기 자신의 머릿속을 들여다보게 되는 일, 자신의 머릿속에서 일어난 일에 대해 누군가로부터 설명을 듣게 되는 일, 자신의 머릿속에서 무언가가 죽었다는 것을 확인하게 되는 일. 아직 혀까지 마비된 것은 아니었지만, 중사는 좀처럼 입을 열 수가 없었다.

한순간, 노인이 중사 곁을 지나쳤다. 중사는 휠체어를 멈추었다. 갑작스러운 반동에 휠체어가 흔들렸다.

늙고 작고 마른 노인이, 후줄근한 환자복 차림의 노인이 링거액 주머니가 달린 거치대를 밀며 자신의 곁을 지나쳐간 것이다. 중사는 노인이 언제 어디에서 나타났는지 알 수 없었다. 불쑥, 기척도 없이. 왠지 허를 찔린 기분이었다. 풍을 맞았다는 말이 총을 맞았다는 말로 들린 이래, 중사는 이런 느낌에 예민해질 대로 예민해져 있었다. 그 어떤 돌발 상황도 달갑지 않았다. 더구나 노인은 휠체어에 부딪힐 듯 아슬아슬하게 제 곁을 지나갔다. 늦은 밤 병원의 복도를 모조리 혼자 차지해야 하는 것은 아니었지만, 중사는 갑작스러운 노인의 등장이 불쾌하게 여겨졌다. 중사는 노인을 돌아다보았다. 느리고 쇠약한 동작의, 걷고 있지 않는 듯한 이상한 걸음걸이. 지나치던 순간 노인의 얼굴을 보았던가. 노인의 표정을 읽었던가. 중사는 자신이 필요 이상 불쾌한 감정에 빠져 있음을 인정했다. 오른손과 오른발이 제대로 움직인다면 얼마든지 그러지 않을 수 있었을 텐데. 중사는 다시 휠체어의 컨트롤러를 작동시켰다. 왼손으로 작동시켰다. 중사는 노인을 등지고 앞으로 나아갔다.

그때, 노인이 다시, 중사 곁을 지나쳤다. 속도를 줄인 상태였지만 중사는 이번에도 노인의 기척을 감지하지 못했다. 하릴없이 등줄기에서 땀이 솟았다. 오른쪽 등이 아닌, 왼쪽 등에서 솟은 땀만 느끼고 있는지도 몰랐다. 중사는 어리둥절했고 짐짓 짜증이 났다. 신관 삼층 복도는 커다란 미음 자 구조였다. 중간에 방향을 바꾸지 않는다면 반대편으로 향한 두 사람은 다시 마주칠 수 있었다. 그러나 중사가 노인을 등진 것은 불과 십수 초 전, 노인은 너무나 짧은 시간 사이에 다시 중사 앞에 나타난 것이다. 불편한 동작으로 거치대를 밀며 느릿느릿 걸어서가 아니라, 마치 단거리 육상선수처럼 전력 질주로 긴 복도를 한 바퀴 달려오기라도 한 것 같았다. 물론 그것은 상상할 수 없는 일이었다. 불쑥, 벽이라도 통과한 걸까. 중사는 휠체어를 멈춰 세웠지만, 노인을 불러 세우진 못했다.

중사는 다시 컨트롤러 위에 왼손을 올려놓았다. 복도를 맘껏 내달리고 싶던 마음은 어느새 시들해졌다. 아내가 시중을 들어줄 병실로 돌아가고 싶었다.

더욱 짧아진 간격으로 노인이 세번째 제 앞에 나타났을 때, 중사는 소리쳐 아내를 부르고 싶었다. 재방송되는 티브이 화면처럼 노인이 다시 휠체어 곁을 지나쳐가는 순간, 중사는 제대로 움직이지 않는 오른손과 오른발을 마구잡이로 버둥대고 싶었다.

야자수 이파리, 늙고 작고 마른 노인의 머리 위로 커다란 야자수 이파리가 드리워지고 있었다. 그리고 눈이 부셨다. 눈부신 햇살이 뜨겁게 내리쬐고 있었다. 다른 여름의 다른 햇살. 오래전, 중사는 제가 알던 여름과는 완전히 다른 여름이 존재하는 나라에 갔었다. 총을 들고 갔었다. 눈부신 햇살이 내리쬐던 해변 마을, 자신이 알던 햇살이 아니었고, 자신이 알던 마을이 아니었다. 중사가 그토록 많은 야자수를 본 것은 그날이 처음이었다. 총으로 사람을 쏜 것 역시 그날이 처음이었다. 커다란 야자수 이파리 아래에서였다. 중사는 일곱 발을 명중시켰다. 이를테면 전공戰功을 세운 것이었다. 중사는 바닥에 떨어진 탄피를 남김없이 찾아내 군복 주머니에 넣었다. 뜨겁게 달아올랐다 얼음처럼 식어버린 총알의 단단한 껍질. 햇살과 피, 제 것과는 다른 피, 얼마 뒤 중사는 하사에서 중사로 진급했다. 눈부신 햇살이 물러가자 오래도록 비가 내렸다. 역시 자신이 알고 있던 비와는 다른 비였다.

A병원 신관 삼층 복도에 야자수가 늘어선 해변 마을이 펼쳐졌다. 중사는 전동 휠체어의 방향을 돌려 노인을 뒤쫓기 시작했다. 빌어먹을, 꼭 베트콩을 닮았네. 누구를 향해야 하는지 알 수 없었던 갑갑함과 두려움과 노여움이 오롯이 노인을 향했다. 중사는 휠체어의 속력을 올렸다. 그러나 노인의 뒷모습은 결코 가까워지지 않았다. 병원의 복도가 해변 마을이 되어버린 탓이리라. 중사는 야자수 이파리가 머리 위로 드리워진 노인을 쫓아 휠체어를 달렸다. 민첩하게 방아쇠를 당기던 오른손은 제 것이 아닌 양 무릎 위에 늘어져 있었다. 눈부신

햇살, 예전처럼 덥고 습한 바람이 불어왔다. 땀에 전 군복, 뜨겁게 달구어진 철모, 밀림의 진창에 잠기는 군화, 그리고 총소리, 총알 냄새, 얼얼한 뺨과 어깨, 피가 밴 이. 다른 여름이 있는 나라에서 돌아와 중사는 상사가 되지 못하고 전역했다. 끝내 노인의 뒷모습은 가까워지지 않았다. 감각 이상, 시야 장애, 의식 소실. 이렇게 눈이 부시다간 눈앞이 하얗게 멀어버릴지도 몰라, 의식을 잃고 바닥에 쓰러질지도 몰라. 그러나 아직은 아니었다. 중사는 머지않아 노인과 다시 마주치게 될 터였다. 중사가 중사였던 것은 사십일 년 전의 일이었다.

*

병든 **육체,** 병든 **시간,** 병든 **기억.** 병, 육체에 깃든 시간의 기억.
다시 밤이었고, 다시 노인이 나타났다. 그것이 노인의 몇번째 등장인지 아는 사람은 아무도 없었다. 밤이 지나면 다시 모습을 감출 노인이 링거액 주머니를 매단 낡은 거치대를 밀며 천천히 병원의 복도를 걸었다. 낡은 바퀴들이 피로한 소음을 냈다. 노인의 발소리와 걸음걸이와 그림자는 밤의 안쪽으로 향했다.
밤은 위독했다. 밤은 고비였다. 밤을 무사히 넘긴다는 것, 그것을 위해서는 생각보다 많은 기도와 기적이 필요했다.
밤의 병원은 낮의 병원의 침전물을 깊숙이 빨아들였다. 잠복중인 바이러스가, 피 묻은 솜이, 깨진 약병이, 살균된 시트가, 묵직한 통증이 밤의 깊은 곳으로 스며들었다. 불길한 악몽이, 막막한 기다림이, 안타까운 인내가, 외로운 하소연이 어둠 속에 뿌리를 뻗었다. 노인의 발목에도 검은 뿌리가 감겼다. 노인의 발소리와 걸음걸이와 그림자를 남김없이 휘감았다. 노인은 그토록 질긴 뿌리를 끌며 병원의 복도를 걸었다.

밤의 병원, 정적과 공백과 어둠 속의 사람들, 몇몇 사람들, 노인을 본 사람과 노인을 보지 못한 사람과 노인을 보려 하지 않는 사람과 노인을 보고도 잊은 사람. 어쩌면 애써 노인을 찾으려 하는 사람이 있을지도 몰랐다. 노인은 병원 로비의 게시판 앞을 지나고 있었다.

셔틀버스 증설 공지, 금연 상담, 웃음 치료, 노래 교실, 특선 영화 상영, 입원 환자를 위한 이미용 자원봉사 서비스, 통증 클리닉, 암환자 식이요법 특강, 체외 충격파 쇄석실 이용 안내, 쾌차 기원 법회, 수요 성경 공부, 독감 예방접종, 저희 A병원은 환자분들을 가족처럼 섬기고 있습니다. 친절 불친절 신고 카드, 친절은 녹색, 불친절은 노란색.

노인은 계속해서 걸었다. 밤의 병원. 병원의 밤. 밤은 위독했다. 밤은 고비였다. 오늘밤 응급실에서, 본관 618호 병실에서, 심혈관계 중환자실에서 몇몇의 병이 죽음으로 넘어갈 터였다. 병원에 노인이 가지 않는 곳은 없었다. 병원에 노인이 알지 못하는 곳은 없었다. 그러나 결코, 노인은 병원의 시체 안치소와 장례식장을 찾지 않는다.

노인은 병, 그 자체다. 결코 죽음이 아니다. 병들어 죽은 사람은 있지만, 병든 죽은 사람이란 없다. 죽은 사람은 결코 병들어 있지 않다. 병은 오롯이 살아 있다. 오직 **살아 있는 사람**만이 병들 수 있다. 노인은 죽음 앞에서는 걸음을 멈추었다. 앞으로 나아가지 않는다.

노인은 걸었다. 오늘밤, 병원의 모든 육체와 모든 시간과 모든 기억을 밤의 복도에 붕대처럼 풀어놓는다.

*

　　간병인 여자는 분홍색 유니폼 조끼를 벗었다. 신발을 벗고 양말을 벗고 병상의 침대에 누웠다. 그럴 필요가 없음에도 몸에 밴 습관대로 조심조심 움직였다.

　　빈 병실을 얻을 수 있었으니 오늘은 운이 좋은 셈이었다. 사 인실 네 개의 침대 중 하나만이 차 있으니 더욱 운이 좋은 셈이었다. 건너편 침대의 동료 간병인 여자는 일찌감치 곯아떨어진 모양이었다. 침대 주위를 두른 얇은 커튼 너머로 코 고는 소리가 들려왔다.

　　차가운 면 시트의 감촉이 잠시 섬뜩한 느낌을 주었다. 여자는 반대편으로 돌아누우며 운이 좋다는 생각을 한 것에 대해 잠시 죄책감을 느꼈다. 오늘 낮에 여자가 한 달 가까이 간병했던 노인이 죽었다. 일반 병실에서 중환자실로 옮겨진 후 이틀 만이었다. 모든 상황은 의사들의 예측과 맞아떨어졌다.

　　노인은 폐암 말기였다. 이런저런 합병증도 진행된 상태였다. 누구라도 병상의 노인을 보는 순간 노인이 돌이킬 수 없이 심각한 상태라는 걸 알 수 있었다. 노인은 칠십대 후반이었고, 과거 꽤 높은 직급의 공무원이었으며, 아내와는 몇 년 전 사별했다고 했다. 모두 노인의 며느리에게서 띄엄띄엄 전해들은 내용이었다. 길어야 한 달, 며느리는 최대한 불경해 보이지 않으려 노력하며 의사들의 예측을 간병인 여자에게 귀띔해주었다. 오랜 투병생활에 노인과 노인의 가족 모두 지칠 대로 지친 모양이었다. 그간 여러 사정으로 여러 병원을 전전했고, 여러 번의 수술이 거듭됐고, 간병인도 여러 차례 바뀌었다고 했다. 노인의 자식들 중 몇몇은 외국에 살고 있었다. 가장 자주 병원을 오가는 노인의 며느리는 중학교 교사였다. 길어야 한 달, 요는 간병인 여자의 간병이란 것이 치료와 회복을 위한 직간접의 도움이 아닌, 언제 닥칠지 모르는 마지막 순간에 대비해 이십사 시간 노인 곁을 지켜야 한다는 걸 의미했다. 간병인 여자는 그렇게 했다. 그리고 한 달이 지나갔다.

오늘 오후 중환자실을 찾았을 때, 환자 명단을 적어놓은 화이트보드에 노인의 이름이 지워지고 없었다. 이틀 전 중환자실로 옮겨가며 노인의 며느리에게서 그간의 간병비를 지급받은 터였다. 간병인 여자는 장례식장에 가지 않았다. 병원 간병인들 사이의 불문율이었다. 간병인 여자는 노인의 마지막 모습이 어떠했을지 생각하며, A병원의 로고가 프린트된 담요를 턱밑까지 끌어당겼다.

노인은 목을 절개하고 구멍을 내 기관에 인공호흡기를 삽입하고 있었다. 때문에 말을 할 수 없었다. 거칠고 불안정한 쇳소리만이 입 밖으로 새어나왔다. 식사 역시 튜브를 통해 유동식으로 섭취했고, 얼마 뒤 그마저도 영양액 주사로 대체되었다. 노인의 얼굴은 시간이 갈수록 검푸르게 변했고, 노인의 사지는 앙상하게 뼈를 드러냈다. 간병인 여자는 노인의 몸을 닦아내고, 대소변을 처리하고, 의료진의 처치를 보조했다. 이해할 수 없는 쇳소리에 고개를 끄덕여주거나 무어라 말대꾸를 해주기도 했다. 밤이면 노인의 침대 옆 야트막한 보조 침대에서 잠을 잤다. 잠을 잘 때도 숨이 가쁜 노인과 한 달 가까이 함께 잤다.

어느 밤, **툭**, 무언가가 간병인 여자의 얼굴 위로 드리워졌다. 설핏 잠이 들었던 간병인 여자는 움찔 놀라 눈을 떴다. 그러나 소리를 지르며 몸을 일으키거나 하지는 않았다. 그것은 침대 밖으로 늘어뜨려진 노인의 **손**이었다. 간병인 여자는 보조 침대에 누워 어둠 속 자신의 얼굴 위에 떠 있는 어두운 손을 올려다보았다. 손이 움직였다. 노인은 꿈을 꾸고 있는 것일까. 무언가를 붙잡기라도 하려는 듯, 무언가 불러내기라도 하려는 듯. 길고 마르고 어두운 손이 알 듯 말 듯 한 손짓을 하고 있었다.

잠시 후, 간병인 여자는 가만히 제 두 손을 뻗어 그 손을 **잡았다.** 뒤틀린 나뭇가지처럼 거칠고 뻣뻣한 손이었다. 그러나 그토록 미미한 악력이, 그토록 희미한 온기가 남아 있는 손이었다. 도합 열다섯 개의 손가락이 조금씩 움직이기 시작했다. 세 개의 손이 천천히, 오래도록 움직였다. 느리고 내밀한, 어떤 춤의 안무 같기도 했다.

다음날 밤에도, 어둠 속 간병인 여자의 얼굴 위로 예의 손이 떠 있었다.

간병인 여자는 중국 지린성의 옌볜 자치구에서 온 조선족이었다. 한국에 온 지는 삼 년 반, A병원에서 간병인으로 일한 것은 지난 일 년 남짓이었다. 한국에 들어와 오십대 나이를 맞았다. 초반에는 주로 식당의 주방일을 전전했고, 어렵게 간병인 교육을 받은 후 A병원에 들어올 수 있었다. 국가에서 운영하는 A병원은 정책상 대부분의 간병인을 조선족 이주 노동자로 고용했다.

간병인 여자는 자연스레 '병원생활자'가 되었다. 병원에서 일을 해 돈을 벌고, 병원에서 밥을 먹고 잠을 잤다. 식사와 잠자리는 공식적으로 제공되는 것이 아니었기에, 간병인 여자는 다른 조선족 간병인 여자들처럼 요령과 눈치와 변통을 급히 익혀야 했다. 병원생활자는 **그림자**처럼 눈에 띄지 않게 존재해야 했다. 환자 샤워실이 비는 시간에 몸을 썻었고, 병원 세탁장 구석에 빨래를 해 널었으며, 무엇이든 사용한 것은 사용하지 않은 것처럼 원상태로 되돌려놓아야 했다. 안전한 곳을 찾아 짐을 보관해야 했으며, 병원의 의료진과 행정 담당은 물론 경비업체, 미화업체, 조리업체의 용역 직원들과의 친분도 필수였다. 그 친분이 적정선을 넘어서는 곤란했다. 환자 가족들로부터 일당으로 계산된 간병비를 받으면 간병업체에 수수료를 떼어주고 옌볜의 집으로 송금했다.

삼 년 반 전, 처음 한국행 비행기에 올랐을 때 간병인 여자는 딸 내외와 함께였다. 머지않아 딸과 사위는 조선족 이주 노동자들이 발급받는 취업 비자로는 불허하는 일을 시작했다 이내 당국에 적발되어 추방을 당했다. 차명으로 가게를 내고 옌볜을 오가며 장사를 할 계획이었던 것이다. 한국행을 위해 딸 내외는 적잖은 빚을 졌지만, 다시 취업 비자를 받아 한국에 들어오는 것은 불가능한 일이 되어버렸다. 옌볜으로 돌아간 딸에게 아이가 들어섰다. 여자가 다급히 간병 일을 시작하게 된 이유이기도 했다. 간병 초기 예상대로 많은 어려움이 따랐다. 일이 고된 것은 물론, 문화와 정서의 크나큰 차이를 실감해야 했다. 말투와 억양을 구실로 괜한 멸시를 받기도 했다. 처음 치매 환자를 돌보게 되었을 때 옆구리를 얻어맞고 머리채를 휘어잡힌 일도 있었다. 교통사고로 다리를 다친 거구의 환자를 휠체어에 태워 밀고 다니는 일은 언제나 고역이었다. 병원 내 강박적인 살균 소독은 노이로제에 걸릴 지경이었다. 그러나 간병인 여자는 차츰 병과 병자와 병원과 병원생활에 익숙해져갔다. CT 촬영과 MRI 촬영의 차이점을 정확히 설명할 수 있었으며, 버거병이나 셰그렌 증후군 같은 어려운 이름의 병이 어떤 질환인지도 알게 되었다. 또한 항암 치료를 받는다는 것이 얼마나 힘겨운 일인지, 루푸스가 얼마나 끔찍하고 무서운 병인지도 알게 되었다.

병원 창밖으로만 계절의 변화를 확인하며 간병인 여자는 일 년의 시간을 보냈다. 눈치와 요령과 변통이 늘어 가끔 빈 병실의 침대에서 모처럼의 곤한 잠을 청할 수도 있었다. 인심이 좋은 환자의 가족을 만나면, 유행이 지났지만 제법 고가임이 분명한 옷가지나 장신구를 얻기도 했다. 병원은 여자의 **집**이 되었다. 잠시 옌볜에 다녀온 것은 간병 일을 시작하기 직전이었다. 딸은 혼자 해산을 했고, 갓난쟁이 손녀의 모습은 사진으로밖에 볼 수 없었다. 오늘, 한 달 가까이 여자가 간병했던 노인이 사망했다. 조만간 다른 환자를 만나게 될 터였다.

분명 피로한 몸에는 잠기운이 달라붙어 있었다. 잠이 와야 마땅했고 잠들어야 마땅했다. 그러나 한참을 뒤척이던 여자는 결국 몸을 일으키고 말았다. 간병인 여자는 조용히 병실 문을 열고 밖으로 나왔다. 그림자처럼 움직여 오층으로 향했다.

본관 오층의 비상계단 옆, 커피 자판기와 음료 자판기, 커다란 화분과 긴 의자 등이 놓인 휴게 공간이 있었다. 오른쪽 옆은 병원 주차장이 내다보이는 유리벽이었다. 천장의 조명은 군데군데 꺼져 있었지만, 두 대의 자판기가 밝고 환한 빛을 뿜어내고 있었다. 간병인 여자는 종종 사람이 없을 시간을 골라 이곳을 찾았다. 병원생활로 맛을 들인 인스턴트커피를 홀짝이며 잠시 의자에 앉아 시간을 보냈다.

그러다 우연히 눈길을 주게 된 것이 맞은편 벽에 걸린 **그림**이었다. 병원 이곳저곳에는 꽤 많은 그림 액자가 걸려 있었다. 그러나 간병인 여자가 유심히 바라본 그림은 오직 이 그림뿐이었다. 간병인 여자는 그와 같은 그림을 수묵담채화라 부른다는 것을 알지 못했다. 명화 감상법 따위는 더욱 알지 못했다. 액자 아래 제목이나 화가의 이름조차 붙어 있지 않은 복제화였다. 숲속 계곡의 물레방아를 그린 소박하고 조악한 그림이었다. **실제로** 어딘가에 그런 숲속 계곡이, 그런 물레방아가 있는지는 알 수 없었지만 간병인 여자는 이 그림이 마음에 들었다. 왠지 모를 아득한, 잠시나마 **병원이 아닌 곳**에 있는 듯한 기분을 느꼈다. 숲속 계곡을 흐르는 물줄기, 빙글빙글 돌아가는 커다란 물레방아.

오래전 간병인 여자는 아홉 살짜리 아들을 잃었다. 또래의 많은 아이가 그러하듯 기나긴 겨울이면 아들은 얼어붙은 강 위에서 썰매를 타거나 연을 날리거나 하며 놀았다. 그해 겨울, 분명 겨울이 한창이었음에도, 분명 강이 완전히 얼어붙었음에도, 얼음이 깨졌다. 아들은 얼음 구덩이 속으로 빨려들어가 세 시간 만에 꺼내어졌다. 차디찬 물속에서 한참을 버둥거린 모양인지 온몸에 연줄이 감겨 있었다. 끊어진 연은 찾을 길이 없었다.

숲속 계곡을 흐르는 물줄기, 빙글빙글 돌아가는 커다란 물레방아. 지난 일 년 간병을 맡았던 환자가 정말 죽음에까지 이른 것은, 그것을 직접 확인한 것은 이번이 처음이었다. 간병인은 장례식장을 찾지 않는 것이 일반적이었다.

그림에서 눈을 떼고 잠시 자판기 쪽으로 눈을 돌렸을 때, 간병인 여자는 노인을 보았다. 늙고 작고 마른, 후줄근한 환자복 차림의 노인이 링거액 주머니가 달린 거치대를 밀며 천천히 걸어오고 있었다. 간병인 여자는 노인의 **얼굴**을 보고 크게 놀랐다. 지금 가까이 다가오고 있는 노인은 오늘 낮에 숨을 거둔 자신의 환자 노인이었다. 그럴 수는 없는 일이었다. 그러나 두 얼굴은 놀랍도록 닮아 있었다. 간병인 여자는 노인의 얼굴에서 눈을 뗄 수 없었다. 간병인은 장례식장을 찾지 않는 것이 일반적이었다.

느릿느릿 자판기 앞을 지나쳐 노인이 멈춘 곳은 뜻밖에도 예의 그림 앞이었다. 노인은 마치 이 그림을 보기 위해 먼 곳에서부터 애써 걸어온 사람처럼 보였다. 노인은 간병인 여자에게 눈길을 주지 않은 채 벽면의 그림을 바라보았다. 마치 그 그림을 그린 것이 바로 자기 자신이라도 되는 것처럼, 그림 속 물레방아가 있는 계곡에 가보기라도 한 것처럼, 그림의 모든 것을 알고 있기라도 한 것처럼, 노인은 그림을 바라보았다. 숲속 계곡에 물이 흐르고, 커다란 물레방아가 빙글빙글 돌아가고 있었다.

잠시 후, 노인이 가만히 손을 뻗어 그림을 가리켰다. 뒤틀린 나뭇가지처럼 거칠고 뻣뻣한 손. 간병인 여자는 노인의 손을 바라보았다. 눈앞에 노인의 길고 마른 손이 떠 있었다. 가만히 잡아보았던, 어두운 손이었다.

*

밤이면, 노인이 병원의 복도에 나타났다.

노인은 키가 작았고, 말랐고, 후줄근한 환자복 차림이었다. 많은 환자가 그러하듯 안색이 나빴고, 표정은 어두웠고, 동작은 느리고 위태로워 보였다. 그러나 엄밀히 말해, 노인은 '환자'가 아니었다.

어느 밤, 병원의 복도를 서성이던 우리는 노인을 보게 된다. 아니, 노인을 보지 못하거나, 노인을 보려 하지 않거나, 노인을 보고도 잊을 수 있다. 또다른 어느 밤, 우리는 애써 노인을 찾아 나설 수도 있다.

링거액 주머니를 매단 낡은 스테인리스 거치대를 밀며 느릿느릿 밤의 병원을 걷는 노인. 노인의 발소리, 노인의 걸음걸이, 노인의 그림자. 어쩌면 존재하지 않는 발소리와 걸음걸이와 그림자와 함께, 병든 육체와 병든 시간과 병든 기억이 밤의 병원을 느릿느릿 걷고 있었다.

머리맡이 흔들릴 때

이지은(문학평론가)

1

밤은 의식이 자기로부터 떠났다가 자기에게로 돌아오는 시간이다. 의식과 무의식이 전환되는 운동 속에서 삶은 어제로부터 오늘로 이어진다. 계속되는 삶이란 중단 없는 매끈한 흐름에서 확보되는 것이 아니라 역설적으로 그것을 중지할 수 있는 가능성 위에서 성립된다. 우리는 이 가능성을 증명이라도 하듯 규칙적인 전환의 리듬이 삐걱거리는 어느 날을 경험한다. 누구나 머리맡이 흔들리며 방위가 헷갈리는 일을 한 번쯤은 겪어봤을 것이다. 낯선 공간에 누운 나를 발견하며 호흡조차 서툴러지는 순간. 모든 일상적 행위가 낯설게 느껴지는, 이를테면 이런 경험 말이다.

눕는다는 것이 그때까지 누운 것과는 다르게 느껴졌다.(「비와 바람

과 숲」, 168쪽)

혼돈의 밤으로부터 낮으로 되돌아가는 길은 저마다 다르다. 누군가는 이 현기증을 꿈으로 치부하며 시간의 흐름을 좇아 일상으로 돌아간다. 누군가는 한없이 길어지는 밤의 연장 속에서 일상을 무너뜨린다. 후자의 경우 밤은 '사건'이 된다. 존재를 되짚는 질문이 연쇄적으로 쏟아지는 가운데 세계는 어제와 전혀 다른 빛으로 빛나게 된다.

빠르게 어둠이 걷혀가는 하늘에는 아직 별이 남아 있다. 해가 빛나고 별이 빛난다. 다르게 빛난다.(같은 글, 155쪽)

밤을 통과한 소년은 다른 소년이 된다. 그러나 다르게 빛나는 햇빛 아래에 서기까지 소년은 빽빽하게 들어선 어둠을 고스란히 감당해야 한다. 그러니 발신자를 알 수 없는 질문일랑 슬쩍 모른 척하는 게 상책인지도 모른다. 그러나 애써 피해도 절체절명의 불운이 삶의 외부로부터 가격해오기도 한다. 꼭 집어 나의 일상을 겨냥하고 두들기면서 찾아오기도 한다. 그렇게 바깥으로부터의 타격에 삶은 어쩔 수 없이 무방비다. 그럴 경우 '나'는 아침마다 내가 누구인지, 어디에 있는지 확인하는 수밖에 없다.

다민은 잠에서 깨어났다. 그리고 잠시 어리둥절해하며 눈을 깜빡였다. 우리집의 내 방이 아니다, 라는 자각이 아직은 당연히 익숙하지 않았다.(「살구 줍기」, 16쪽)

이신조 소설집 『다른 소년』의 인물들은 낯선 방에서 눈을 끔벅거리며 깬다. 방사능 유출로 폐쇄된 B구역의 별장에서 비현실적으로 푸른 하늘을 바라보고 있는 미리(「B구역에 내리는 비」), 아빠의 수감으로 이모할머니 댁에서 지내게 된 열세 살 다민(「살구 줍기」), 낯선 고시텔에서 현기증에 짓눌려 잠을 깨는 소년(「다른 소년」), 시계도 빛도 없는 지하의 작은 방에서 빗소리를 듣는 완(「야간 정비」). 이들은 모두 재난, 이별, 학대, 파산 등으로 인해 낯선 방으로 내몰린다. 일상의 불운을 잠시나마 잊기 위해 낯선 방을 찾는 이도 있다. 서울 도심의 레지던스 호텔에서 사랑을 나누고 있는 지혁(「1105호」)이 그렇다. 시계가 없는 방에서 이들은 제 삶을 아주 게으르게 가늠해본다.

『다른 소년』에 수록된 소설들은 낯선 공간에서 깨어난 인물이 자기에게로 돌아가는 과정, 곧 어제의 '나'로부터 '다른 나'로 이행해가는 시간을 보여준다. 삶의 한 국면에서 다른 국면으로 건너가면서 벌어지는 틈, 그 일상으로부터 탈구된 시간을 천천히 따라가면서 익숙한 세계로부터 떨어져나온 인물의 내면을 탐구하는 것이 『다른 소년』이 내건 화두다. 그것은 '다르다'라는 술어가 소설집 전체를 관통하여 줄곧 반복된다는 것을 굳이 증명하지 않아도, 소설집에 등장하는 모든 인물들이 이혼, 파산, 살인, 총기 난사 사건, 낙태, 테러, 재난, 병 등을 직면하여 삶의 이쪽에서 저쪽으로 건너가고 있다는 데서, 그 두려운 이행의 시간을 소설의 언어가 함께 견뎌내고 있다는 데서 명백해진다.

2

그런데 작가는 밤을 건너가는 인물을 고립된 방에 가두어놓지만은 않는다. 동행할 수 없을지라도 그의 곁엔 누군가가 있다.「살구 줍기」의 다민은 이모할머니 수옥, 그리고 숲속에서 주워온 살구와 함께 변해가는 중이다. 소설은 이들이 서로 다른 삶의 구간을 각자의 속도로 건너가는 모습을 보여준다. 다민은 나이보다 의젓한 말을 하게 되고, 엄마도 아빠도 윗집도 아랫집도 없이 덩그러니 혼자 놓여 학교를 나가지 않게 되면서 자신이 다른 삶에 직면했음을 어렴풋하게 느낀다. 서울의 평범한 초등학생이던 다민은 자신이 처한 장소가 "우리집의 내 방이 아니다"(16쪽)라고 자각하는 데서 나아가 "우리집의 내 방이라는 것이 더이상 세상 어디에도 존재하지 않는다는 사실에 가슴께가 불안"(16~17쪽)하게 된다. 그리고 다민이 정서적·육체적으로 변해가는 동안 작고 예쁜 살구는 고약한 악취를 풍기는 갈색의 문드러진 과육으로 변한다.

다민이 통과하는 여름, 그 시간의 종적 흐름을 가로지르면서 이모할머니 수옥의 삶이 직조된다. 사회학자이자 마을 공동체 운동의 활동가이기도 한 수옥은 결혼, 이혼, 유방암 치료 등을 겪으며 학업 중단, 복학, 취직, 퇴직, 이사 등 몇 가지 삶의 매듭을 지어왔다. 암 수술을 하고 교외로 물러나 작은 마을에 스며들어 살아가려는 그녀를 다민은 낯설게 여긴다. 다민이 혼자라고 느낀 밤, 다민은 "이모할머니도 혼자였다. 그러나 이모할머니는 무엇도 처음이 아닌 듯"(27쪽)하다고 느낀다. 그러나 다민이 모기 한 방에 살구 하나를 주워오고 옥수수가 수염 하나에 알갱이 하나를 맺듯, 수옥 역시 시련 하나에 삶의 단락 하나씩을 매듭지으며 살아왔다. 두번째, 세번째 수염도 어느 것과도 다른 처음의 촉수이자 처음의 감각이므로, 그것이 맺어내는 삶의 결절, 곧 분리된 시간은 기필코 처음일 수밖에 없다. 「살구 줍기」가 아름다운 것은 다민과 수옥, 그리고 살구가 변해가는 모습을 섣불리 알은체하지 않고 또 재촉하지도 않은 채 지켜봐주기 때문이다.

다민은 살구나무들이 있는 곳으로 갔다. 그리고 깜짝 놀랐다. 바닥에 떨어진 살구들이 전부 썩어 있었다. 갈색으로 변해 고약한 악취를 풍기고 있었다. 그나마 괜찮아 보이는 몇 개를 집어들었지만, 손가락이 닿자마자 과육이 문드러져버렸다. 달라져 있었다. 숲의 무언가가 며칠 전과는 완전히 달라져 있었다.(「살구 줍기」, 44쪽)

무엇이, 어떻게, 왜 달라지는 건지, 다민은 이모할머니가 운전하는 자동차의 조수석에 앉아 창밖을 보며 생각했다. 도로 양옆으로 키 큰 플라타너스가 줄지어 늘어서 있었다. 무성한 잎사귀들이 하늘을 가렸다.(같은 글, 45~46쪽)

수옥의 삶의 한 부분을 확대한다면 「그림자 가이드」의 태은의 이야기가 될 것도 같다. 그녀는 자궁근종 제거 수술, 이혼, 사직을 막 지나왔다. 태은은 '그림자 가이드'의 안내에 따라 진행되는 '그림자 여행' 중인데, 얼핏 제의적으로 보이기까지 하는 이 여행을 통해 그녀는 자기 내면의 상처를 직면하게 된다. 한편 「B구역에 내리는 비」는 지진,

방사능 유출로 인해 한순간에 삶의 기반이 무너진 미리의 이야기다. 작은 술집에서 일했던 미리는 '보스'의 연인이 되었지만, 재난과 함께 보스도 잃고 뱃속의 아이도 지우게 된다. 새로운 삶에 대한 어떤 설계도 없이 막연한 직감만을 가지고 미리는 방사능 유출로 폐허가 된 B구역의 별장을 찾아간다.

『다른 소년』에 등장하는 수옥, 태은, 미리와 같은 여성 인물들은 유방암, 자궁근종 같은 여성의 신체를 강조하는 상징적인 병을 몸에 지니고 있으며 낙태, 이혼 등을 거치면서 여성으로서 겪게 되는 시련을 지나왔다. 이렇게 '여성의 삶'이 처한 위기의 국면에서 작가는 북방 신화에 등장하는 강인한 여성상을 환기하며 현실에서 소진된 에너지를 길어오려는 시도를 보인다. 「그림자 가이드」에 삽입되어 있는 '강인하고 지혜로운 툰드라 여자들'의 신화적 이미지는 「비와 바람과 숲」의 '바람' 장章에서 소녀의 이야기로 변주된다. 바람 부는 벌판을 손수 일구어 병든 할머니를 돌보는 소녀가 언젠가 할머니에게서 들었던 '큰 나무'를 저멀리 지평선에서 확인하는 것, 이 장면은 여자의 운명 속에 흘러 전해온 강인함을 확인하는 것으로 읽힌다.

그러나 이들이 멀리 북방의 신비로운 소녀에게서만 삶의 의지를 엿보는 것은 아니다. 더 자주 소설은 척박한 세계를 공유하는 '다른' 여성의 삶으로 눈을 돌린다. 「살구 줍기」에는 삶의 다른 구간을 통과하고 있는 다민과 수옥이 마주보고 있고, 「비와 바람과 숲」의 '비' 장에선 유년 시절을 함께했으나 이제는 너무 달라져버린 R과 F의 재회를 그리고 있다. 또 「그림자 가이드」에서는 북에서 굶고 있는 자식을 데려오기 위해 새벽부터 밤까지 다섯 군데에서 일을 하는 탈북 여성과

태은이 만난다. 태은과 탈북 여성의 만남은 갑작스럽고 짧게 지나가
버리지만 태은은 그녀의 삶을 제 삶 위에 포개어 자신이 흘러가고 있
는 방향에 대해 가늠해보게 된다.

　태은은 생각했다. 스물한 살 누군가를 좋아한다는 것에 대해, 구 년
간 기업의 비서실에서 일한다는 것에 대해, 칠 년간의 결혼생활이 끝
난다는 것에 대해, 자기를 낳아준 여자가 죽는다는 것에 대해, 자궁에
서 네 개의 혹을 떼어낸다는 것에 대해. 그리고 태은은 계속해서 생각
했다. 배가 고파 염무를 먹는다는 것에 대해, 열네 살 소년의 키가 백
삼십팔 센티미터라는 것에 대해, 자식을 데려오기 위해 밤마다 검댕이
엉긴 석쇠를 닦는다는 것에 대해, 그리고 늑대 가죽을 찾아 춥고 어두
운 밤의 들판을 헤맨다는 것에 대해.(「그림자 가이드」, 138쪽)

3

　그런가 하면 조금 더 적극적으로 타인의 삶을 경유하여 다른 삶으
로 이행해가는 인물들이 있다. 「다른 소년」의 열여덟 살 소년은 버스
에서 우연히 주운 대학생의 신분증으로 '다른 사람'이 되기를 감행하
고 있다. 그러나 신분증은 행동의 계기가 되었을 뿐, 더 거슬러올라가
면 '그 사건'이 있다. 뉴스를 통해 알게 된 어느 고등학교 3학년 소년
은 입시에 대한 부담감, 엄마의 집착과 정서적·육체적 학대를 견디다
못해 엄마를 살해한다. 아버지의 부재, 어머니의 학대에 지친 주인공

은 뉴스에서 본 소년처럼 "잠깐만 그래보는 것이 가능하다면, (……) 그녀와 그를 죽여보고 싶"(76쪽)다는 생각을 한다. 그러나 소년은 '다른 소년'이 되기로 한다. 소년은 주운 신분증의 청년이 되어 좁고 낯선 고시텔에 웅크리고 있다.

「야간 정비」의 완 역시 총기 난사로 열두 명의 사상자를 낸 '그 새끼'를 거울삼아 자기 내면의 상처를 헤집는다. 완은 총기 난사 사건이 일어나기 열흘 전 최전방 GOP 근무를 자원한다. 그리고 그보다 조금 더 전에 연인 현으로부터 그녀가 중절 수술을 받았다는 것과 더이상 만나길 원치 않는다는 것을 통보받는다.

현과 헤어진 지 보름 만에, GOP 근무를 자원한 지 열흘 만에 벌어진 사건. 완은 누군가가 누군가에게 총을 쏘았다는 것이 이상할 정도로 이상하게 느껴지지 않았다. 그리고 반드시 제가 '그 새끼'를 쏘아 죽여야 한다고 생각했다. 완은 그 새끼에게 걷잡을 수 없이 살의를 느끼는 '미친 새끼'가 되어 수색조의 맨 앞에 섰다. 사흘 동안 잠시도 눈을 붙이지 않았지만 완은 얼마든지 그 '또라이 새끼'를 명중시킬 수 있다고 자신했다. 투항하지 말고 제 앞에 총을 들고 나타나주길 간절히 바랐다. 그런 적개심에 사로잡혔었다는 것에 대해 반성문 따위는 쓰고 싶지 않았다.(「야간 정비」, 235쪽)

완은 전우를 쏜 '그 새끼'에게 맹렬한 적개심을 보이고 있지만 그것은 응징이나 단죄의 감정이 아니다. 완은 누군가를 쏘고 세계를 파괴하고 싶은 '그 새끼'와 같은 욕망에 휩싸여 있다. 붕괴된 자신의 세계에 대한 울분을 허락된 표적인 '그 새끼'에게로 돌리고 있을 뿐이다. 제대 후 완은 "이제 매일 아침 빛이 들지 않는 지하의 작은 방에서 깨어나 하루를 맞게"(217쪽) 된다. 완은 어둠이 이어지는 공간에서 현과 부모의 파산과 오래전에 죽은 생모와 '그 새끼'를 순서 없이 생각한다. 감옥에 있을 '그 새끼'를 떠올리는 완에게 더이상의 적의는 없다. 도리어 반성문을 한 장도 쓰지 않았다는 '그 새끼' 쪽으로 마음이 기우는 듯하다.

「야간 정비」는 완이 통과하고 있는 연장된 밤의 시간, 곧 '다른 완'으로의 이행을 야간 정비 작업과 맞물리게 구성함으로써 주인공 내면의 찌꺼기와 그것이 조금씩 씻겨가는 모습을 감각적으로 보여준다. 도시의 터널, 지하 차도, 하수구 등에 고압 분사기 노즐의 스위치를 누를 때, 완은 철책 앞에서 총을 들고 있던 자신을, 현의 눈에서 흘러내리던 검은 눈물을 생각한다.

근무 일주일째, 장반장은 고압 분사기를 완의 손에 넘겨주었다. 철책 앞에서 총을 들고 서 있던 기억이 용수철처럼 튀어올랐다. 완은 터널의 타일 벽면을 향해 분사기 노즐의 스위치를 눌렀다. 어지럽게 흘러내리는 검은 물줄기. 완은 딱 한 번 보았던, 현의 젖은 눈가에서 검은 눈물이 흘러내리던 순간을 떠올렸다. 얼마간 물줄기를 뿜으며 전진하자, 노즐과 호스를 쥔 손목을 알맞은 각도로 꺾는 요령이 생겼다. 검은 물줄기가 걷잡을 수 없이 흘러내렸다. 번져버린 글씨처럼, 눈화장처럼, 토사물처럼, 상처의 고름처럼, 총상의 핏물처럼. 완은 터널 벽면을 향해 고압 분사기를 쏘았다. 투명 고글에 점점이 더러운 물방울이 튀

었다. 완은 깊은 숨을 몰아쉬며 계속해서 물줄기를 내뿜었다.(「야간 정비」, 225~226쪽)

이렇게 완은 "낮과 밤이 완전히 뒤바뀐 생활과 그에 따른 노동으로 자신의 몸속 성분이 변하고 있다는 느낌을"(229쪽) 받는다. 완이 일을 그만두려 한 날 거센 비로 작업은 취소되고, 엉겁결에 반장의 컨테이너에서 삼겹살과 소주를 얻어먹는다. 완은 자신이 잃어버린 것들—아이가 되지 못한 아이, 이름을 지어준 개—과 우연히 얻은 것들—손목시계를 걸어둔 벽, 새의 한쪽 날개—을 떠올리며 충동적으로 강에 뛰어든다. 반장은 아무 일도 아니라는 듯 완을 건져내고, 완은 곧 시작될 장마를 생각하며 길을 걷는다. 장마가 얼마나 많은 것들을 쓸어가고 얼마나 많은 것들을 부려놓을지 완은 알지 못한 채 새벽의 길을 걸어간다. 완은 밤의 긴 터널에서 한쪽 날개밖에 얻지 못했으나, 젖은 완을 일깨우는 그날의 첫 기차 소리는 완의 걸음이 낮으로 향하고 있음을 암시한다.

「다른 소년」과 「야간 정비」의 주인공은 자신과 그리 '다르지 않은' '다른 사람'의 삶을 경유하여 '다른 삶'으로 나아가려 한다. 말장난처럼 읽히는 이 문장은 동어반복적이기에 필연적이다. '다르다'는 말 자체가 근본적으로 타인의 존재를 기반으로 가능하기 때문이다. 긍정적 대상으로서의 타인이든 그렇지 않든 타인이 존재함으로써 '다르다'는 것을 욕망할 수 있다. 그러니 '다른 삶'으로의 이행에는 이미 전제 조건으로서 '다른 사람'이 있다. 주인공들이 마주한 타인은 '나'와 세계를 공유하고, '나'와 같은 병病을 지니고 있다. 「야간 정비」의 병사들은 '그'라는 관형사로 특정되는 바로 '그 새끼'로부터 자신들을 분리하는 듯하지만 그에 관해 말할 때 "몸속 이물질을 게워내듯 말한다"(207쪽). 어쩌면 '그 새끼'는 세상에 없던 괴물이 아니라 병사들 속의 이물질이 덕지덕지 엉겨붙어 만들어낸 형상인지도 모른다. 완은 그의 모습에서 자신의 일부를 알아봤을 뿐이다.

어쩌면 노인은 **그들 모두**일 수 있었다. 그들 모두에 속한 무언가를 각각 한줌씩 떼어내 그것을 한데 뭉쳐 얼기설기 빚어놓은 듯한 형상, 간신히 이루어졌지만 확고히 갖춰진 존재, 그들 모두가 아니면서 그들 모두로부터 비롯된 **우리 모두**, 바로 노인이었다. 늙고 작고 마른 노인, 젊고 크고 살진 세상 모든 것의 종착점인 노인. (……) 남자는 자신이 잠에서 깨어난 것이 바로 노인 때문이란 것을 알아챘다.(「병病의 밤夜」, 273쪽)

'그 새끼'가 병사들 속의 이물질로 만들어진 괴물이듯 「병의 밤」의 '노인'은 우리 속의 무언가를 한줌씩 떼어 빚어놓은 존재다. 밤이면 병원 복도에 나타나는 노인은 "병에 걸린 사람이 아닌, **병 그 자체**"다. 병, 그 자체인 노인. 누구라도 노인을 볼 수 있지만 "누구나 노인을 본 것은 아니"(268쪽)다. 신참 간호조무사는 이내 노인을 잊음으로써 노인을 못 본 사람이 된다. 그러나 아버지의 병상을 지키는 남자, 휠체어를 탄 중사, 옌볜에서 온 간병인 여자는 노인을 본다. 직업, 배우자, 가족, 신체 오른쪽의 감각, 고향 등 삶의 중요한 한 부분을 잃은 사람들, 삶의 절단면에 봉착한 이들은 완이 '그 새끼'를 알아보듯 노인을 알아본다. 우리는 아니지만 우리 모두로부터 비롯된 존재, 나와 속성을 공유하지만 내가 아닌 존재인 노인은 바로 '다른 사람' 그 자체다. 여기에 수록된 소설들은 노인을 본 자들의 이야기다.

4

『다른 소년』의 인물들은 각기 다른 환경에서 분투하고 있지만 공통적으로 일상이 파산되고 '나'로부터 '다른 나'로 이행해가고 있다. 소설은 삶의 결절 부근을 가까이에서 또는 조금 멀리 떨어져서 그려낸다. '나'가 중단될 수 있음은 기나긴 인생의 여로 위에 '나'의 삶이 계속된다는 것을 전제하고 있다. 더하여 『다른 소년』의 인물들은 그들이 마주하는 삶의 절단면에서 타인의 삶을 발견한다. 또는 역으로 타인을 알아봄으로써 삶의 익숙한 루틴에서 벗어나게 된다. '다른 나'는 '다른 사람'의 존재에 의해 가능해지고, 반대로 타인에게 타인인 '나' 역시 '다른 사람'의 삶에 준거가 된다. 곧, 다른 누군가가 된다는 것은 주체의 단독적 변경으로 완성될 수 없고 타인으로부터/타인을 향해서 확장된 지평에서 삶이 지속됨으로써 가능해진다.

이는 '나'의 '다른 나'로의 이행이 타인의 부름으로 혹은 타인과 내가 함께 속한 세계를 변화시킴으로 가능해진다는 소설의 결말을 통해 확인된다. 「다른 소년」의 소년은 "제가 다른 사람으로 보이길 바라고" 있지만 낯선 도시를 서성이는 "소년을 결코 알지 못하는 사람들이 소년의 곁을 지나쳐"(54쪽)갈 뿐이다. 이 사소하지만 결정적인 장면은 다시 반복된다. "소년은 그들이 자신을 다른 사람으로 보아줄까 궁금하다. 그러나 그들은 소년에게 전혀 주의를 기울이지 않는다"(62쪽). 타인과의 관계 없이는 '다른 소년'으로의 이행도 없는 것이다. 따라서 소년은 그의 이름을 불러주는 이에 의해서 '다른 소년'으로 완성될 수밖에 없다. 소설의 결말을 다시 읽어보자. "쿵쿵쿵, 문을 두드리는 소리. 누군가가 9호실의 문을 두드리고 있다. 소년은 열여덟, 제 이름을 부르는 소리를 듣는다. 누군가가 다급한 목소리로 소년의 이름을 부른다. (……) 쿵쿵쿵, 포춘 쿠키 속 새로운 세상, 이내 9호실의 문이 열릴 것이다. 소년은 열여덟, 문밖으로 나온 사람은 다른 사람이어야 한다"(82쪽).

「B구역에 내리는 비」의 미리의 선택은 더 적극적이다. 그녀에겐 보스가 남긴 거액의 돈과 권총이 있다. 돈으로 새 삶을 시작할 수도 있고 권총으로 순탄치 못한 삶을 끝낼 수도 있다. 돈은 목숨이고 총은 죽음이다. 미리는 둘 모두를 사용해 삶을 계속해나가기로 한다. 방사능 유출로 폐쇄된 B구역에 남은 생명들, 그들이 처한 고통을 줄여주는 방식으로 목숨과 죽음을 사용하기로 한 것이다. 미리는 두 개의 선택지를 모두 버린 것 같지만 그렇지 않다. 그녀는 타인의 자리를 바꿈으로써 '다른' 삶으로 나아가려고 하는 것이다.

한편 「살구 줍기」의 수옥은 단 한 번 제 모든 것을 불태웠던 열렬한 사랑을 했고, 그 사랑이 12월 7일 수옥을 영영 떠났다. 수옥의 집 현관문 비밀번호는 1207. 문은 열리기도 하고 닫히기도 했을 테지만, 분명 수옥은 그 번호를 잠그는 데에만 썼을 테다. 그런데 열세 살 다민은 그날이 수옥의 생일이냐고 묻는다. 수옥에겐 아마 태어난 날보다 죽은 날에 가까웠을 그날을 다민은 무심하게 연다. 닫힌 사랑의 서사는 또하나의 매듭이 되고 이제 그 단절로부터 수옥은 새로운 시간의 문을 열고 들어간다. "1207, 수옥은 집으로 들어섰다"(39쪽).

『다른 소년』은 밤을 헤매는 '나'의 이야기이기도 하지만, 흔들리는 머리맡에서 만난 '다른 사람'과의 이야기이기도 하다. 이제 이 글을 마치기 전에 아직 혼자서 '부서지는 밤의 미로'를 헤매고 있는 단 한 명의 소년이 남아 있음을 덧붙여야겠다. 정부군, 반군, 연합국이 각각의 논리로 사람을 향해 폭탄을 투하하는 하늘, 그 아래서 아버지를 잃은 소년, 검은 복면을 쓰고 더 강해지는 훈련을 받아야 했던 소년이 어머니와 누이를 만나기 위해 밤을 횡단하고 있다. 시리아 내전을 떠올리게 하는 소설의 배경은 소년이 내딛는 걸음이 얼마나 절박한 것인지 감히 상상케 한다. 소년은 달리고 달려도 여태껏 혼자다. 열여덟 소년과 완과 미리와 다민이 보여주었듯, 밤의 만남은 비대칭적인 한쪽의 목격만으로도 가능하며, 내부가 아닌 외부를 향한 몸짓으로도 가능하다. 다만, 누구라도 소년을 볼 수 있지만 누구나 소년을 본 것이 아닐 뿐. 소설집의 도정 끝에 이제 마지막 만남만이 남았다. 소년이 걷는 서쪽을 향해 난 길이 우리의 머리맡에 닿길 바란다. 그렇게 머리맡이 흔들릴 때 밤은 사건이 된다.

소년은 조심스레 주위를 살피며 해가 진 방향, 서쪽을 향해 난 길로 걸었다.(「부서지는 밤의 미로」, 247쪽)

작가의 말

작년 겨울, 존 버거가 세상을 떠났다. 사망 소식을 접한 날, 나는 낮은 책상 위에 그의 책들을 포개어놓고 그 앞에 작은 초를 켜두었다. 그가 세상을 떠나기 전 출간한 책이 그가 세상을 떠난 후 번역되어 나왔고, 나는 그 책을 지난여름 폭염 속에 누워―그가 책 속에 묘사한 것처럼 천장이 유리로 된 수영장에서 배영 자세로 물위에 떠, 유리 천장 밖 어떤 계시처럼 흩어지는 흰구름의 모양을 살피듯―땀을 흘리며 읽었다.

'우리가 아는 모든 언어'로 번역된 책의 원제는 'Confabulations'였다.

"삶에서 우리에게 일어나는 많은 일들에는 이름이 없는데, 이는 우리의 어휘가 가난하기 때문이다. 이야기들을 큰 소리로 전하는 것은, 이야기꾼이 그렇게 이야기를 전하는 행위를 통해 이름 없는 어떤 사건을 익숙하고 친숙한 것으로 바꾸기를 바라기 때문이다."*

'confabulation'의 뜻은 '작화作話, 대화, 담소'라고 한다.

책의 마지막, 존 버거는 우리는 기다려야만 하는데, 어떻게 기다려야 하는지, 그 방법을 어린아이의 낙서같이 소박한, 희미하게 번진 목탄 크로키를 그려 일러준다.** 그리고 시간은 선이 아니라 순환이며, 우리는 '선 위의 점'이 아니라, '원의 중심'이라고도 말한다.

원의 중심, 나는 물 밖으로 나오듯 몸을 일으켜 책상 앞에 앉았다. 그리고 종이에 존 버거의 그림을 따라 그려보았다. 여러 번 그려보다 문득, 아이패드 그리기 앱 'Tayasui sketches school'을 실행시켜, 원의 중심에 있다는 '나'를, 내게서 뻗어나와 둥글게 휘어지는 '원'을 그려보았다.

---

* 존 버거, 『우리가 아는 모든 언어』, 김현우 옮김, 열화당, 2017, 84쪽.
** 같은 책, 109쪽 참조.

나는 이 그림을 그린 것이 더없이 기쁘고 충만했으며, 만난 적 없는 스승 존 버거에게 온전히 감사의 작별 인사를 전한 것처럼 느껴졌다.

　원圓, 지난 이십 년, 적어도 글을 쓰는 동안은 감히 원의 중심에 있었다고 말하고 싶다. 미처 알지 못한 채로 그럴 수 있었던 것 같다. 글을 쓴다는 것은 스스로 원을 만들어내는 일이었다. 그 원들이 어째서 그런 것들이었는지, 어디로 가 무엇을 할 수 있었는지는 알지 못한다. 메아리 같은, 비눗방울 같은, 빵 반죽 같은, 그릇 같은, 살구 같은, 고양이의 동공 같은, 아주 가끔은 만다라 같은, 그런 동그라미들⋯⋯

　예전 그때처럼, 다시 가을이 왔다.

| 수록 작품 발표 지면 |

살구 줍기 …… 『현대문학』 2016년 9월호

다른 소년 …… 『현대문학』 2013년 6월호

B구역에 내리는 비 …… 『한국문학』 2017년 하반기호

그림자 가이드 …… 문장 웹진 2015년 7월호

비와 바람과 숲 …… 문장 웹진 2012년 9월호

1105호 …… 『문학과사회』 2016년 봄호

야간 정비 …… 『문학동네』 2015년 여름호

부서지는 밤의 미로 …… 『문학들』 2017년 겨울호

병病의 밤夜 …… 문장 웹진 2011년 3월호

문학동네 소설집
다른 소년
ⓒ 이신조 2018

초판인쇄 2018년 11월 15일
초판발행 2018년 11월 23일

지은이 이신조
펴낸이 염현숙
책임편집 이성근 | 편집 김필균 정은진 김내리 이상술
디자인 윤종윤 유현아 | 마케팅 정민호 박보람 나해진 우상욱
홍보 김희숙 김상만 이천희
제작 강신은 김동욱 임현식 | 제작처 한영문화사

펴낸곳 (주)문학동네
출판등록 1993년 10월 22일 제406-2003-000045호
주소 10881 경기도 파주시 회동길 210
전자우편 editor@munhak.com | 대표전화 031) 955-8888 | 팩스 031) 955-8855
문의전화 031) 955-3576(마케팅) 031) 955-8864(편집)
문학동네카페 http://cafe.naver.com/mhdn | 트위터 @munhakdongne
북클럽문학동네 http://bookclubmunhak.com

ISBN 978-89-546-5370-1 03810

www.munhak.com